シないと出られない魔法の部屋…じゃない、塔！

郡司十和

Illustrator
北沢きょう

この作品はフィクションです。
実際の人物・団体・事件などに一切関係ありません。

シないと出られない魔法の部屋…じゃない、塔！

▲プロローグ

ギシッ、と大きな音を立ててベッドが軋む。

白いブラウスが両胸をいやらしく透かせているトリシャは、男のギラギラした視線に晒されている。

「あの……本当に……」

スカートを捲るように彼に促されて、トリシャは涙目で白い太腿まで顕にしている。そのスカートの下は、何も穿いていない。

「本当に……書いてある……んですか？　その……」

その先を言い淀む。

男はあっさりと首肯する。

「書いてありますよ……お互い、性器を相手に見せないと、この部屋からは出られないって」

……そんなことって……あります……？

ゆっくりスカートを捲るトリシャの手は震えているが、男は優しい口調で、しかし決して許してくれない。

「ほら、もっとスカート捲って。ちゃんと脚を広げて全部見せて。……先生」

▲ドムス家

トリシャ・ツァールマンは没落した元貴族令嬢だ。

ツァールマン家は子爵を賜り、狭くはない領地を拝領して代々勤めてきた。

祖父の代で領民の悲願だった暴れ運河の整備に着手したはいいが、金が掛かりすぎ、融資を申し出てくれた隣の領地の領主に借金のカタに大部分の領地を取られ、最後はトリシャの父が爵位を返上して残りの領地を売却して他の債権者への返済に充て、長い歴史を閉じた。

トリシャはその時一七歳。

既に破産の噂があったこともあり、婚約者の一人もいなかったのはトリシャにとっては幸いだった。

領地も屋敷も財産と言えるものは全て返済に充当されたが、人徳のお陰で利子の返済を免除してくれる債権者が多く、債務が残らなかったのは、没落貴族としては上出来なのではないかとトリシャは思う。

「持参金くらいは工面できる」という両親に、その金子は弟妹に回してあげて、と頼み、自分は元貴族令嬢の肩書きを生かして裕福な商家の子女などの家庭教師として生計を立てることにした。

それから七年。

トリシャは二四歳、この国の常識的には、立派なオールド・ミスになっていた――

「イヤよ！　イヤ！　絶対イヤ!!」

家庭教師を勤める、ドムス家のエントランスホールに入った途端、お馴染みの叫声が聞こえて、トリシャは足を止めた。

トリシャの外套と帽子を受け取った使用人が、声のした二階には全く目を向けないまま縋るような眼差しで真っ直ぐにトリシャを見つめる。

トリシャは苦笑して頷くと、用事のある部屋とは別の部屋に足を向けた。

「グズ！　役立たず！　どうしてくれるのよ！」

大抵の部屋への訪問が許されているトリシャが向かったのは、叫声の主でありトリシャの生徒であるラウラ・ドムスの居室だ。

王都でも一番羽振りの良いと言われる豪商・ドムス家の末娘のラウラ・ドムスは煌めくような金糸の髪に、晴れた空のような瞳を持ったとびっきりの美少女だったが、とびっきりの我儘娘でもあった。

兄が三人の、念願の女児。末っ子中の末っ子。

何をしても両親も兄も怒らないため、自分の意思が通るのが当たり前になっていた。

「今日はどうしました？」

トリシャが開け放たれた扉から顔を覗かせると、メイド達がホッとしたような視線をトリシャに向けた。

「この、馬鹿ミリー！　わからずや！」

その瞬間、メイドに向かってオルゴールが飛んでくる。

のを、トリシャが手を伸ばし、間一髪キャッチする。

「……っあ、ありがとうございます、トリシャ先生」

メイドのミリーが蒼白な顔でトリシャを見上げた。

「どういたしまして。ラウラ様と二人にしてくださる？」

「ハイッ！」

ハイの後に、喜んで！　と言いかねない勢いでメイド達は返事をすると風のように部屋を出て行く。

「なんであいつらを追い出しちゃうのよ！」

扉が閉まるなり、ラウラが爆発した。

「一体どうなさったんです？　ラウラ様」

「この髪を見てよ！」

トリシャはラウラの美しい金髪を見た。メイドに巻いてもらったのか、波立つ金糸の艶やかなこと。

「いつも通りお美しいお髪です」

「そんなわけないでしょ！　気付かないの!?　ここ！　ここよ！　焦げたのよ！　ミリーが、巻く時に失敗したせいよ！」

よ～くトリシャが見ると、言われてみれば毛先がちょっとチリチリに……なっているような。

「大丈夫ですよ。これくらいなら、ミリーなら可愛らしく先だけ切ってアレンジしてくれるでしょう。……髪を巻く時は眠る前に編んでおくのがよろしいと思いますよ。流行ってるようですが、コテは危険です」

鉄の器具を熱して髪を巻くのが王都の富裕層の婦人の間では流行っているが、トリシャは見る度におっかなくてビクビクしてしまう。

特に、ラウラの手元には置いておきたくない。

「だってさっき思いついたんだもの！」

とラウラは堂々と我儘を自己申告する。

「これだけじゃないわ！　リボンよ！」

どうやら癇癪の種はまだまだあるらしい。

「クラウス様の瞳の色に合わせて準備しろって言ったのに！　これじゃあ普通の緑じゃない！」

「あらあらまあまあ」

トリシャは微笑んだ。

「あんなに綺麗な瞳の色のリボンを準備しろだなんて、酷ですわ、お嬢様」

「それはそうだけど！」

「ほらほら。そろそろいつもの天使のラウラ様にお戻りくださいな。ずっと怒った顔をしていると、そういうお顔になってしまいますよ」

「どいつもこいつも使えないんだもの！」

「だからといって……」

トリシャが笑顔の表情のままに、未だに手に持っていたオルゴールをラウラの両手にぎゅっと握らせる。

「こんなものを女性に投げ付けるのは、正しい行いですか？」

「だって！」

と言いかけて、トリシャの笑顔を見て、ラウラがサッと青褪めた。

トリシャが怒っている時の笑顔だと、やっと気付いたのだ。

「あ……先生、私……」

「これがミリーの頭にぶつかっていたら、ミリーはリボンの色のせいで死んでいたかもしれませんね」

「はわわ……」

「どうしますー？」

「はわわわわ……」


「ごめんなさい」

涙目のラウラがミリーと他のメイドにも頭を下げた。

「反省しています。二度とオルゴールは投げません」

「まあ、お嬢様……」

古参のメイドのミリーが感極まったように涙を浮かべた。

「なんと、もう立派な淑女ではございませんか。毎日毎秒素敵になられて、ミリーは置いていかれそうです。先程咄嗟に時計ではなくオルゴールを選んで投げてくださったでしょう。感情が荒ぶられた最中で、ミリーのことを思い遣ってくださった。トリシャ先生の教えがもうすっかり身に付きましたね」

立板に水を流すようにラウラを褒め称える。

確かに大理石の置き時計よりもオルゴールの方が軽いけども……。

そこまで咄嗟に考えたのかしら？　とトリシャがラウラを見ると、金髪の姫は「えへへ」とはにかんでいる。

どうやら、一応配慮したらしい。トリシャも微笑んだ。

トリシャがドムス家に通って早、五年。

最初は本当に大変だった。

我儘づくしで、癇癪を起こすと硬いものを投げるお嬢様のお陰で、動体視力とキャッチ能力が上がった。

通い始めの頃にラウラからインク瓶をぶつけられた傷は今も薄っすらおでこに残っている。

小さな怪獣から、何度馘首を申し付けられたか数えきれない。トリシャだけは、ラウラの我儘に付き合わなかったからだ。

着任初日、熱いお茶の入ったカップをメイドに投げつけているのを見たトリシャは、鬼のようにラウラを叱った。

その勢いのまま、裕福な貿易商であるラウラの両親のところに行って、親を叱った。

「甘やかすのはさぞ楽で楽しいでしょうが、お二人のやっていることは立派な虐待です！」

「お嬢様が人の心を踏み躙る女性になることがお二人の願いですか!?」

おそらく、思うところがあったのであろうラウラの両親は、その日はトリシャを家に帰したが、翌日わざわざ迎えをよこして招くと、「ラウラをよろしくお願いします」と頭を下げた。

二度目に会った時、ラウラは呆然としていた。

ラウラが「キライ」と言ったのに、クビにならない家庭教師は初めてだったからだ。

そして、暴れた。

それでもトリシャが従わないのをみると、言いつけた。

三人の兄に。

「あんたか、うちのラウラを虐(いじ)めたってのはァ」

兄三人、上から当時二四歳、一九歳、一五歳（ちなみにこの時トリシャは一九歳、ラウラは一二歳）に取り囲まれたのは、呼び出された応接間でのことだった。

そこから、トリシャは約四時間、ずーーーっとこの兄弟三人に説教をし続けた。

「先生、ば、馬車をご準備致しました、が……」

と勇気を振り絞った従者(フットマン)に帰宅を促されると、

「送ってくださる？」

と有無を言わせない微笑みで三人兄弟を馬車に乗せ、自分の家に着くまで説教を続けた。

そして最後に、こう、宿題を出して三人を解放した。

「いずれ妹さんが歩むことになる貴方(あなた)方無しの人生において、妹さんの武器になるものを考えておいてください」

それ以来、一番上と一番下の兄はトリシャを見ると隠れるようになった。

唯一、真ん中の兄のミカ・ドムスだけは、生真面目に宿題をレポートにして、翌日には正式にトリシャに謝罪し、妹への態度を改めた。

ミカとは、これ以降よく話をするようになった。

——親もダメ、兄弟もダメ。

そうやって逃げ道を塞がれると、ラウラは泣き喚(わめ)き怒り狂いながらも徐々に変わっていった。

なにしろこの新しい家庭教師は、恐ろしいのだ。

ラウラが何をしても顔色一つ変えない。

具体的には、インク瓶を投げその額を割り流血させても、刺繍(ししゅう)を教えるその手に針を突き刺しても、栗色(くりいろ)の髪を引っ張って火を点(つ)けても。

恐ろしいほど完璧な淑女の微笑みで、問答無用にラウラを新しく作ったお仕置き部屋に閉じ込める。

もっとも、トリシャは「お仕置き部屋」のつもりはない。

「ラウラ様の中にあるイライラの石が丸くなるまで、この〝落ち着き部屋〟にいましょうね」

そういう言い方をする。

一人で、何故(なぜ)イライラしたのか、何が嫌だったのか言語化できるまで、どんなに大声を上げても誰も助けに来てくれない。

そうやって時間を置いて、少し冷えた頭でトリシャに怒りの源の話をしていると、話しただけで何故か気がスッキリするし、トリシャが「ちゃんと説明できてラウラ様は偉いですね」と褒めてくれると、ギザギザの「イライラの石」が丸くなってコロコロと体から転げていく気がした。

同時に自分が気紛(きまぐ)れにクビにしていったメイド達が辿(たど)る末路を（トリシャが）描いた「メイド残酷物語～お嬢様にクビにされたら落ちるところまで落ちました」を毎日読み聞かせされた。

お嬢様に茶を掛けられた上にクビにされたメイドが、思い詰めて自ら命を断ち、その怨念がお嬢様の屋敷に舞い戻り……。

「わかったわ、憑(と)り殺(ころ)されたのね？」

「そんなことは無かったようですよ」

実話のように話す。

「ただ、日が沈んでから鏡を覗くと、……い、いるんだそうです」

「い、いる？」

「背後にね……顔が、見えるんだそうです」

「かお」

昼間は鼻で笑うラウラも、夜になると恐ろしくて眠れなくなる。

以降、「一度くらいのミスは、許してあげるわ」と言うようになった。それで使用人がありがたがると、自分がすごく優しくなったように思えた。

その上、一年程前からは過去に無体を働いたメイドや使用人に謝罪をして回るようになった。辞めてしまったメイドや使用人は紹介先に手紙を書いて、なるべく会いに行くようにして。

ほとんどの元使用人は恐縮して、ほんの少数の使用人は金銭を要求して、許してくれたが、腕に火傷を負わせた元侍女の貴族令嬢には許してもらえなかった。

ラウラは今も彼女に手紙を書き、許可を貰えれば訪問して謝罪をし続けている。


人格矯正していくと同時に、ラウラはトリシャにどんどん懐いていった。

通いの家庭教師は、週二からラウラの希望で週三、今では週四になっている。

屋敷のものもトリシャがいるといないとでは大違いということで、大歓迎してくれる。

ラウラの情緒が安定し、どうしようもなかった刺繍もマナーも目に見えて向上していくに比例してトリシャに全幅の信頼をよせるようになった当主夫婦には、通いではなく屋敷内に住むように再三にわたり懇願されたがトリシャはそれを固辞し続けてきた。

そんな日々ももうすぐ終わるけど……。

メイド達に美しく着飾ってもらったラウラを見て、トリシャはそっと誇らしさと寂しさを噛み締める。

ラウラは来春、結婚する。

ずっと片思いしていた伯爵家の三男坊とこの度婚約を結び、来年の春にはこの家を出て、三男坊が親から分けてもらった領地で一緒に暮らすのだ。

ラウラは付いてきて欲しいと言うけれど——

コンコン、とノックの音がして、メイドが「ミカ様がいらっしゃいました」と告げる。

「ミカ兄様が？　入って！」

ラウラが僅(わず)かに声を弾ませた。

「ラウラ」

「ミカ兄様！」

「とても美しいな。あのお転婆(てんば)娘には見えない」

ミカ・ドムスは妹を揶揄(からか)うと、トリシャに視線を向ける。

「トリシャ先生、お久しぶりです」

「ミカ様」

警邏(けいら)隊の制服に身を包んだ秀麗な青年が、トリシャに礼儀正しく挨拶した。

次兄ミカ・ドムスは父親の商売を長兄と弟に任せて、王都の警邏学校に入学し一年後、警邏隊に入隊した。

商売に興味がないし、自分一人の力で生活してみたい。

そう零す彼に、「富豪の次男坊が好きに生きなくてどうするんです」と激励にもならない言葉を掛けて、背中を叩いたのが懐かしい。

別にトリシャの言葉のせいではないだろうが、あれから間もなくして、ミカは家を出た。

いつも無表情、無気力な次男坊の突然の家出に、ドムス家は騒然としたが、ミカが頑として意志を変えなかったのと、その頃には圧倒的な信頼を確立させていたトリシャ先生の太鼓判により、徐々に落ち着きを取り戻した。

ミカの入隊は、年齢的には遅かったが、裕福な平民の通うパブリック・スクールを卒業していること、ドムスの所有する自警団で鍛えて来たこともあり、めきめき頭角を現し、物凄い勢いで出世しているらしい。

「今日お会いできると思いませんでした」

ミカが言う。

榛色の髪の毛を短く刈り上げて、前に見た時よりも精悍さを増した。

男振りに磨きが掛かって、使用人達がウットリしている。

「ええ、本当ならお休みなんです。でもちょっと用事があって立ち寄らせて頂きました。ついでにお嬢様の美しいドレス姿も」

ついでに硬いオルゴールも。

「ミカ様は、顔合わせですか？」

「そうよ！　やっとよ！」

ラウラが嬉しそうに言葉を挟む。

ラウラの婚約者のクラウス・ガーランが、今日から暫く滞在して、ラウラの家族や親族と顔合わせをするらしい。

とは言っても、ラウラの両親とミカ以外の兄は、もう何度もクラウスと顔を合わせている。仕事で忙しく、長期休みにしか顔を出さないミカだけが、正式な初顔合わせになる。

「ねーえー、トリシャ先生も同席してくださらない？」

ラウラが甘えた声を出す。

「ダメですよ、ラウラ様。今日は大事な、ご家族だけの晩餐会でしょう」

「トリシャ先生も私にとっては家族のようなものだもの！　ねーえー」

甘えるラウラを心中、可愛く思いながらも、トリシャは首を縦には振らない。

「だあめ。それに、私は何度かお会いしてますもの」

「……そうなんですか」

ミカが意外そうに眉を上げる。

「ええ、この前の花祭りも、ガーラン様がご滞在されたので」

「クラウス様の護衛がトリシャ先生に熱を上げちゃって、面白かったのよ、お兄様」

「ラウラ様。人の好意を笑ってはいけませんよ」

「はあい」

ラウラは素直に返事するが、表情は面白がったままだ。

「……護衛が？」

ミカが低い声を出す。

「ミカ様、ラウラ様は私を揶揄っているんですよ。あんな美男子が私に気を留める筈がありません」

「……美男子？」

ミカがもの問いたげにラウラを見る。

「にっ兄様の方が美男子よ！」

「それは勿論そうです」

ラウラが慌てて言うので、トリシャは破顔した。

このお姫様が我儘放題でも根っこが腐っていなかったのは、親兄弟を確かに愛し、愛されてきたからだとトリシャは思っている。

「……今回も来てるのか、その護衛は」

「まさか！　同行させないようお願いしといたわよ！　ミカ兄様のお願いを私が忘れるわけないじゃないっ」

「その割には花祭りの報告は受けてないな」

「兄様が全然帰って来ないからじゃないっ」

トリシャにはわからぬ掛け合いをする兄妹の時間を邪魔しないよう、トリシャは挨拶をして、退室した。

「さあて……」

トリシャはラウラの部屋を出ると、ドムス家の屋敷の一階のある一室に向かった。ニコニコと扉を開ける。

「今日もお楽しみ、お楽しみ」

前回見た分の続きから。

トリシャは一年余前、ドムス夫妻に呼び出されると、ラウラの更生についての褒賞を選ぶように告げられた。

トリシャは迷わず、この部屋の片付けをさせて欲しい、と申し出たのだ。

ここは、若かりしドムスが外国で購入したものの売り物にするに至らなかった商品、今ではドムスに雇われているバイヤーが試しに購入した商品などが雑多に置かれている。

ちょっとした広間のような大きさがあるが、倉庫代わりに使われており、誰も整理しないまま放置されている。

トリシャは隠れたラウラを探す折にこの部屋を見つけて、ずっと、じっくり品物を見たいと思っていた。

部屋ごとあげてもいいとドムスは言ったが、品物を見るだけでいいとトリシャが遠慮し、結局三つ好きなものを貰うというところに落ち着いた。

三つも好きなものを貰っていいだなんて、とびっきりの宝探しに来たような気分だ。

三つのうち二つはもう決まっている。

美しい細工の砂時計と、東洋の遠眼鏡(とおめがね)だ。

トリシャは砂漠の国の文机に書きかけの目録を開き、椅子に座ると一人の時だけ出る鼻歌を歌いながら作業を始めた。

「……先生。先生…………トリシャ」

品物を磨いたり、用途を試したり。

すっかり没頭していたので、肩を叩かれるまでミカが近くに来ていたのに気付かなかった。

「きゃあ！　ミカ様！」

トリシャが驚いて声を上げると、
ミカが呆れたようにトリシャを見下ろしていた。

「随分、集中してましたね」

「ど、どうしてこちらに？」

「ラウラに聞いたらここだと」

答えになっていないことを言う。

「私になにか？　……場所を変えましょうか？」

見るとしっかりと入り口の扉は閉まっていて、いくら嫁き遅れと言えど、二人きりは体裁が悪い。

「ここでいいですよ」

トリシャの気遣いをあっさり断って、ミカは部屋の中央に鎮座するベッドに腰を掛けた。……そう、この部屋には異国のベッドもあるのだ。

「……ラウラに、婚家に付いて来るよう誘われているらしいですね？」

「ああ……ええ、そうなんです」

いつも他人に無関心なミカが珍しい、と思いながらトリシャは首肯する。

「付いていくつもりですか？」

「いいえ」

あっさりと言う。ミカはじっとトリシャを見つめた。

「理由を伺っても？　……聞いた限り、破格の待遇だと思いますけど」

トリシャは苦笑した。

「本当に。私には勿体ないほどの厚遇です。でも、行くつもりはありません」

ミカが無言で話の続きを促す。

「教師の……そうですね、最低条件ってなんだと思います？」

「優しい、厳しい、模範になる、正しい、……凛として、美しい」

ミカが何故かトリシャを真っ直ぐ見ながら列挙する。

トリシャは予想外のミカの回答に「お……おお？」となりながらも、何とか照れを誤魔化した。

「……コホン。実は、手を放す、ことなんです」

ミカが首を傾げる。

「手を放す？」

「生徒が一人前になるちょっと前に、もう卒業だよ、一人でやっていくんだよ、と、手を放すことです。これが出来なきゃ、生徒はいつまでも未熟なままです」

「……なるほど。わかる気がします」

「親にも当てはまりますね。上司もそうかもしれません」

ふうっとトリシャは息をつく。

子離れとはこういう気分だろうか。時によっては、胸が痛むほど、寂しい。

「……ラウラ様は、もう一人でも大丈夫。そう思ったから、付いていかないのです」

あとは鈍器を受け止める優秀なキャッチャーさえいれば――

あの護衛の男は素質がありそうだった。

「ま、私がこの街を気に入ってるから動きたくないというのも大きな理由ですけどね」

ふふ、と笑う。

ミカが僅かに身動ぎした。

「本当ですか？」

「何がです？」

「この街を気に入ってるって」

「本当ですよ」

「王都が、ということですよね」

「ええ……。まあ」

「今住んでらっしゃる、北区が？」

やけに拘る。

「北区に限りませんけど……」

「じゃあ西区は？　お好きですか？　嘆きの王女の丘のあたりとか……」

トリシャの今住む北区は旧市街でスラムもあるが、西区はもう少し落ち着いた住宅街だ。トリシャの好きな古書店街も近い。

「素敵ですよね」

「住みたいですか？」

「……まあ、そうですね。でも、西区は地代が高すぎて、とても手が出ません」

「あなたに一銭も払わせる気はありません」

なんの話？

トリシャは会話の向きが読めずに、訝しげに向かいのベッドに座る男を見遣る。

雑談にしては真剣すぎるミカの瞳にぶつかって、トリシャは途端に落ち着かない気持ちになった。

警邏隊で鍛えられたミカは、数年前とは比べ物にならないほど精悍さを増している。逞しい「男の人」そのものだ。

やっぱり、二人きりは……。

「あなたは外国に行きたいのかと思ったんです」

トリシャが扉に目を向ける前に、ミカが再度口火を切った。

「外国？」

「この部屋……、異国のものばかりある部屋に入り浸ってると聞いたので」

「あ、うふふ」

入り浸ってるなんて。当たってるけど。

「想像力が刺激されません？　こういう、異国の品物を見ると」

トリシャは目の前の机に置いてあった分厚い本を取り上げる。

「私……実は、物語を書くのが趣味なんです」

何故か、誰にも言ったことのない話をしてしまう。

「こういうものを見て、何処から来て、どんな人が作ったんだろうって想像して……。それで、思いついたことを書き留めてるんです」

「素敵です」

ミカが真顔で変なことを言う。

「あ、ありがとうございます」

トリシャも柄にもなく、照れる。

街の男たちや、家庭教師先の使用人からたまに送られる秋波は難なく躱せるのに、ミカのお世辞はマトモに喰らってしまう。

だって、ミカ様はお世辞は言わない……。

「じゃあ、外国に行ったり、商人と結婚したいわけではないんですね？」

「結婚ん!?」

トリシャはつい声が裏返ってしまう。いけないいけない。

「あ、すみません。……結婚だなんて。相手がいません」

「いたら？」

ミカが何故か追及してくる。

「商人じゃないですが、公務員です。賭け事も女遊びもしません。初任給はビックリするほど安かったけど、昇進したので、妻と二人の子供を養うくらいは出来ます」

「なんです、それ」

トリシャはくしゃりと笑った。

「誰か紹介してくださるんですか？」

おどけて言うと、

「まさか。あなたを他の男に渡すなんて」

などと言い出す。

それではまるで……。いやいや、まさか。

二人とも無言になる。

トリシャは照れ隠しに、手元に取った本を闇雲に繰り始めた。

「わあ」

トリシャは思わず声を上げた。

「すごい！　見てください、これ。すごい仕掛け絵本です」

つい、ミカに駆け寄って、ミカの左隣に座る。そこがベッドだということも忘れて。

絵本は開くと、物語の中のような塔と、塔を取り巻く森、女神達が描かれていて、仕掛けによりそれが飛び出してくるようになっている。

「すごく細かい細工だわ。……うーん、字は読めないな……」

「古代語ですね。修練の、頂。いや、試練の塔、の方がしっくりくるかな」

「読めるんですか!?」

トリシャが驚いて顔を上げて、思ったよりも近くにミカの顔があるのに気付いて、ギクリとする。

「警邏学校で必修でした。優秀な成績を修めた、とは言えないですけど。……勇者が、この塔で試練を受けながら、塔の頂上から下に降りていく。みたいなことが書いてあるようです」

「塔の頂上から」

なんで塔を昇るんじゃなくて、降りるんだろう。

一瞬トリシャの気が逸れた隙を狙ったように、本を持つトリシャの左手を、ミカの大きな右手が包んだ。

「……ミカ様⁉」

ページを押さえていた右手もミカに握られ、やや向かい合うように引かれる。慌ててミカを見上げると、夜明け前の空の色の瞳がどこか緊張したように、トリシャを真っ直ぐ見つめていた。

「トリシャ、愛してる。俺と結婚して欲しい」

「あいし……⁉」

一瞬何を言われたのか、トリシャの脳みそ内で「愛」という言葉が迷子になる。

混乱しているトリシャをミカが強い力で引き寄せて、本ごと抱き締めた。

その、瞬間――

本が光って、二人を飲み込んだ。

▲塔、五階

光に包まれたと思ったら、急に周りの風景が変わった。

「……ここは!?」

ミカがトリシャをバッと離し、代わりに背に庇(かば)う。

トリシャも混乱した頭で、あたりを見回す。

「ここ……どこ?」

トリシャ達が座っていたベッドはソファに変わり、物が多くても広かった部屋は、スッキリとした小部屋になっている。

部屋の壁は塔の内部のように曲線を描き、質素ながらも上品な建具が備えられていた。

どことなく、北の国の様式のように見える。この絵本の絵のように……。

「そこに居てください」

ミカが怖い顔をして、立ち上がり窓を覗く。

「これは……」

絶句するミカに、トリシャもじっとしていられず、窓に駆け寄る。

「えっ!? ……どうして!?」

眼下には果ての見えない森が広がっていた。

二人は屋敷の一階に居たはずなのに、ここはとても高い塔の一室のようだ。

広がる絶景は息を呑むものだが、こんな状況では混乱が勝る。

「これは一体……」

ミカは即座に次の行動に移った。

窓の反対側にある木製の扉に飛びついて、開かないとみるや体当たりをする。

何度も何度も。

だが、扉は文字通りビクともしない。もっと言うなら、体当たりしているのに、音が全くしない。

「ミカ様！　やめてください、ミカ様が怪我をします！」

トリシャはミカに飛びついて制止した。

ミカは顔を険しくさせて、「先生、下がってて」と言うと今度は部屋に置いてある飾りの像を手に取り、窓に強くぶつける。

トリシャは反射的に身を竦めたが、やはり窓は割れず、打撃音もしなかった。

ミカは軽く汗を拭うと呟く。

「これは……魔術か？」

混乱するばかりのトリシャと違って、ミカは思い当たることがあるようだった。

「まじゅつ？」

「今はもう失われたと聞いていますが、北の国……今のカレリアでは百年ほど前までは魔術師がいて、物にも呪いや祝福を掛けてたとか……」

呪い、祝福。まさか、そんな物語のような話。

「警邏学校で古代語が必修だったのが、そういう理由なんです。彼の国の魔術師はインクに力を混ぜ、古代語で呪を組み文字に起こすことで発動させると……。ごく稀に、今でも力を失っていない遺物が見つかることがあるとかで」

御伽話とばかり思っていましたが、と呟く。

「あの部屋に古の呪いの掛かった物があったのかもしれない。……先生、さっき持っていた本は？」

「あれならそこに……あれ？」

トリシャが開いたままソファに置いた絵本を見ると、仕掛けが変わっている。

「どうしました？」

ミカが振り返る。

「この本の仕掛け……この部屋みたいじゃありません？」

紙の細工で出来たページが、さっきまで見ていた試練の塔ではなく、部屋の内部のような仕掛けになっている。

「本当だ。……何か書いてある。また古代語だ」

「読めますか？」

トリシャとミカはソファに座り直し、並んで本を注視する。

「試練の一つ目。……第一の試練、ってとこかな？　その下は、シ・エイ・……ラフクーダ……〝部屋を出られない〟」

「え!?」

トリシャが焦ってミカを見上げる。

「大丈夫、続きがあります。……クイ・ユクス、これは解除条件ですね。この後の条件を満たせば部屋から出られるということです。テクサイト……ヤ・テイセ、……マ・テイセ……」

「どういう意味ですか？」

「………」

ミカはいつものポーカーフェイスだが、トリシャには僅かに動揺したように見えた。

「……多分ですけど、唇と唇を合わせろと書いてあります」

「唇と唇を」

こう？　と自分の上唇と下唇を「ンム」と合わせてトリシャは口を結んだ。

「すっげえ可愛い」

ミカが真顔のまま言う。トリシャは唇を結んだまま固まり、一拍置いて赤くなった。

かわ……？

「ヤ・テイセの『ヤ』は、うーんと、一方を指しています。マ・テイセの『マ』は、その相手、もう一人、のような意味です。テイセは唇を表す言葉なんです」

トリシャの動揺を知ってか知らずか、ミカは古代語の説明をし始める。

「つまり、ヤとマのテイセを重ねろ、ということです」

「……と、いうことは……」

「この場合、俺と貴方の唇ということになりますね」

「………」

トリシャは呆然と隣に座るミカを見上げた。

くちびる……ですと？

「それじゃまるでキス……」

　単語を口に出して初めて意味がわかる。

　キスだ。

　それは、正真正銘キスだ。

「まさか、冗談ですよね？」

「俺は冗談は言いません」

「デスネ……」

　いやいやいや……

「キスしないと出られないってことですか!?　そんな、まさか！」

「俺の古代語の訳が間違ってなければ」

　ミカはいつも通り飄々としてる。

「間違ってるという可能性は？　……いえ、疑ってるわけではないんですけど、だって、まさか、そんな。何のために？」

「……何のためかはわかりませんが」

　ミカが少し考えて、

「間違ってるかどうかは、試してみないとわかりませんね」

　と、トリシャを見て微笑んだ。

「そ……だ、だめです」

　トリシャが慌てて立ち上がる。滑稽なほど狼狽えてしまう。

自慢じゃないが、キスなんて、一七の時にペーターとした時以来だ。ちなみにペーターは実家にいた馬だ。

顔が熱くなる。

「だって……」

「先生」

「トリシャ……」

真っ赤になってウロウロしだしたトリシャを見て、ミカが何か考えるように目を細める。

突然、ミカがトリシャの前に恭しく跪いた。

「み、ミカ様!?　……」

ミカは動揺するトリシャの手を取り、その手の甲を宝物のように自分の唇に当てる。

「!?」

「トリシャ、君に永遠の忠誠を誓う。俺の血も汗も愛も、全て君に捧げる」

「キャー!」

トリシャは思わず悲鳴を上げた。

厳かな顔をしていたミカが思わずといった風にクッと笑う。顔を上げて、

「……キャーって、それは酷いよ、先生」

「あ、え、だって、だって」

トリシャの顔は真っ赤だ。

今のはトリシャの故郷のかなり古めかしい、求愛の言葉だ。

トリシャは大分前にそれをラウラに教えた覚えがある。

――私の故郷では、殿方にこう求愛されたら、こう返すのです。「あなたの忠誠の見返りに、差し上げられるのはわたくしの身一つだけです」と。

――やあだ！　先生、それってちょっと……、や、やらしくないですか？

――作法ですもの。恥ずかしいことはありません。

――でも、でも、それって、断りたいときはどうするの？　……するのですか？

――通常は、婚約式か結婚式での儀礼的なものになりますから。お断りすることは考えなくてもよいのです。……でも、そうですね。もしも軽薄な殿方が巫山戯てこの言葉を言ってきたら、「代わりに差し上げるものを何も持っておりません」とでも言っておけば良いのですよ。

――先生も言われたことありますか？

――いいえ。でも、跪いて求婚されるなんて、ちょっと憧れちゃいますよね。……内緒ですよ。

「……も、も、もしかして……、ラウラ様から何か……聞きました？」

「何かって？」

トリシャの手を握ったたま、ミカが見上げる。

「……だから、その……、私が……」

憧れてるとか……。

トリシャが口籠ると、ミカが目を細めて口角を上げた。

「トリシャ先生がラウラに教えていたことは知ってますよ。……なんて返事するんだった？」

「そん……」

トリシャは困り果てた真っ赤な顔で眉を下げた。

まさか、本気で……⁉

ミカは真顔でそんなトリシャを見つめていたが、ややあって、フッと息を吐いて、立ち上がった。

「ミカ……様……」

ミカは特に落胆した風でもなく、

「まあ、すぐ断られなかったってことは、期待してもいいのかな」

握った手だけは離さずに呟いた。

「それで……試練はどうします？」

ミカに手を握られたまま、ソファに隣り合って座る。

「し、試練……」

ってキス……。

「試す価値はあると思いますよ。明らかに、呪いの源はこの本だ」

「それはそうかもしれませんけど……」

トリシャはモジモジと、握られた自分の手を見つめる。

恥ずかしくて、彼の顔を見られない。

ミカがコホンと咳払い（せきばらい）をしてから、トリシャの耳元に口を寄せた。

「……もしかして、したこと、ない？」

などと囁くものだから、トリシャはカッと顔面に血が集中して、絶対に言わなくていいことを言ってしまう。

「あ、あ、あります。ペーターとですけどっ」

「……ペーター？」

ミカの声がグッと低くなった。

「どこの男ですか？　一体いつ……、いや、そんなこと、どうでもいい」

その声色に驚いてトリシャがミカの顔を見上げる。

「ミカ様？　なんか、顔が……」

怖い。

ミカはトリシャの手を握っていない方の腕を、するりと彼女の腰に回した。

「……ミカ様!?」

「そんな男のことは忘れさせてやる。トリシャ、目を閉じて」

「えええええ」

手を引かれ、腰を引き寄せられる。

「ちがっ、違います、誤解ですっペーターは」

「その可愛い口から他の男の名前を聞くだけで頭が沸きそうになる」

「なっ、もう、何言って……！」

ミカがおかしい。どうやらペーターがいけないらしいと回らない頭でトリシャは気付いた。

「ペ、ペーターは馬です！　うまっ」

男に殆ど抱きすくめられながら、トリシャは必死で言う。

「……うま？」

「馬です……！　実家にいた馬です～！」

「馬」

ミカはトリシャを絡める腕を緩めぬまま、まだ面白くないといった顔のまま、

「その馬は今、どこに？」

と問い詰める。

「え、ええと……家が破産した時に人手に渡りました……」

「売却先を覚えてますか？」

「……」

何故だろう。ペーターが馬肉にされる気がする。

「ミカ様、あの、いけません」

尚も抱き寄せ続けるミカに、トリシャが手を突っぱねるように抵抗する。

「だめ？」

「……ご夫妻に申し訳が立ちません」

必死に考えた言い訳だったが、ミカは、

「両親は知ってるよ」

などととんでもないことを言う。

「……え？」

「俺がトリシャ先生に懸想していることも、結婚したいと思ってることも」

「え、え？」

「兄弟も知ってる。ラウラも」

「ふわあぁぁ!?」

産まれた時以来出したことのない声がトリシャの口から出る。

「ら、ら、ラウラ様……も!?」

「ずっと前から知ってる」

「ずっと前って……」

いつから……？

いつからミカはそんな風に自分のことを。

至近距離で優しく呼ばれて、トリシャは思わずふるりと震える。

「トリシャ……」

「俺が遊びで言ってると思ってる？」

「それは……」

トリシャは俯いたまま、首を横に振る。

ミカのことはとても信頼している。ドムス家の中で……いや、知ってる男性の中でも、かなり。

「じゃあ……他に……約束してるひとがいたり、する？」

「そんな人いません……」

「あの男は？」

「?」

どの男? と思わず顔を上げたトリシャは、自分に焦がれる男の瞳を覗き込んでしまい、慌ててまた顔を伏せた。

「ガーランの護衛の男です。大分熱心に言い寄られていたそうじゃないですか」

「あ……」

さっき話題に上がった男。

「あれは……あの方は、そんなんじゃ」

ラウラの婚約者のクラウス・ガーランに随行してきた、愛想は良いが些か軽薄な騎士の顔を思い返す。

「誘われたんでしょう」

「な、なんで知って」

トリシャは目を見開く。

彼の部屋に誘われた時、周りには誰もいなかったはず……。

「ラウラに聞きました」

「ラウラ様に!?」

トリシャは今度は青褪めた。

どこで、聞いて……!?

「嬉しかった?」

ミカが怖いほど静かな声で尋ねる。

「い……いいえ」

「嘘だ」

低い声で言うミカは、恐ろしいのにどこか悲しそうだ。

「じゃあ何故行ったの？」

「……!?」

トリシャは目を剥いた。

「行っ……てませんけど……!?」

「え？」

トリシャは両手でミカの胸を押すようにして、今度こそミカを見上げた。目を合わせて、キッパリと言った。

「そんな、私、……出会ったばかりの男性の部屋に行ったり、しません」

見損なわないで欲しい、とミカを睨むと、ミカは一瞬固まって——

「ふうん？」

と微笑んだ。その笑みを見て、トリシャは何故か本能的に震える。

「……俺は花祭りの誘いの話をしてたんですけど。……へえ、部屋に、誘われたんだ」

今度はトリシャが固まる番だった。

「護衛の部屋って、うちの客間だよね。俺の実家で……俺のトリシャを抱こうとしたってこと？」

「だ……」

抱……!?

「その男……殺してやる。クラウス・ガーランもただでは済まさない」

ミカが目を細め、歯噛みする。

「ラウラもだ。トリシャに不埒な想いを抱く男を近付けるなんて……。場合によっては、結婚なんて白紙にしてくれる」

「だ、だ、駄目です……！」

慄きながらもトリシャは必死に言い募る。このままだとラウラの笑顔まで白紙になってしまう気がする。

「何もありませんでしたから……！　何もされてませんし……、花祭りだって、ガーラン様とラウラ様と一緒だったんです」

花祭りはむしろ、二人の付き添いとして行って欲しいとドムス夫妻に頼まれたのだ。護衛の彼とだって、お互い職務で忙しくて殆ど話していない。

ということをつれづれ、ミカに説明すると、ミカの瞳からわずかに剣呑さが薄れた。

「……ラウラの話と大分違うな」

「ミカ様、ラウラ様に揶揄われたのではないですか？」

「……、言われてみれば……そうですね。アレは人をおちょくる時の顔だった……普段なら気付くのに。じゃあ……」

溜息を吐いて、「焦ってあんな場所でプロポーズすることなかったじゃないか」と呟く。

「あなたのことになると、俺は駄目なんです。先生だけだ、俺をこんなに掻き乱すのは」

「……そ、うなんですね……」

トリシャはまた顔を赤くして俯いた。

こんなに熱烈に男性に求愛されたことはない。

しかも、あの、ミカ様に……。

「先生。じゃあ、その男のことは本当にどうとも思ってないんですね？」

念押しされる。トリシャは必死に頷いた。

「他に気になる男がいるとか、でも、ないと」

「ないないないっ、ないです！」

今度は必死に首を横に振る。

「じゃあ、……こうやって」

と言いながら、ミカはスリ、と手の甲でトリシャの頬を撫でた。

トリシャは思わずビクンと反応する。

「俺に触れられるのは？　……嫌ですか？　怖気が走る？」

心配そうに覗き込まれた。

「……嫌、ではない……です」

男性自体に慣れてないし、触られたことなんて殆どないが、……全然、嫌ではない。

「……っじゃあ……」

ミカの声が一瞬上擦った。

「キス……してみませんか。ここから出るため、ってことでもいいから」

「……」

トリシャは眉を下げて、ミカを見上げる。

「……でも……」

「でも？」

「……笑わないでね」

「絶対笑わない」

「あの……ちょっと、こわい……」

真っ赤な顔でトリシャが打ち明ける。

「…………」

ミカがグッ、と喉を鳴らして俯いた。

「ミカ様……？」

「……なんでもありません。生きてて良かったと思っただけです」

それはどういう……？

トリシャの頬に両手を添えて、ミカが囁いた。

「……そうっと、する。優しく。ね？　一回だけ」

「……いっかい……」

「一回だけ。先生、お願い。呪いを解くためだから」

「……でも」

「人命救助みたいなもんです。人工呼吸をするのに先生だったら躊躇わないでしょう？」

「……！　な、なるほど」

トリシャは天啓を得たかのように目を見開いた。

「人工呼吸だと思えば、怖く、な……」

その瞬間、ミカの、ひどく真摯な群青の瞳を見上げてしまい、トリシャは言葉を失う。

（……………あ）

来る、と本能的に悟って、トリシャは思わず目を閉じた。

少し顔を傾けたミカの唇がトリシャの唇にゆっくり押し当てられる。

「…………っ……」

男性のゴツゴツした手に頬を挟まれ、唇を奪われた。それは一瞬が永遠のように感じられる時間だった。

やっと唇を離すかと思われたミカが、触れたまま少しだけ角度を変えて、また口付ける。

「…………！」

トリシャはなすすべなく、ミカの上着にぎゅっと縋り付く。心臓が鳴り響き、息が苦しい。

いっかいだけって、言ったのに……。

発火しそうな頭でトリシャが思い、ミカがまた唇を触れたまま、そうっとトリシャの下唇をちゅっと噛（は）んだその、時——


ガチャン！

場違いなほど大きな音が部屋に響いた。

鍵が、開いた——

▲塔、四階

ミカは開錠の音を聞いて、名残惜しげにもう一度だけトリシャの唇にちゅっと自分のを押し当てた。

唇を離すと、真っ赤になってるトリシャの頬を愛おしげに撫でて、フウーッと息を吐いた。

「……早すぎる。気の利かない、扉め」

低く呟くと、切り替えるように頭を振って立ち上がった。

「先生、すみませんが、本を持って頂けますか？　何かあった時の為に俺は手を空けときたいので」

「……あ、は、はい……！」

トリシャも本を抱えて立ち上がる。初めての口付けの余韻で、少しフラついてしまった。

ミカは壁に掛けてあった飾りの斧を取った。

「ミカ様？」

「サーベルを置いてきてしまったので。気休めですが、無いよりはいいかと」

そう言って、斧を軽く振って見せる。

「そういえば、今日は帯剣していませんね……」

制服の時には大抵腰に帯剣していたが。

ミカはトリシャを見下ろしてふっと微笑む。

「プロポーズする時に帯剣は無粋でしょう」

何でもないことのように言って、トリシャの脳が理解に追いつく前に、スッと真顔になった。

「さて……、扉を開けます。俺に摑まってて。離れないでください」

一瞬で警戒モードに入ったミカの声に、トリシャも意識を切り替える。

どこに出るんだろう……。

外開きの扉のドアレバーを下ろすと、ミカがトリシャを庇いながらガンッと蹴り開けた。

そこは、ドムス家のあの倉庫……ではなかった。

回廊だった。

白く光る円柱型の塔の内部が吹き抜けになっていて、その内側に張り付くように下る、あるいは上る階段が設置されている。

「うわあ……」

こんな時なのに、トリシャは見惚れた。

塔の吹き抜けを覗き込むと、底は靄がかかっていて見えない。

上は上で、光が注ぎ込んでいるのはわかるが高層すぎて数えられない。

ぶつ切りの螺旋のように塔の内部に張り付く階段は、どうやら一階ごとに完結していて、階を降りるごとにどこかの部屋を経由しないと次の階段には行けないようだ。

「魔法使いの塔みたい……」

不思議な光景。

「何階建てなんでしょうね」

「底が見えないわ……」

無数の階段が塔の部屋から部屋を繋(つな)いでいるのが見えるが、人は誰もいないようだ。

「とりあえず、降りて、あの扉を開けてみるしかなさそうだ」

トリシャ達の階段が繋げる部屋の扉をミカが指差す。

「……無駄だったな」

ミカが呟くので何かと見上げると、空の右手を振っている。

「あ、斧が……？」

「あの部屋から出た途端消えました。どうやら持ち出し禁止だったようです」

「本当に不思議……」

ミカの右手を見つめていると、その手をミカはトリシャに差し出した。

「行きましょう」

「……」

トリシャはエスコートに応じかけて手を伸ばして、先程のことを思い出してつい、躊躇(ちゅうちょ)した。

その宙に浮いたトリシャの左手を、ミカが見て微笑んだ。強引にぎゅっと捕まえられる。

トリシャの顔を覗き込んで、

「可愛い」

と囁いた。

「……っ」

「ずっとあなたにそういう顔をさせたかったんです」

そういう顔……!?

どういう顔……!?


もしかしたら、あの扉を開けたらドムス家かもしれない。

というトリシャの考えは、あっさり裏切られた。

「ここは……」

階段を下った所にある扉。

ミカが蹴って開けると、そこは年季の入った洋間の一室だった。

「……ここは！」

トリシャが目を見開いて見回す。

窓際の大きな文机。物語よりも地図や実用書の詰まった本棚。振り子式の時計に、壁をくり抜いたようなアルコーブベッド。

「嘘みたい。私の部屋だわ……！」

「……え!?」

ミカが驚いたように部屋を見渡す。

「あ、いえ、今のではなく……、実家の。あ、いえ、あの、昔の実家です。今はもう人手に渡った……」

動揺のあまり辿々（たどたど）しい説明をしてしまう。

そう、ここはトリシャの生家、ツァールマン子爵家の屋敷の一室、昔のトリシャの私室だった。

「でも、どうして……!?　部屋はちゃんと空にして退去したはずなのに」

トリシャが呟いた途端、バタン、と音をたてて今入ってきた扉が閉じた。

「……っしまった……！」

ミカが扉に飛びついてノブを回すが、先ほどの部屋と同様、全く開く兆しは見えない。

ミカは唇を引き結んで、ガツガツと早足で窓際に歩み寄ると、カーテンを開けて外を見た。

「……」

何も言わないミカの後ろから、トリシャも駆け寄って覗き込む。

「……！」

窓の外は、懐かしい屋敷の中庭を見下ろす風景……ではなく、先ほどと同じ、果てのない森。

「これ、うちじゃないわ」

トリシャが茫然と呟くと、ミカも応えた。

「……まだ出られてない、ということですね」

ということは、まだここは塔の中。

「どうして。試練はちゃんと……」

とミカを見上げると、ミカの藍銅鉱の色彩を持つ瞳が静かにトリシャを見つめていた。目が合って、トリシャは赤くなる。

「……ちゃんとキス、したのにね」

ミカが面白がるように言うので、トリシャは無言で睨んだ。

ミカはグルっと部屋を見回すと、「先生の部屋か……」と呟いた。

トリシャもつられるように視線を巡らせる。

何もかも、一七歳まで過ごしていた自室にそっくりだ。

幼い頃火傷した暖炉。その前に置いてあるお気に入りの寝椅子。祖父の形見の大きな振り子時計。

懐かしさでキュウッとトリシャの胸が締め付けられた。その気持ちを誤魔化すように、興味深げに部屋を見渡すミカに声をかける。

「古いでしょう？　築城が曾祖父の代なので、広さだけはあるけど最後は手入れが追いつかなくって」

「この城は、今は？」

「人手に渡りました。今は一部取り壊して、新しい領主の居城になっているはずです」

トリシャはそう言って、振り子時計に近付いてガラスに触れる。

「……懐かしい。この時計だけは、手放したくなかったのですけど」

幸いと言うべきか生憎と言うべきか、好事家の目に留まり売値が付いてしまった。

「また会えて嬉しいな」

トリシャが時計を見て呟いた。ミカもいつの間にか後ろに立って、この程度の時計は見慣れているはずなのに、「立派な時計ですね」と褒めてくれる。そして、

「悪いことばかりじゃないね」

などと言うのでトリシャが首を傾げて振り返った。ミカが慰めるように説明する。

「試練です。懐かしい思い出に再会できたなら、先生にとって悪いことばかりじゃないなって」

「確かにそうですね」

トリシャもニコリとした。ミカは目を細めて、「俺にとってはいいことだらけですけど」などと言

う。

「ミカ様も？」

「好きな人の子供時代の部屋を見れたし……」

と言うとトリシャが頬を染めて目を伏せたので、ミカはその先を言うのを控えた。

——ファーストキスも貰えたし。

「——さて。第一の試練、とあったので、第二があるのかもしれないな」

一通り部屋を見た後、気を引き締めるようにミカが言って、本を抱えるトリシャに手を差し出す。

「先生、本を」

「あ、はい。……あら？」

「どうしました？」

トリシャが本を開くと、先程のページは消えていて、新しいページになっている。本の細工は、このトリシャの昔の部屋を見事に再現していた。

「変わってる……」

「やっぱり」

と言ってトリシャから開いたままの本を受け取って、さっとページに目を滑らせる。

「……〝試練の二つ目(タイネ・クプロテス)〟……やっぱり、二つ目があったみたいですね」

「……。いくつまであるんでしょう」

またさっきみたいな試練でしょうか、と出かかったのを呑み込んで、違うことを尋ねる。

「……とりあえず訳してみます」

「じゃあ、この机を使ってください、ミカ様……」

そう言ってからトリシャがふふっと笑ったので、ミカが「なに？」と目を上げる。

「いえ。……本当の自分の部屋というわけでもないのに、つい、主人（ホスト）気取りで」

そう言うとミカも相好（そうごう）を崩し、

「ありがたくお借りしますよ、トリシャ先生」

と微笑んだ。

ミカが机に座り、本に向き合ってる間、トリシャは改めて部屋を見て回る。

本当に何もかも、懐かしい子供部屋そのものだ。

普通寝室には執務机など置かないが、トリシャは必要に迫られてここで仕事をしていた。

今ミカの座る、一番長い時間を過ごした文机。その脇にある側机には、捌（さば）きされてない銀行からの督促状が積んである。

「……本当に、あの頃のまま……」

トリシャが呟いた。


トリシャの一五歳から一七歳は、同じ年頃の婦女子の青春とは掛け離れた激動の日々だった。

トリシャが王都にある貴族向けの学校（スクール・オブ・ノーブル）を飛び級で卒業した頃には既に生家の子爵家は「破産するか、しないか」ではなく、「いつ、どう破産するべきか」という段階にあった。

「せめて橋の完成までは」

氾濫（はんらん）を繰り返す領地の川の河岸工事を終え、領民の悲願だった流されない橋の建設に着工していた両親の為に、名代として銀行を始めとする債権者との交渉の矢面に立ったのがトリシャだった。

「一五歳の小娘が、生意気な」と言われない為に、誰にも文句の付けられないような態度で、同時に「まだこんないたいけな歳の子まで駆り出されて気の毒に」という同情心すらも利用するために、トリシャは心を擦り減らすように立ち回らなければいけなかった。

思春期らしいことも……なかったわけではない。

トリシャはチラリと、引き出しを見た。大切な物をしまっておく、鍵のかけられる引き出し。

……この時、まだここには入っていたはずだ。彼からの手紙が。

引き出しを見つめたまま、トリシャはしばらくの間ぼうっとしていたらしい。

気がつくと机に肘を突いて、ミカがこちらを見つめているのに気付いた。

「……あ、す、すみません。なんでしょう？」

「……いえ」

ミカは無表情で、引き出しに視線を移す。

「その引き出しに……何か大事な物が入ってる？」

と指摘する。トリシャは苦笑した。

「大事……というか、誰にも見られたくない物が入ってます」

「……日記とか？」

「ふふ」

笑って一部肯定する。

「日記も入ってます。殆ど書いてませんけど」

この部屋で寝て起きた最後の二年間は、食事の時間も取れないことがよくあった。日記を書こうなどと思い立つ心の余裕もなかった。

トリシャは少しだけ逡巡(しゅんじゅん)して、打ち明けた。

「……手紙が入ってるんです」

その男、ゲルト・デメルはメインバンクの頭取の五番目の息子だった。

トリシャが試算表を抱えて金融債権者を回っていた時に父親の銀行の前でトリシャを待ち伏せていて、何故か突然求愛してきたのだ。

デートに誘われ、花束や小さな贈り物も贈られたが、当時両親は忙しすぎて、長女への求婚が返済計画に何の影響も与えないことを確認すると脳内の「後で考える」箱に放り込んでしまった。

一六歳だったトリシャ自身も、ゲルトが十以上年上の男性ということもあり、ときめきを抱くことは無かったのだが――

「……手紙を送ってくださったことがあって」

ゲルトが行楽に行った先からの手紙だった。

内容はいつもゲルトが言っているのと同じ甘い賛辞と愛の言葉だったが、トリシャは執務の合間に、たまにそれを引き出しから出して、こっそり読み返していた。

「……そ、れ、は……初こぃ……あ、アレなのでは……」

「恋」という単語を使いたくないミカが、急に伏字にする。

トリシャは静かに首を横に振った。

「恋が何かもわからなかったんです。綺麗とか、愛してるとか、そんな浮ついた言葉が綴（つづ）られていて、それを読んで……なんでしょうね……」

自分でも当時はよくわからなかったけれど。

「……普通の女の子になったような気がして」

トリシャにとって「普通の女の子」は「物語に出てくる女の子」と同義だった。

まるで自分が主役になったようで、手紙の字を追う刹那だけは、背負ってる重責を忘れられた。

「……そ、その男は……今は？　まだ、連絡を取っていたり……」

「まさか。私、フラれたんですよ」

トリシャが言うと、ミカがピシリと固まった。

「振られた？　まさか、先生を振るなんて！　……なんだ、わかった、狂人か」

「何を言ってるんです？」

トリシャは呆れた。

今日のミカは、いろんな意味で、おかしい。


清算の全てが終わった十七の冬だった。

トリシャが引き払う部屋の整理をしていると、ダンダンダンダンダン、と踵（かかと）をわざと打ち鳴らすような男の足音がして、断りもせずにドアが開けられたのだ。

「……っ!?」

「爵位を返上したんだって？」

ズカズカ入ってきたゲルト・デメルが藪から棒にそう言った。

トリシャは吃驚しすぎて言葉が出ない。

誰かにこんな風に部屋に押し入られたこともなければ、挨拶なしで不躾な言葉をぶつけられたこともない。トリシャは一瞬野獣が入ってきたかと思ったほどだ。

ゲルトは構わず、顔を歪めて酷薄な瞳をトリシャに向ける。断っても断ってもいつも甘い言葉ばかりをトリシャに向けてきた男。

「馬鹿だな！　ほんっとうに、お前の親は大馬鹿だ。空っぽの爵位でも家紋と爵位状さえあれば金を引っ張る方法はいくらでもあったというのに」

大声を出して言うと、イライラした様子でこれみよがしに大きな溜息を吐き、整理途中の部屋を見渡し、最後にトリシャを見下ろした。路傍の犬を見るような目だった。

「じゃあ、もうただの平民か」

そう言うと、トリシャが物を詰めてる途中のトランクを、「ガンッ！」とけたたましい音と共に蹴り飛ばして、真っ青な顔で立ち竦むトリシャをもう一瞥もせずに、部屋を立ち去った。


「……男の風上にも置けない男だ」

ミカはいつもと同じ無表情だが、声は僅かに震えている。……怒ってくれているのかもしれない。

「そうでしょう？」

クスリとトリシャは微笑んだ。

「あの日は使用人の殆ども解雇した後で……誰にも見咎められずここまで来てしまったのです」

「無作法な……。さぞびっくりしたでしょう」

「ええ」

両親や弟妹にはそれだけで済んで良かったと言われたけれど。

「あれ以来、大きな声や音を出す男性は苦手です」

なんとはなしに言いながら、鍵を見つけて、件の引き出しを開けてみた。

「……あった、あった」

かつての求婚者からの手紙は書かずに仕舞われた日記の上に大事そうに置いてあった。

「俺が今……」

ミカがその手紙を見ながらポツリと言う。

「？」

「俺が今、あなたに恋文を書いて、その手紙と入れ替えておいたら……その時のあなたに届かないだろうか」

大真面目にそんなことを言うので、トリシャは咽せた。

「大丈夫ですか？」

「……」

「…………先生、もしかして、笑ってる？」

「……違うんです。だって、ミカ様……」

トリシャが顔を覆った。

「意外と……ロマンチストなんですね」

「……俺にそんなことを言うのはあなたくらいですよ」

ミカが不貞腐(ふてくさ)れたように言って、トリシャは余計に笑ってしまった。

——意味はないけれど手紙は二人で暖炉に焚(く)べた。

「……なんとなくスッキリしました」

と言うトリシャは、「翻訳の邪魔をしてしまいましたね」とまた机を振り返った。

その机を見て、ミカがポツリと、

「十代の、女性の机ではないですよね……」

と言った。

「決算書に返済計画表、試算表……これ、全部先生が？」

ミカが書類の山を手に取る。

トリシャは苦笑して、

「まさか。税理士の先生と一緒に作ったんですよ」

「でも、殆ど……先生の字だ」

ミカは半ば痛ましそうに、机上を見渡し、今しがた手紙を燃やした暖炉を見つめ、トリシャに視線を戻した。

じっと黙って何かを考えている。見つめられすぎて、トリシャは落ち着かなくなった。

「ミカ様……？」

「……この時代からあなたの側にいたかったな」

ポツリとミカが呟く。

「……っ」

トリシャは虚を突かれて、表情を取り繕えなかった。

「あなたの隣で生まれたかったな。あなたが一番つらかった時に、俺は……何の為に生きていたんだろう」

「……、……そ、」

ミカが適当な人間だったなら、心に無いことを絶対言わない人間だと知っていなければ、トリシャは絶対にこんな失態を犯さなかっただろう。

「……っ」

込み上げる嗚咽を堪えて口元を両手で押さえたら、反動のように両眼からポロリと涙が溢れ出た。

「……トリシャ!」

ミカが慌てて立ち上がるのが見えたが、トリシャは取り乱して顔を覆った。

「トリシャ、ごめん。無神経だった……!」

「ちが……!」

トリシャは顔を覆ったまま首を振った。

「……ちがうの……ごめ……なさ……」

「喋らなくていい」

トリシャの腰に手を回して、ミカは半ば強引に掻き抱く。

温かく逞しい男の腕の中でトリシャは涙を止められずにいた。

「……過去のあなたまで自分のものにしたいなんて、我儘だってわかってるんです。……でも」

グスグス泣き続けるトリシャの頭を、優しく撫でながらミカは独白のように囁き続ける。

「……この部屋で、あの机で、あなたが一人で戦って来たことを思うと、俺は……たまらない気持ちになる」

ミカの言葉を聞いて、トリシャは嗚咽が堪えられなくなる。子供のようにしゃくりあげた。

「よしよし……、大丈夫。よしよし。……頑張ったね、偉かった……本当に、君は偉かったと思う……頑張った、頑張ったね、トリシャ……」

優しい声で、トントンと背中を叩いてくれる。

それがまるで、当時はそんな余裕のなかった父の手のようで、トリシャはミカの腕の中で、十五の少女に戻ったように泣きじゃくり続けた。

泣いて泣いて、涙が涸れて、少しぼうっとしてきたトリシャは、フワッという浮遊感と、膝の裏と背中に回った逞しい腕の感触を感じながら、ほんの何秒かウトウトしてしまったのかもしれない。

意識を取り戻したのは、ミカに横抱きに抱かれ、覆い被さるように寝椅子に横たえられた時だった。

「……っ！　……み、ミカ様……！」

「あ、……起きちゃった」

何故か唇が触れるほど顔を寄せていたミカの端正な顔立ちをいきなり拝まされて、トリシャは一瞬で覚醒する。

「な、な、なに……!?　い、今なにを……？」

「あまりに寝顔が可愛くて……キスをしようかと」

腕でトリシャを囲ったまま、悪びれずに言う。

「な……ん、そ、だ、だめです……」

意図するより弱々しい口調になってしまう。

「だめ？　……さっきの部屋では許してくれたのに？」

ミカが色気たっぷりに微笑んで混ぜっ返す。

……許したわけじゃない！

「と、とにかく、離れて……あの、みっともなく泣いちゃったことは、ほんとに……」

「みっともなくないよ。俺は嬉しかった」

「でも、迷惑を……」

「トリシャ」

トリシャを腕で囲ったまま、ミカが蕩（とろ）けるような声を出す。

「俺はあなたの夫になりたい男ですよ。……俺には何をしてもいいんです」

「……っ」

トリシャは言葉を失い、パクパクと口を動かしていたが結局怒ったように、視線を逸らして言った。

「も、もう。揶揄わないで、……い、いい加減、退いてください」

「……ところが……、このままの方が、いいかもしれません、先生」

ミカがおかしなことを言う。

トリシャが再び見上げると、ミカは聞き分けの無い子供になんと言い聞かせるか困ったような表情になってトリシャを見下ろしている。

トリシャはキョトンとした。

「どういうことですか？」

「……試練のことをお忘れですか？」

「あ」

……忘れてた。

「や、訳せたんですか？」

いつの間に……。

「実は、すぐに。文言自体はさっきの試練と全く同じだったんです。……一箇所、単語が違っただけで」

「一箇所……」

嫌な予感。

「ちなみに、どこが……」

聞き返した途端、何故かとろりと、男の目に欲情が流れた。

「……さっきの文章では、ヤ、つまり私と、マ、これはこの場合先生のテイセ……唇を合わせるように、という指示でしたね」

「はい……」

思い出すから、あまり言わないで欲しい。

「今回はテイセ、の部分がケイル、になっていました。ヤ・ケイルとマ・ケイルを合わせろと」

「合わせる……。それで、その、ケイルって……？」

「……」

ミカが黙って、べ、と舌を出して見せる。

「え……」

まさか……

「……ケイルは舌です。トリシャ……今回は深いキスをしなきゃ出られません」

トリシャは凍りついた。

「む、無理です……！　そん……っ、えっ、舌？　舌を合わせるって、だって、どうや……って」

ミカに覆い被さられたまま、トリシャはジタバタする。

「舌を出し合って擦り合わせてもいいですけど……」

「絶対無理ですっ」

そんな状況、想像しただけで卒倒しそうだ。

「……じゃあ、俺に任せて」

とミカがトリシャに顔を寄せる。

「な、……なに……する、の？」

「さっきと同じ。人工呼吸です。大丈夫、トリシャは何もしなくてもいいから」

「さっき……。あ、待って、待って……っん」

ちゅっと唇を押しつけられる。

ちゅ、ちゅ、と、食むようなキス。

「ん、待っ、……って、ん……」

トリシャが腕でミカの胸板を押すが、一ミリも伝わってる感じがしない。

そのうちペロッと、キスのついでにトリシャの唇を舐める。

「ンッ……！　だ、だめ……！」

トリシャは震える手で、ミカの口を塞いだ。

ミカが口を塞がれたまま目を細める。

「トリシャ、だーめ」

「あっ」

手首を捕まえられて、恋人繋ぎに寝椅子の上に縫い付けられた。

「や、ミカ……様、離して……」

「いい子だから、ちょっと我慢して」

「あ、や、待っ……」

再びキスされそうになって、トリシャは思わず顔を背ける。

ところが、ミカはそのまま顔を沈めて、トリシャの首筋に唇を落とす。

「あんっ」

ぞくっと肌が震えて、トリシャは変な声を出してしまった。

ミカはそのままちゅ、ちゅと耳朶まで上ってキスをする。

「あっ、やんっ、みかさま……！」

「……、はあ」

ミカは身悶えるトリシャを見下ろして、何故か険しい顔をする。

「キスだけでこんな可愛くなっちゃうって……。先生、よく今まで無事でしたね」

「な、もうっ、何言って……るんです……。は、離して、お願い」

「無理だ」

断言すると、顔を傾けて強引に唇を奪う。

「ん、ん……っ」

「……っはあ、トリシャ……、いい子だから、口開けて。先生と深いキス、したい……」

「……お、お願い、ちょっとだけ……待って。ちゃ、んとしますから……しれん」

「試練なんてどうだっていいよ。先生となら一生この塔にいてもいい。……キスしたいんだ、トリシャ」

「ミカ様……」

トリシャは真っ赤な顔でミカを見上げる。

「私、……ダメなんです、な、慣れてなくて……、恥ずかしいの、本当に。お願い……かお、隠したい。て……手、離して……」

「……っ」

この状況で、潤んだ瞳で男に懇願するのが逆効果なことも知らないトリシャは、ミカと目が合った瞬間、また唇を重ねられた。

先程までとは明らかに違う強い力で擦り付けられ、強引に唇を割られる。

「……っ!?」

ぬるりと男の厚い舌が唇を割って入ってきた。

「っん――っ」

口内でミカの舌に舌を絡められる。あまりのことに、トリシャは目をギュッと瞑った。ところが、目を瞑ると余計に口内を蠢く男の舌の動きを感じてしまう。

「っ……ン、ン……！」

クチュ、クチュ、とミカがトリシャの舌を味わう音が部屋に響く。そのいやらしい音と口内を犯す男の舌の感触にトリシャは下腹部がジンと痺れて、トロリと股が濡れるのを感じた。

……こんな、こんなの、いけない……！

トリシャが太腿を僅かに擦り合わせた瞬間、

「ガチャン！」

開錠の音が、部屋に響いた――

▲塔、三階

「ん、ン……！」

明らかに解錠の音がしたのに、トリシャはまだ解放されていなかった。

普段淡白なミカが、執拗にトリシャの口内を嬲っている。

舌を絡め、喉奥までくすぐる。

何故かわからないがビクつくトリシャの腰を、いつの間にか下りた右手で怪しく撫で始めた。

このままではいけない。

トリシャはキスとキスの間を見計らって、ミカの制服を引っ張って必死に訴えた。

「……っはあ、はあっ、みか、ミカ様……！」

「ん、なぁに、トリシャ、可愛い」

「あの、……ん、とびら……扉、開いたと思いますっ」

「そうですか？」

ミカはトリシャから一瞬も目を逸らさず、飄々と答える。

「だから、もう……」

「では、念の為にもう一回だけしましょう」

というと、トリシャの手首を捕らえて、再びカウチに縫い付けると、唇を奪い、彼女の小さな舌を弄(もてあそ)んだ。

何をもってして一回というのか……、ミカは散々トリシャの口内を味わい尽くしてから、やっとトリシャを解放した。

「立てますか？　……抱っこする？」

「だ……し、しません。立て……ます」

ミカに手を取られて、よろよろと扉の前に立つ。本も、忘れずに持っていた。

押し倒されたせいで、纏(まと)め髪が崩れて一本の三つ編みになってしまった。

「大丈夫ですか？」

「……」

ぬけぬけとそんなことを聞くミカをトリシャは無言で睨んだ。

ミカはニヤリと笑った。

「そんな顔しても、可愛いだけですよ」

「……っもう！」

トリシャは思わず耳を塞ぐ。

「ミカ様、なんかいつもと違いません!?」

「そうですか？　ちょっと浮かれてるんでしょうね」

浮かれ……これで？

「想い人にやっと告白も出来たし、唇も許してもらえて」

「ゆっ、許した覚えはありませんったら……！」

「ま、さっきの続きはここから脱出してから」

「しません、しませんからね！」

この人……誰？　本当にミカ様？

ミカはふうーっ、と息を吐くと、一瞬で警戒を身に纏った。

「先生、いい？　開けるよ」

トリシャは振り返って、もう一度だけと部屋を目に焼き付けた。

「先生？　……」

トリシャが無言でいるので怪訝（けげん）そうに、ミカが振り返り、トリシャの表情を見て視線を和らげた。

「……また来れて、良かったね」

「はい。……」

「……いつか、先生の住んでた街も見てみたいな」

子供にそうするように、トリシャの頭を撫でながらミカが言った。

「……。何もない所ですよ」

「あなたを生んで育ててくれた土地です。俺は先生の全てを知りたいんですよ」

「……っ、そ、そう……ですか」

「いつか、連れてってください」

「本当に何もないですけど。……それでも良ければ」

何故か怒ったような声になった。それでもミカは嬉しそうに笑った。

「約束ですよ。……二人きりで、行きましょうね」

「ふ……」

トリシャは顔を赤くして困ったように眉を下げた。

二人きりでって……、日帰りの距離じゃないのだけれど……。

「さて。今度はどこに通じているかな。……開けますよ」

悶々(もんもん)とするトリシャを背に庇いながら、ミカは扉を蹴り開けた。


開放された先は……また、先程の空中回廊。

「またここ……?」

トリシャが呟くと、ミカが上を見上げて、指で示した。

「さっき降りた階段は多分あれですね。ちょっとずつ降りてはいるみたいです」

「でもここ……下が見えません。一体何個部屋を抜ければいいのかしら」

もう身体が保たないんですけど……。

「魔術の塔なら、見た目通りではないかもしれませんね……、ここだと本はどうなってる？」

二人で本を覗き込む。

「変わってる……」

仕掛けはその時に二人がいる場所を描いているようで、今は回廊の絵になっていた。字はない。

絵本の中の回廊は上下に果ての無い塔ではなく、五階建ての塔の断面図になっていた。

「五階の部屋から試練が始まったとして、ここは塔の四階。ということは次は三階だ」

「本当だわ……一階まで降りれば、戻れるんでしょうか」

「さて」

ミカはチラリと本を見て、唸る。

「階ごとに試練が設定されてるとすると、あと三個……」

「さ、三個……!?」

トリシャがよろめく。ミカもトリシャを見下ろして厳しい顔になった。

今みたいなのがあと三回続いたら……。

「心臓壊れて死んじゃう」

「いや髪下ろしてるの可愛すぎるだろ」

二人同時に呟いた。

「え？　今、なんておっしゃいました？」

「いや、大したことではありません。トリシャこそ今、何か言いませんでした？」

「いえ……なんでもありません」

「……とりあえず次の部屋に行ってみましょう」

そう言って、ふうと息を吐き、エスコートの為にトリシャに手を差し出した。


次の部屋も当然のように、ドムス家の倉庫ではなかった。

「ここは……？」

「私の部屋！」

「え？」

ミカが驚いてトリシャを見たが、トリシャの方が驚いていた。

またトリシャの部屋……ただし今回は、今の部屋だ。

築三〇年のアパルトマンの一室。キッチンと、小さなダイニングと、寝室が続いている小さな我が城。

キッチンには、トリシャが朝粗相をして割ったカップがそのまま置いてある。

「今の住居（すまい）です」

「先生の……」

「帰って来られた……？」

「いや」

ミカが窓から外を見て、確認する。

「トリシャ先生の家は北区の二番街ですよね」

「そうですけど……」

頷いたトリシャは、ミカに促されて、窓の外を見る。

そこにはやはり、壮大な森の海が広がっていた。

「帰れて……ない」

がっくりとトリシャが項垂れる。

「そうですね。……先生、本を見て」

「あっ、ハイ！」

本を開くと、トリシャのアパルトマンの見取り図のような仕掛けが飛び出してきた。

「やっぱり。私の部屋」

「そう見えてるだけで、違う場所なのか。それとも……」

ミカは扉に近付いてガチャガチャとレバーを回す。

開かない。

「トリシャ先生の部屋ごと違うところに来てるのか」

「混乱してきました……」

「本を見せて。この部屋の試練を確認します」

また試練が……。

前二回のような。

トリシャは男の舌の感触を思い出して、落ち着かない気分になりながら本を渡した。

「……マイダギセ、スードゥル、……うーんこの単語はわからないな。ケイトゥキヒは重ねる、だから……」

記憶の中の単語帳を捲ってミカがなんとか解読しようとする。

古代語が全くわからないトリシャは邪魔にならないよう、黙って自分の部屋を見て回った。

確かに自分の部屋のようなのに、やはりそうではないようだ。

今朝落とした毛布はそのままベッドの下にあり、クローゼットを開けるとそのまま服が掛かっているのに、キッチンのパントリーは何故かドアが開かなかった。

「複製しただけで、違う部屋なのね……」

トリシャが呟くと、

「さっきの先生の昔の部屋と言い、俺にはご褒美だな。……先生の部屋、入ってみたかったんだ」

ミカが部屋を見回しながら言った。

「昔の家と比べたら全然狭いですけど、結構気に入ってるんです」

ミカが誉めてくれたのがなんとなく嬉しくて、トリシャはにっこりする。

「うん。……落ち着きます」

「下の入り口までは何度か来てくださいましたよね、ミカ様が一番街管轄の時に、よくお会いして……」

ミカが警邏隊に入ってからは、ドムスの屋敷よりもむしろ街で偶然会うことの方が多いくらいだ。

ここ最近はあまり会わなかったがそれは……。

「ああ、あれか」

ミカは決まり悪げに頭を掻いた。

「？　なんです？」

「……実は、俺は二番街が管轄だったことはないんです」

「え？」

トリシャは目を瞬かせた。

「でも……？」


自宅の近所で初めてミカに出くわしたのは、トリシャが社交シーズンで王都に出てきている貴族の子女の暇つぶしに手芸を教えに行った帰り道だった。

ドムス家では必ず自家の馬車でトリシャを自宅近辺まで送るようにしているが、そんな厚遇は滅多にない。

帰りの乗合馬車にトラブルがあり途中で降ろされて、いつになく暗い路地をトリシャは一人歩いていた。

飲み屋の外で飲んでいた男に声を掛けられる。

「お姉さん、一人？　こんな遅い時間に危ないよ」

字面だけ見れば親切な紳士だが、無視して早足で歩くトリシャを追いかけて声を掛け続ける。

追ってくる足が二人になり三人になり……声を掛けてきた一人に腕を掴まれて囲まれて、トリシャはさすがに青褪めた。男たちの手がトリシャの服に伸びる。

「……何をしている！」

ビシリとその場の悪漢どもの甘い夢想を砕くような怒声がトリシャを救った。すぐに警笛。

「やべえ！」

現れた警邏の制服を見て男達はすぐに逃げたが、トリシャの腕を掴んだ男は石のような物を警邏隊員にぶつけられてつんのめって倒れた。

すぐに、その警邏隊員がやってきて男を地面に押し付けるように手錠を掛ける。

「大丈夫ですか？　怪我は!?」

尚も暴れる犯人をなんと肘鉄で気絶させて道に転がすと、トリシャに駆け寄って肩を掴んで顔を覗き込んだ。のが、ミカだった。

「み、ミカ……様……!?」

「先生、大丈夫？　どこか痛い所は!?　あいつらに何か……されました？」

対するミカはとっくにトリシャだとわかっていたらしい。

見たことがないような形相でトリシャの無事を確認する。

「あ、だ、大丈夫。大丈夫……です。う、腕を掴まれただけで……」

「あなたに触れただけで万死に値する」

「た、た、助かりました……ありがとうございます。怖かった……」

「良かった。灯(あか)りが点いていないから、念の為巡回してて」

ミカはミカで怒りの余り興奮して変なことを口走っているが、恐怖から解放されたばかりのトリシャは気付かない。

ミカの制服姿を初めて見て、トリシャは、そうかミカ様は警邏隊に入ったのだ、偶々パトロールしてくれていたんだ、と思い込んだ。

ややあってミカの先輩らしき警邏隊員が警笛に呼ばれて二人現れた。

「ドムスか？ ……お前、なんだってこんな所に？」

二人の警邏隊員は、ミカを見て怪訝そうな顔をしつつ転がってる男を確認する。

「ここら辺は治安が悪いんで」

「それ返事になってるか？ ……まあいいや。ああ、こいつの顔は見たことあるぞ」

「こないだ婦女暴行で引っ張られて証拠無しで釈放された奴だ。やっぱりやってやがったな」

「ドムス、お手柄じゃないか」

先輩隊員が褒めるが、ミカはトリシャから目を離さない。

「俺は手柄はいらないので、先輩達が捕まえたことにしてください。間違いなく死刑にしてください。俺は被害者を送って行きます」

「え、いいの？ 評点になるぞ。てか死刑って言った？」

「彼女に触った右腕を切り落として犬に食わせるのを忘れないでください」

「いや～食わねえだろ」

「なんかお前今日面白くない？」

「行きましょう、トリシャ。家まで送ります」

先輩をまるっと無視してトリシャを促す。

「待て待て、被害者にも聴取をしなきゃ」

「聴取は明日でいいでしょう。疲れてる上に酷い目に遭ってるんです。明日俺が署にお連れします」

有無を言わさず、トリシャを連れてその場を去った。

「ミカ様……ありがとうございました」

帰り道、改めてミカに御礼を言う。

「どういたしまして。……にしても先生、ドムス宅に来てない日はいつもこんなに遅くなるんですか？」

心配そうに言う。

「今日はたまたまです。乗合馬車の車輪が外れて、骨董通りから歩く羽目になって……」

「乗合馬車か……。ドムス家に住まいを移して欲しいって申し出、断ったんだそうですね」

ミカが残念そうに言う。トリシャは苦笑した。

「さすがにそこまで甘えられません」

「今日みたいなことがあると心配だな……来週も同じ家に通うの？」

「お声が掛かれば、ですね。気まぐれなんです、今日のお嬢さんは」

そんなことを話してるうちにトリシャのアパルトマンに着いた。

「明日、ラウラの授業の日ですよね。聴取があるから、明日はお休みにしましょう。家には俺から伝えておく。勿論、給料は出してもらうから」

「そんなわけにはいきません」

トリシャは慌てたが、ミカは真剣な顔で、言い募った。

「駄目です。……今は大丈夫だと思ってるかもしれないけど、男に集団で追い掛けられて、大丈夫なわけないんだ。お願いだから俺のお願いを聞いてください」

「ミカ様……」

トリシャは感動する。出会った頃はどこか根のない感じだった青年が、いつの間にか芯が出来て頼り甲斐のある男性になっていたようだ。警邏隊は彼にとって天職だったのだろうと思う。

「……わかりました。じゃあ、お言葉に甘えます。でもお給料は受け取れませんよ」

「ダメです。俺の我儘なんですから」

「働かないのにお金は貰えません」

一歩も引かない声音でトリシャが言うと、ミカは口をへの字にして何か考えていたが、

「……じゃあ、明日、聴取のついでにお昼を奢らせてください」

と意を決したかのように提案した。

「え、だ、ダメですそんなの」

「お願いします。……実を言うと、行ってみたい店があるんです。男一人じゃ入りにくい店」

「……本当に?」

「本当に」

宣誓するようにミカが右手を心臓に当てる。トリシャは疑わしそうにミカを見ていたが、ふっと息を吐いて微笑んだ。

「……じゃあ、ご一緒させてください」

「……っや、よ、良かった。じゃあ、明日……十時頃ここでお待ちしてます」

心臓に当てた手をそのまま握り締めて震わせたミカが言った。

その次の日は警邏の聴取に応じた後、ミカの言うレストランに一緒に行って、非番だというミカと結局夕方まで一緒に過ごした。

その日以降も、街を歩いていると特に夕方以降ミカにはたまに出くわして、いつも制服姿なのでてっきり二番街（この街）が管轄なのだとばかり……。


「……仕事が終わった後、二番街を自主的に巡回していただけです。先生が住んでる区域だから」

「え……ええ!?」

トリシャの部屋のダイニングテーブルの椅子に座って本を広げるミカが、珍しく気まずそうに告白する。

トリシャは驚きの余り二の句が告げない。

「気持ち悪いですよね。はあー、言わなきゃ良かった」

「そ、そんなこと思いません。でも……ええ!?　じゃあ……」

じゃあ、と言ってトリシャは口をつぐんだ。

じゃあ……もしかして、そんな前から、私を……。

「ところで……、翻訳、出来たと思いますが、……先生?」

ミカが本から顔を上げてトリシャを見て、

「顔、赤くない?　大丈夫?」

「え、あ、そうですか?　ちょっと、暑いのかも……っ」

頬に手を当てて、トリシャは誤魔化した。

ミカに促されて、ダイニングテーブルに二人で並んで座り、本に向き合う。

「ちょっと自信がないんですが……今回は、お互いのマイダギセにキスをしろと書いてあるかと」

「……キス。ちなみに、マイダギセって……」

嫌な予感がする。

「……ええと、胸です。正確には……胸のてっぺん。乳首を指します」

「……」

「……」

ミカと二人、奇妙な沈黙の中、視線が三往復した。

「ち⁉」

変な声が出た。

「……無理です！　無理無理無理むり！」

トリシャは胸を押さえ、真っ赤になって立ち上がる。

「トリシャ先生、落ち着いて」

「だって……」

そういうミカは何故そんなに落ち着いているのか。

「だいたい、そんな……単語、授業で習います？」

「授業では出てこないですけどね。男共はアホなんで、古代語でイヤらしい文章作ってよく遊んでたんです」

「アホだ……」

アホだけど、訳文に信憑性が増してしまった。

待ってたら誰かが助けてくれるんじゃないか。という自分でも全く信じていない希望をトリシャは口に出して抵抗したが、ミカは首を縦に振らない。

「でも、でも」

トリシャは無意識に腕を胸の前で交差させるようにして庇う。

「試練をしなきゃ開かないんだから、出来ることはやってみよう。……ね、先生。大丈夫、ちょっとチュってするだけだから。痛くないから」

「い、痛みを心配してるわけではありません……」

「注射みたいなもんです。ね？　医療行為だと思って」

そういうミカは、確かに動じていない顔をしていて、トリシャは自分が酷く子供じみた駄々を捏ねてる気分になった。

「………あの……服の上からでもいいですよね？」

トリシャがとうとう屈してそう言うと、ミカは大真面目に頷いた。

「俺はいいですよ」

俺は。

試練に認められるかどうか……。

トリシャはその大事な一点から目を逸らして、試練に挑むことを容認した。

警邏の詰襟のジャケットを脱いで、ノーカラーのシャツ一枚になったミカの目の前に立って、胸元に唇を寄せる。

全然恥ずかしくない。全然。市場に行けばバンバン男性にぶつかるもの。あれと一緒。照れたら負け。

……あ、でも。

トリシャはハッと顔を上げた。

「口紅が付いちゃいます」

「大丈夫です」

とすぐにミカが言う。

「さっきのキスで全部落ちちゃってます」

「…………!!」

トリシャは顔を覆った。

「もうっ、なんで今、そういうこと言うの……！」

「ははっ」

何が嬉しいのか、ミカが珍しく声を上げて笑った。

「先生の口紅なら付けて欲しいくらいですけどね」

「そういうのいいですから！　……い、いきますよ」

声がけをして、えいっとミカの胸にキスする。

キスというか、顔面頭突きのようになったが。

堅い……。

思ったよりも逞しい胸板と、一瞬香る香水のような匂いにクラクラする。

ところがミカは微妙な顔をして、

「先生……申し訳ないですけど、俺の乳首はここらへんです」

と指さした。

「……もうー！」

もう一回やり直す。今度はそっと。それから反対も。

……やっぱり良い匂い……。

「やばいな……」

ミカが呟いた。

「ん？」

やり遂げた達成感で、トリシャは笑顔でミカを見上げる。

「なんでもないです。次は俺の番ですよ、……先生」

そうだった。

体格差があるので、と説得されてトリシャがベッドから足を下ろして座って、その前にミカが跪く。

うう……恥ずかしい。

乳首どこですか、なんて聞いてきたらぶん殴ってやる。

「先生……まず右側こっちね」

「は……」

い、と言おうとして、

「はぅんっ」

と言ってしまった。

ミカが躊躇いなく、トリシャの白いブラウスの上から、乳首を噛んだからだ。

「あっ、ちょお……」

咄嗟に背中を反らせるトリシャの腰に、ミカがガッチリと腕を回して逃さない。

ブラと服の上から、何度もはむはむと乳首を唇で挟む。

「や、や、ミカ様っ」

ミカの榛色の髪の毛を掴むように制止するが、ミカは余計に火が点いたように「次は左（こっち）」と言うなりトリシャを押し倒す。身体の上に馬乗りにのし掛かり、左胸をカプリと食べた。

「あ！　ちょっっ……」

右胸を同時に大きな手で撫でられて、トリシャの身体が跳ねる。

「っみかさま……！」

運動もしてないのに息が上がる。

ミカは、片手でトリシャの胸を揉（も）みながら、左胸を右と同じように味わった後、

「……やっぱり、ダメみたいですね、服を着たままじゃ」

言うなり自分のシャツを引きちぎる勢いで脱ぐ。鍛え上げられた上半身を晒すと、トリシャのブラウスのボタンにも手を掛けた。

「先生、脱がせてあげるね」

上からブラウスのボタンを外していく。

「待っ……」

トリシャが我に返った。

「待って待って！　だめ！　じ、自分で……！　自分で脱ぐぅ！」

ブラウスを半分ほどはだけられてから、やっと抵抗して、這うようにミカの体の下から抜け出す。

「み、み、ミカ様……目を瞑ってて」

トリシャが脱がされかけたワンピースの前身頃を合わせながら、羞恥に震える声で頼むと、ミカは目を瞑るどころかギンギンに目を見開いてトリシャを見つめた。

「無理です。見たい」

「ミカ様！　もうっ」

「見ないと先生のオッパイにキスも出来ないし」

「おっぱ……」

直接的な言葉に、トリシャが顔を真っ赤にする。

「絶対だめ！　見るなら脱ぎませんっ」

「じゃあ脱がしてあげる」

「違うぅ！」


ミカに大分ごねられたが、どうにか目隠ししてもらうことに同意してくれた。

彼は今、上半身裸でベッドに座って、トリシャのスカーフで目隠しをされている。

ミカの目隠しを入念に確認したあと、トリシャはそれでもミカの死角に行って、ブラウスを脱いでブラを外し、……もう一度ブラウスを裸の肌に羽織った。

そのままベッドにそっと乗って、「み、ミカ様、行きますよ」と言うと、ミカの喉仏がゴクリと上下するのが見えた。

目隠ししているミカの裸の胸に唇を寄せて、「ちゅっ」と一回。

反対側にもそっと口付ける。

唇にひとの肌の感触と、熱が移って、トリシャはたじろいだ。

ミカは顔を赤らめて、「……カンタチした」とよくわからないことを呟いている。

「…………じゃ、じゃあ次……」

トリシャが震える声で言うと目隠ししたままベッドにあぐらをかくミカが、身動ぎする。

「ね、本当に目隠し取っちゃダメ?」

「絶対だめ」

トリシャが言う。

「わ、私がやりますから、じっとしててください」

そういうと、ブラウスを開いて、大きくも小さくもない胸を目隠ししているミカの前に露出させる。

ぷるりと震える乳首は、緊張でか外気でかツンと勃っている。

うう……私、何をやってるのかしら。

トリシャはその乳首を、ミカの唇に寄せようとして、ベッドの上で膝立ちになるが胡座を組んだミカの脚が邪魔してうまく届かない。

「ミカ様、すみません、あの……脚……の上に、少し、乗っかってもいいですか?」

「勿論」

とミカがやや大きな声で言う。トリシャはなるべくミカの膝に負担を掛けないよう、ミカの両肩に掴まりながら片足だけヨイショと跨って、

「あの……いきます」

と言った。そうっとミカの唇に左の乳房を押しつけ、すぐ離す。

「…………！　いまの……！」

「しゃ、喋っちゃダメです。あと右側も残ってるから」

勢いでやってしまおうと、右側の乳房をミカの唇に――。

ペロリ
と突然、ミカが舌を伸ばしてトリシャの乳首を舐めた。

「っ!!　や、なっ……」

背を反らしてにげようとするトリシャの背中と腰に、既に男の逞しい腕が回っている。

引き寄せられ、ミカの脚に膝をつくように乗り上げてしまって、もう一回、ペロペロと乳首を舐められる。

「あっあっやっ」

腕を突っ張ってミカから離れようとしても、ビクともしない。

ちゅうっちゅうっ
ミカが乳首を吸い始める。

「やっもっ、吸っちゃだめっ、ああん」

ミカの左腕はがっしりとトリシャの腰を掴み、右手で目隠しを剥ぎ取ると、吸っていない方の胸を

思いっきり揉み始めた。

「ふわあっ」

ミカの熱い口内で、乳首を舌で転がされる。

「みかさま……っだめえ」

体をゆするように抵抗すると、ミカが乳首からやっと口を離し、はあはあと乱れるトリシャを見上げながら、

「だってまだ扉が開かないから」

と言って、右手で掴んでる乳房をゆっくり揉んだ。

「はあ、トリシャ……！　すごい、ドクドクいってる。柔らかい」

「つん、んっ、揉まな……っああんっ」

「左(こっち)、一瞬だったから……ちゃんとキスしないと開かないのかも」

そう言って今度は右手の指の股からこぼれる乳首に舌を這わせる。

「あっん、ちゃんと、したもんん～っアア」

「ああ、トリシャ」

いつの間にか胡座に戻ったミカの上に跨るように座らされるトリシャの脚の間に、何か硬いモノが擦れる。

これって、まさか。

「……ッアア⁉」

グインッと下から突き上げて、ミカがその昂(たかぶ)りをトリシャの股に擦り付けた。

トリシャが堪らずミカの頭を抱え込むように縋り付く。

「むぐっ」

ミカの顔がトリシャの胸に埋まった。

「あっ、ごめんなさい、ミカ様……」

「……はあ、おっぱいで窒息するかと思いました」

「……もうっ」

トリシャが真っ赤な顔で睨むと、ミカの表情が急に歪んだ。

「………………っトリシャ」

トリシャの視界がぐるんっ、と回って、あっという間にミカに押し倒され、のし掛かられる。

「トリシャ、トリシャ……我慢できない。ここで抱きたい」

珍しく余裕のない表情。

応えてあげたい、という気持ちがトリシャの中に確かに蠢いているのだが——

「み、ミカ様……待って。お願い。ちゃんと、考えますから、お願い……」

「ちゃんと……。……考えてくれる？　俺との結婚」

コクコクとトリシャが頷く。

「ほんとに？　さっきまで、冗談だと思ってませんでした？」

「……だって、ミカ様が私なんかを、そんな」

「私なんかって、何？」

怒ったようにミカが言う。

「今日まで頑張ってきたのはあなたに相応しい男になりたかったからだ」

「ミカ様……」

ミカの見たことのない真剣な表情に、トリシャは息が出来ないくらい動揺する。

「私、……自分を卑下してるわけじゃないんです。でも……」

「でも？」

「あの、ミカ様は素敵です。よりどりみどりでしょう？　なぜ……私を？」

虚を突かれたようにミカが目を丸くする。

腕を引っ張ってトリシャを起こすと、そのまま膝に横抱きに乗せて抱き締めた。トリシャは丸出しだった胸を、ブラウスの前を合わせて隠す。

「……あなたに初めて会った時、俺はただの卑劣漢でした。三人の男に囲まれて怒鳴られて、……あなたが密かに震えていたのに俺は気付いていてたんです」

怯えているのを表情に出さず、大の男三人に堂々と道理を説くトリシャが同い年だと知った時はショックだった。

自分がただ漫然と生きてきた年月を、困難の中を藻掻くように自分の才覚で切り開いて生きてきた女性。

「すぐにあなたに惚れました」

ポツリと言う。

「でも、俺は……何もなかった。いつも実家の豊かさに甘えて、世の中を斜に構えて見て心の中で馬鹿にするだけで、自分では何もしてなかった。あなたとの……あなたの生き様との差に、愕然としました」

　絶望したと言ってもいい、とミカは続ける。

「あなたの隣に立ちたいのに、それに相応しい男ではないのが自分でわかったんです。焦ったし……正直、惚れすぎてて、とにかくあなたを力ずくで自分のものにしようと思ったこともある」

　トリシャが吃驚してミカの顔を見直す。

　ミカは真剣な顔で、冗談を言っているようには見えなかった。

「温室に呼び出したことがあったでしょう。あの時、あそこであなたを手篭めにするつもりだった」

「えええ……」

　ミカが家出するちょっと前だ。

　確かに、トリシャはミカに相談があると言われ、温室で話した。

「でも、ミカ様はそんなことなさいませんでした」

「……あなたが俺を信じてくれたからです」

　ミカがトリシャの頬を愛おしそうに撫でる。

「外の世界で自分の力で生きてみたい、と言った俺に、あなたはこう言ったんです。あなたなら出来ると」

　トリシャも思い出した。

　あの時、思い詰めたような顔をしたミカの背中に手を添えながら、ミカ様なら出来ると思います、と言ったのだ。

「あなたは真面目で素直で、負けん気もある。思いの通り生きても少しも目減りしないほどの愛情も家族から受けてる。自分に足りないものが自信なら、自分をちゃんと試してあげるべきだと」

「……確かに言いました、ね」

ミカがふっと微笑む。

「あの言葉がどれほど俺を励ましてくれたか。あなたの隣に立つチャンスがまだ残ってると言われたようでした」

トリシャの腰に回る手に力が込められ、反対側の手でぎゅっと抱き寄せられる。

「あの時あなたに乱暴を働かなくて良かった……。今だに夢を見ますよ、あの時あなたを犯して、全てを失う悪夢です」

「……よ、良かったです。ほんと」

自分がそんな危ない橋を渡っていたとは。

「トリシャ、愛してます。もう少しだけ我慢するから、俺との結婚、真剣に考えてくれる？」

トリシャの顔を覗き込むように、ミカが訴える。

深い青空色の瞳に、魅入られながらトリシャは
「……はい」

と小さく頷いた。


ところが。

「……ッ、ミカ様っ、だめ……！」

「ああ、トリシャ先生、可愛い」

トリシャは両手であの本を開いた状態で、ミカの膝に座らされ、後ろから思いっきりミカに胸を揉まれていた。

「はあ、はあ……やだぁ」

「ほら、先生、ちゃんと本開いてないと、訳せないよ」

あの後、「互いの乳首にキスする」という条件を果たしてもドアが開かないので、訳が間違ってるのではないかという話になった。

もう一回訳してみるというミカに、何故か本を開いて膝に座るように言われたトリシャは、まんまとミカの大きな掌で揉まれて喘がされている。

「み……かさまっ、さっき、我慢するって……」

「めちゃくちゃ我慢してます」

うなじに口付けながら言う。

「じゃあなんで……っ」

「先生に触ってると正しい訳文が浮かびそう」

「そんなわけ……あーんっ、もうっ」

「先生の胸……妄想の百倍綺麗だ」

ミカはトリシャが上まで閉じたブラウスをわざわざもう一度、ボタンを引きちぎるように開いて、直接揉んでいる。

「早く……訳して……っ」

「うん」

言いながらも乳首を優しく擦るので、トリシャは身体が熱くなって息が上がる。下着がぐちゅぐちゅに濡れているのがミカにバレないか心配で堪らない。

「合ってると思うんですけどね。ヤとマの乳首のキス、ん～……もっかいこの可愛い乳首吸ってみていい？」

言いながら乳首を親指と人差し指で摘んでクニクニする。

「あん、ああ……っ絶対だめ……！」

トリシャは喘ぎながらも切実な危機感を覚えて、必死に頭を回す。

「ね……ねえ、ねえ、もしかしたら」

こうじゃないかしら、とトリシャが思いついたことをやってみる。

くるりとミカの方に向き合って、開いた胸をミカの胸にモニュッとくっつける。

「胸にキス、じゃなくて、胸と胸のキスって意味じゃないかと……」

胸を押し当てながらミカの顔を見上げて、トリシャはすぐに後悔した。

「……俺がこんなに我慢してるというのに……」

ミカが唸るように言うのを聞いた次の瞬間、トリシャは後頭部を掴まれて、噛まれるようにキスをされた。

舌を絡め取られ、口内を舐られながら、ガシャンという開錠の音を聞いた――

▲塔、二階

「ん、ん」

またもねっとりと舌を絡まされ、口内を犯される。

トリシャの後頭部を掴んでいない方の手は、トリシャの胸をゆっくり撫で回し始めた。トリシャの身体が勝手にビクリと震える。

「ん、ちゅ、はあ……トリシャ、トリシャ、好きだ」

唇を僅かに離すと愛を囁き、またくちゅくちゅと唇を奪う。

「……ッン、ん……ん」

トリシャの喉が喘ぎ出すと、興奮したように一層舌と指を蠢かせた。

「……あー……、先生、好き……抱きたい……」

「はあ、はあ、や、だめ、だめ、だめ」

やっとトリシャの唇から離れたミカが、次はトリシャの肘を掴んで、胸をしゃぶりだす。

「ああっ、ああんっ、だめっ……！　ミカ様……！」

チュパチュパと音を立てて乳首を吸われて、トリシャは涙目で抵抗した。

「はあ、ンッ……ま、待って、お願い……どあ、開いた……からぁんッ」

「ああ、んちゅ、トリシャ、可愛い、可愛い」

「だめ、ああっ、舐めちゃ……！　ンッ、だめ、もうだめ。へ、部屋から出……出ようよぉ……あぅ

「……」

「可愛い、トリシャ、可愛い、好き、好き、好き」

「は……話を聞いてぇえ」

またもしばらく濃厚なキスをされ続け、当然のように胸も好きにされてしまったトリシャは、それ以上に進もうとするミカを必死に説得して、這々の体で部屋を脱出したのだった。

……ミカに腰をガッチリと抱かれ、涙目で出たそこは、やはり先程の空中回廊。

「またここ……」

三つ編みも解けて、完全に下ろし髪になったトリシャが呟く。

「次は二階ですね」

ミカが愛おしそうにトリシャの髪に口付けて、

「先生……俺はいいんですけど」

口元に微笑みを浮かべたままミカが言う。トリシャがきょとんと顔を上げると、困った子を見る目で指摘した。

「前ボタン。……閉じないと、風邪ひくよ」

「……、……っ!?」

トリシャは自分の姿を見下ろして声にならない悲鳴を上げた。

ブラウスの前ボタンが全て開けられて、乳首こそ隠れていたものの、白い肢体が縦に割られて男の目に晒されている。

トリシャはブラウスを掻き抱くように前で合わせて、ハッと気付いてまた悲鳴を上げてミカに背を向けた。

「トリシャ？　どうしました？」

ミカがびっくりしてトリシャを覗き込む。

「なん……でもありません！」

「何でもないって声じゃなかった。一体……」

「何でもないの！　こっち……こっち見ないで！」

ブラを忘れてきた……！　さっきの部屋に。

ボタンをやっと二個はめる。その他のボタンは何故かミカに引きちぎられた白いブラウスの下は、裸だ。

トリシャが胸の前で手を交差させてミカに背を向けたので、ミカにもどういうことかすぐわかったらしい。

安心したように息を吐いた後、

「さっきいっぱい見せてくれたのに」

とトリシャの肩を抱き寄せた。

…………見せたわけじゃないっ！

階段を降りると、また扉。本によると、塔の二階だ。

「……開けますよ」

ミカが前に立ってくれて、扉を開ける。

「ここは……？」

今度はトリシャの初めて見る場所だった。

寮のような、簡素な家具の配置されている部屋。寝るためだけのベッド、椅子と狭いテーブル、お湯を沸かすためだけのようなキッチンで一部屋。段差があって一段低くなっている場所はタイル張りで、カーテンが仕切りにかかっているので、シャワー室だろうか。

「俺の部屋です……」

「えっ!?」

ミカはさすがに驚いたように部屋を見渡していた。

「いや、正確には、ついこないだ引き払った寮の俺の部屋だと思います。角部屋で……ほら、ここ」

と部屋の窓枠を指差す。角の部分の釘（くぎ）が少し出ている。

「この木枠が壊れて怪我をしたことがあって、自分で修理したんです。俺の部屋だ」

トリシャが窓から外を覗くと、やはり森だった。

「ミカ様の部屋に見える部屋……ってことですね」

「もう戻ってくるまいと思ってたのに、戻ってきてしまった」

ミカが苦笑する。トリシャは不思議そうに首を傾げた。

「引き払った……ってことは、引っ越ししたんですね」

「はい。昇進して、隊長になったので……」

「隊長になると寮にはいられないんですか？」

「いや、そんなことはないんですけど。独身でいる限りは」

珍しく言葉を濁す。

トリシャは疑問に思いながらも追及はしないことにする。部屋を見渡して言った。

「……こんな風になってたんですね」

「ん？」

「実は、ミカ様に会いに、寮に行ってみたことが」

「え⁉　いつ⁉　聞いてない！」

「入隊二年目くらいの時に、褒章を受けたでしょう？　誘拐された貴族のお嬢様を助け出して」

ミカが焦ったように言うのが、珍しくて、トリシャはつい笑ってしまう。

「ああ……」

「ドムス家で聞いて、全員大興奮してたのにミカ様が全然帰ってこないものだから、皆がガッカリしていて。一度帰ってあげたらどうかって差し出口をしようかと思ったんです」

トリシャはその時のことを思い出しながら部屋を見渡した。

「でも、寮の前でミカ様が女性に……多分その貴族のお嬢様だと思うんですけど、抱きつかれてて。なんとなく話し掛けられなくて、帰ってきちゃった」

「…………」

ミカが意表を突かれたようにトリシャを呆然と見る。

あまりに長い間無言で見つめるので、トリシャは決まりが悪くなる。

「ミカ様……？」

「……ああ、すみません」

「どうかしました？」

「……あなたに会える機会が知らずに奪われてたと知ってあのお嬢様に殺意が湧いていたのと」

なんですと。

「先生が……もしかして少しは嫉妬してくれたのかと思って。憎しみと嬉しさが混ざってよくわからないことになってました」

「……しっと」

思いもよらないことを言われて、トリシャはポカンとミカを見た。ミカは自嘲気味に笑った。

「……冗談です。あなたが俺をどうとも思ってないことは――」

「ああ！　そうかもしれませんね」

トリシャが手を打った。

えっ、とミカがポカンとする。

「長い間不思議だったんです。……なんであそこで帰ってきてしまったんだろうって。ちょっと、嫉妬してしまったのかもしれません」

「トリシャ」

ミカが低い声を出す。

ハッとトリシャが口を押さえた。

「俺を煽(あお)ってるんですね？」

「違いますゴメンナサイちゃんと考えてからものを言います」

早口で謝った。

「トリシャ……」

にじり寄ってくる男の気を逸らそうと、トリシャは
「……っ本！　ほん、本読みましょう！　また、翻訳して頂かなくちゃっ」

と開いたままにしていた本をミカに突き付けた。

「……っ。俺の部屋が本に載ってるなんて、変な感じですね」

ミカは自分の中の強い衝動から強引に気を逸らすように、本を受け取り、机に向かった。

トリシャはその間、一頻り部屋を見て回って、ベッドに腰掛けるとボンヤリとミカの背中を見つめた。

嫉妬……。そうか、嫉妬だったのかもしれない。

自宅近くでミカに助けられた翌日のミカとの外出は、誰にも言っていないけれどトリシャの心にずっと灯るように輝き続ける宝物の記憶だった。

ミカに助けられた翌日。
トリシャはいつもより早起きをして身支度を済ませて、なんとなくソワソワと約束の時間まで鏡を見たり、本を開いたり、鏡を見たり、書きかけの小説を書こうとしてみたり、鏡を見たりして過ごした。
男性と二人きりで食事をするのは初めてだ、と気付いたのは、昨夜家に帰ってベッドに入り、暴漢

の記憶を追い払おうとミカのことを考えた時。

「でも、ミカ様だし」

とトリシャは一人ベッドの中でごちて、昨夜は眠りについたのだが……。

どこも変じゃないかしら、とまた鏡を見る。何をソワソワしているのだろう、とトリシャは自分に呆れた。

「デート」

ミカは生徒の父兄だ。デートでもあるまいし、こんな……。

トリシャは自分で考えておいて赤くなった。

言われた時間に下に降りると既にミカは待っていて、トリシャを見るともたれていた壁からすぐ離れて歩み寄ってくる。

「おはようございます」

「おはようございます、先生。……」

ミカが少しボウっとしたようにトリシャを見下ろす。

「な、なにか?」

「……そのワンピース、初めて見ました。すごく素敵ですね」

「……ありがとうございます」

密かにオシャレしたのがバレて気恥ずかしいけれど、気付いてくれて嬉しい気持ちもある。

トリシャはミカを見上げた。

ミカは実家にいた時のようなラフな黒シャツに身を包んでいる。

「ミカ様も素敵です」

お返しのつもりで言ってみたが、疑わし気に薄目で睨まれる。

「……。本心ならどんなに嬉しいか」

「本心ですよ」

「どうかな」

と言ってミカは微笑んで、トリシャに腕を差し出した。


事件の調書は北区にある警邏隊の分署で取られた。

午前中いっぱいかかってやっと解放される。

「思ったより微に入り細に入り聞かれるのですね」

分署を出たところでミカに言うと、彼は申し訳なさそうに眉を下げた。

「すみません。俺が担当できたら良かったんですけど……嫌なこととか言われませんでした？　怖い思いもしていない？」

「大丈夫ですよ。ミカ様のお友達のあの……アルベルト様がとても良くしてくださって……」

何故だか終始ニヤニヤした顔でミカの話を振られたが。

「後で殴っておきます」

「なんでそうなるんですか？」

トリシャが慌てて言うと、ミカは顰めっ面になった。

「早くあいつの記憶は消してくださいね。先生の脳が可哀想だ」

大真面目に言うので笑ってしまった。

昼食にと連れて来られたレストランは一階はカジュアルなテーブル席で、二階は個室だった。

「個室もいいけど、天気がいいからテラス席はどうですか？」

と言われてトリシャはホッと頷く。

男性と個室でランチなんて、食べ物の味がしないに違いない。

……食事はとても美味しかった。

二人とも身に染みついたマナーで、食事中は殆ど会話をしなかったが、食後、デザートが出てくるまで少し時間があり、噴水広場を見下ろしながら色々話した。

トリシャの弟妹のこと、ミカの仕事のこと、最近のラウラのこと、悪友だというアルベルトのこと……。

「じゃあ、やっぱりアルベルト様だったのですね」

学生の頃から警邏に誘ってくれた友人がいるというのはミカから聞いたことがあって、もしかしたら名前も聞いていたかもしれないがすっかり忘れていた。

「あいつはあれでも貴族の子息なんですよ。八男で十三番目の」

「八男!?　十三番目!?」

「親父に愛人が三人いるんです。……五人だったかな？　素数だということは憶えてるんですけど」

どういう憶え方？

「凄いですね……」

「ね」

トリシャの両親もミカの両親も愛人だの隠し子だの縁が無い夫婦だ。

なんとなく顔を見合わせた。

「それで、アルベルト様は……」

「あ、あいつの話はこれでおしまいです」

ピシャリと言うのでトリシャは目を丸くした。

「八男で十三番目というのをネタにしたかっただけですから。さ、あいつのことは綺麗サッパリ忘れていいですよ」

ミカがおしまいおしまい、と手を振るので、トリシャは可笑しくなってデザートが来るまでクスクス笑い続けた。

昼食後はブラブラと散歩しながら取り留めのない話をした。疲れたら砂糖問屋の軒先で売っていた飴細工を買って、広場の銅像の陰で座って食べて……。

ミカは終始トリシャを気遣ってくれた。

トリシャの希望で古書店街に行った帰り道、夕陽を見て帰ろうとミカに誘われ、嘆きの王女の丘に行った。

丘と言っても舗装されたゆるやかな坂道で、両側には少し裕福な平民の家が連なる頂上に広場がある。

百年以上昔にこの丘で、戻らぬ恋人を待って泣きながら自害した王女がいたという話だが、真偽は定かではない。

そのてっぺんの広場で夕陽と、夕陽が煉瓦に反射した金色の街並みを見ていたら、「先生は……」

とミカが言い難そうにこう訊いた。

「……昔の暮らしが恋しくなることはありますか？」

トリシャはミカを見ずに即答する。

「ありません」

「……貴族だったのに？」

「貴族だったから。煌びやかな一面があったのは否定しませんが、義務の重さにいつも押し潰されそうでした」

つい見栄を張ってしまったが、トリシャが物心つく前に財政が傾いていたので、いわゆる貴族らしい煌びやかさとは殆ど無縁で育った。

「……分不相応な贅沢をして人の百倍の責任を背負うのが貴族なら、自分の力で稼いで自分一人の口だけ満たせば良い今の暮らしが私は性に合っています」

トリシャがミカを見上げて微笑む。

「こうやって好きな時に夕陽を見に来られるのって、すごく自由だと思いません？」

「……」

ミカは眩しそうにトリシャを見つめて、答えない。

それでトリシャはちょっと茶目っ気を出して、同じ質問をしてみた。

「ミカ様こそご実家の暮らしに戻りたいと思いませんか？」

「思いませんね」

「大金持ちなのに？」

「……俺も、自分一人の力で立ってみたかったから。何かに頼ると、手に入らない気がしたんだ」

「……何か、欲しいものがあるのですか？」

トリシャは不思議に思い首を傾げた。物にも人にも執着しない淡白なミカが珍しい。

何かに頼ると手に入らないもの？

「喉から手が出るほど、欲しい」

ミカがトリシャを真っ直ぐ見つめながら言うので、落ち着かなくなる。

「手に入るといいです、ね……」

「もうちょっと出世したら言うから」

「？　はい……」

ミカが変なことを言うが、たまに変なことを言うのでトリシャは曖昧(あいまい)に頷いて流す。

その後、夕陽が沈んでから、家まで送ってもらって帰った。

家に帰るとすぐ、行儀悪くベッドに身を投げて、トリシャは呟いた。

「……楽しかった、な……」

デートなんかじゃない、と思いつつも、人生でもう無いかもしれないからデートっていうことにしてしまおう、なんて思ったり。

少女時代を男に交じって貴族学校で過ごし、卒業して後は実家の資金繰りに奮闘していたトリシャにとって、その日は初めての「余暇」であった。

その後も、特に夕刻に、ミカとは近所でよく会った。

会うと必ず家まで送ってくれる。

用事があると言うと、用件を聞く前から自分もそこに用事があるなどと言う。

おかしな人だと思った。

でも、楽しかった。

いつの間にか会うとふわっと心が浮き立つように感じていた。


「ミカ兄様が新聞に載ってるの！」

その日、トリシャがドムス家の玄関を入ると同時にラウラが飛びついてきた。

「ラウラ様、お行儀が、えっ、ミカ様が？　新聞？」

ラウラを抱き留めながら、トリシャが忙しく反応する。

「今日発行の三紙どれも載っていますよ！　写真付きッ」

ラウラの兄でミカの弟のライナルト・ドムスも興奮したように新聞を掲げて立っていた。

先生こっち、こっちと招かれて入った部屋にはドムス夫妻とドムス家の長兄のマテウスもいて、全員が新聞をニコニコと手に持っている。

「ミカ兄様が誘拐事件を解決したのよ！」

「ダーヴィト家のご令嬢だそうだ。身代金の受け渡し指定場所から監禁場所を割り出し……ってどうやったんだ、アイツ」

普段はトリシャを煙たがって滅多に顔を合わせないマテウスも嬉しそうにニヤつく。

「ミカ・ドムス准士官はその風貌から金の孤狼(ころう)の異名もあり婦女子の熱視線を独り占めにしていて……って、ミカ兄、金髪だっけ？」

「こっちには令嬢方の誘惑を拒む硬派な氷の貴公子って書いてあるうっ」

ライナルトとラウラがゲラゲラ笑う。

「ライナルト、ラウラ。そんな下品な大衆紙（タブロイド）を先生にお見せするのではないよ。先生、こちらの王都新聞をどうぞ」

どうにも晴れがましさが隠せていないドムス当主が貴族向けの新聞をトリシャに手渡す。その横でドムス夫人も、

「〝当然のことをしたまで〟……やあね、あの子そんなこと言うかしら」

ブツブツ言いながらも、顔が緩みに緩んでいた。

記事を読むに、誘拐された娘はなんと伯爵家のご令嬢で、王都中の警邏隊員、どころか近衛（このえ）隊までもが動員された大捕物だったらしい。

誘拐現場、身代金要求の手紙に付着した塗料と油、受け渡し場所などから聞き込みをして、ミカが監禁場所を割り出して上申した。とはいえ一士官の言うことに人員を避けず、結局ミカとペアを組んだ隊員の二人で推測した場所に赴き、見張りを制圧して令嬢を救出したとのこと。

「すごいですね、ミカ様」

トリシャが呟くとドムス家の面々が一斉に照れた顔になるのがおかしい。

「トリシャ先生のお陰です」

向かい合わせのソファで、急に、当主が頭を下げた。

「え!?」

「ミカが憲兵なんかになると家出した時は、首根っこ引っ掴んででも連れ帰ろうと思ったものです

が」

「あなた、憲兵じゃなく今は警邏っていうのよ」

夫人が細かく修正を入れる。

「先生に、ミカなら絶対大丈夫だと、商売人なら男の門出に口を出すなと言われて」

「そ、そんなこと言いました……!?」

言った。トリシャは目を泳がせた。

「すぐ逃げ帰って来るかと思ったら……こんなに立派に職務を全うするようになって。先生の仰る通りにして良かった。うちにいた時はいつもつまらなそうだったのに、この生き生きと活躍する姿……!」

新聞の写真を見て涙ぐんでいる。

トリシャがなんと言ったものか考えあぐねていると、ドムス夫人の横に座っている長男、マテウス・ドムスも頭を下げた。

「トリシャ先生。……俺からもお詫びを」

「マテウス様?」

「……ミカが出て行った時……あなたに唆されたんだろうと、暴言を吐きました」

「え、そうでしたっけ?」

それは本当に心当たりがない。

「先生に直接ではなく、父や友人に陰口を叩いてました」

決まり悪げにマテウスが補足する。横でライナルトがボソリと、「直接言うのはおっかないもんね」

と呟いた。

「ミカ様は私に唆されたりしませんよ」

トリシャが苦笑すると、何故か一瞬その場が静まり返った。マテウスとライナルトが目をひん剥いてトリシャを見る。

「……え!? な、なんです？」

「…………あいつに一番影響力があるのはあなたです。自覚がないのは困るな」

「私ですか？ まさか」

「あなたの為なら助けた令嬢を馬車で轢くくらいのことはしますよ」

「どういう状況ですか？」

トリシャは呆れた。

二人の間に座っているラウラとライナルトは、「影響力って言った？」「さすがマテウス兄様、言葉選びがうまい」などと騒いで父親にまた窘められている。

マテウスは暫くトリシャを睨んでいたが、やがて諦めたように息を吐いて言った。

「……とにかく、あいつが商売人に向いてないのは明らかだったんだ。あなたが促したにせよ、あいつが自分の道を見つけたことを喜ぶべきでした」

「ミカ様にはお兄様の気持ちは伝わってると思いますよ。……お父様のお気持ちも」

トリシャは微笑む。

「まァまァ、大概マテウス兄様は過保護すぎるのよ」

とラウラが得意げに総括して、マテウスを苦笑させた。

「お前に言われると堪えるな……」

それから数日後、ドムス家を訪れると夫人に捕まって、「事件のことを聞きたいのに次男が全然家に帰ってこない」と愚痴られ、ラウラからも「トリシャ先生から誘われたら帰って来てくれるはず！」とおねだりされ、その場では否定したが、翌日、警邏隊の本部に足を向けていた。

行ったは良いが、どうやってミカを呼び出せばいいのかわからない。

本庁舎一階に受付はあるが、何の陳情でも通報でもないトリシャは少し気まずい。

「あの、隊員の方に面会をお願いするにはどうしたら良いですか？」

おずおずと尋ねると、受付の男性二人はチラリとトリシャを見て、矢継ぎ早に質問してくる。

「所属はわかります？　わからない？　名前は？　……ああ、またドムスか」

とあからさまに溜息を吐く。

「？」

「新聞に載ってからファンが付いちゃって。……申し訳ないけど、ドムス本人から、通さないで欲しいと言われてるんですよ」

「あ……」

トリシャは慌てて、「違います、友人です」と補足したが、受付員には鼻で笑われてしまった。

「皆そうおっしゃるんでね、申し訳ないですけど。……係属案件に関することなら別の者が伺いますけど？」

「……いえ、あの。プライベートな用件ですので、いいです」

しょんぼりトリシャが答えると、受付も少し同情したのか、「お手紙なら渡せますよ」と言ってくれた。

手紙、手紙かあ……。

なんとなくぐるり、庁舎の周りを回るように散歩すると、丁度真裏に門があり、庁舎とは別の建物が建っていた。

（あ、寮……）

そういえば、ミカが庁舎の裏の単身寮に住んでると言っていた。トリシャはレンガ作りのその建物を見上げた。

（偶然ミカ様が下を覗いてくれたり……）

するわけない。トリシャは我ながら可笑しくなって、一人肩を竦めて踵を返そうとした……その時。

「ミカ様！」

可愛らしい女性の声が、門のすぐ内側から響いた。

トリシャが振り返ると、入り口から出てきたミカに若い令嬢が抱きつくところだった。

「ダーヴィト様……。困ります、寮まで」

「ティーナと呼んでください、ミカ様」

トリシャは咄嗟に門の陰に身を隠した。

何故そんなことをしたのかわからないが、飛びつく令嬢を優しく抱き留めるミカの姿を見たくなかった。

「もう御礼は結構ですから」

「ダメよ！　命の恩人だもの。ねえ、今日はお休みでしょう？　我が家にいらっしゃらない？　父も会いたがってるの」

話を聞くに、先日助けたご令嬢のようだ。車止めに立派な二頭立ての馬車が止まっている。

「伯爵閣下に会える身分ではありませんよ」

「またまた、謙遜しちゃって！　ミカ様はドムス商会の御子息でしょう？　父も母もよく利用してるのよ」

「それはどうも」

ミカはそっけないともいえる態度だったが、女性は構わず腕を絡ませた。

「ねえ、母も、事件はドムス家とのご縁を結ぶ為だったのねなんて言ってるの。ね？　安心して？」

「安心も何も……」

ミカは断りそうだったが、トリシャはその場からそっと離れた。

ミカに絡みつく、令嬢の腕の残像が脳裏に浮かんで、何故だか重くなった足を必死に動かして乗合馬車に乗って、二番街に逃げ帰った。

それ以来、なんとなくトリシャはミカによく遭遇していた場所を避けて帰宅するようになっていた。

何故そんなことをするのか、自分でもよくわからなかったが……。

▽▽▽

（確かにあれは、嫉妬だったのかもしれない）

あの日見上げたミカの寮の部屋。

何の因果か今、その内側で彼の背中を見ながら、トリシャはぼうっとそんなことを考えていた。

すると、

「サグランディル……って、嘘だろ！」

そうだった。試練の解読をしてもらっていたんだった。

ミカが唐突に声を上げて、トリシャは追想から覚める。

「ど、どうしました？」

トリシャは驚いて立ち上がった。

ミカは片目を覆うように、右手の掌を顔に当てている。

「……な、なんて書いてあるんです？」

トリシャが本を覗き込むと、ミカが慌てて本を閉じる。

……心なしか、顔が赤い。

「ミカ様？」

「……先生の目に入れるような言葉ではありません」

「……私、古代語は読めませんけど……」

「……」

ミカは暫くぎゅっと何かに耐えるように目を瞑っていたが、沈黙の後やっと重い口を開いた。

「お互いの……」

と呟いた。

「お互いの？」

「……性器を見るようにと」

「セイキ」

セイキってなんだったかしら。

「…………!?」

トリシャの思考が一周回って、言葉の響きと意味が一致する。

……性器？

「……!?　まさか！」

ミカは顔を赤くしたまま黙ってる。

……互いの性器を見ろ。

「正確には、見せろと書いてあります。相手に、自分の性器を」

「ふわあっ」

あまりのことに、トリシャは変な声を上げてしまう。

「そんなっ無理ですっ」

顔に熱が集まって、汗が滲(にじ)んでくる。

「ですよね……」

しばし二人で黙って俯く時間が続いた。

「……あの」

口火を切ったのはトリシャだった。

「さっきみたく、解釈が間違っているという可能性は……」

「……多分、ありません。全部知ってる単語でしたし、正直……正確にはもっと明け透けに書いてあります」

「明け透けにっ」

「性器という書き方ではなく……もう少し卑猥(ひわい)な表現です」

「ひわい」

トリシャの頭が真っ白になる。

「……従わないと、出られない……？」

「恐らくは」

「待ってみるっていうのは……」

「……」

ミカが無言になる。

「ここに放り込まれてから、どれぐらい経ったかわかりませんが、少なくとも体感で三時間くらいは経ってますよね？」

トリシャはミカの無言を気にせず、言い募る。

「にもかかわらず、私達お腹(なか)も空かないし、その……御不浄(おトイレ)も行きたくならないし、体内時計は止まっている状態なんじゃないかしら。だったら、助けが来るかもしれないし、待てるだけ待ってみても……」

「……」

だ。

「……ミカ様？」

無言を続けるミカに気付き、トリシャが机に両肘をつき、額に拳を当てているミカの顔を覗き込ん

「……。やっぱり、フェアじゃないと思うので告白しますが」

ミカは苦悶とも言える表情を浮かべている。

「はい？」

「ここで待つという選択をした場合……俺は我慢が出来ずあなたを襲うと思います」

「は……」

おそう。襲う……!?

「正直、今もギリギリです」

「ギリギリ……」

「その場合、期せずして本の指示通りの事態になるとは思うんですが……もしかしたら、厳密には先生が俺に性器を見せてくれたわけじゃないので、鍵は開かないかも……」

「…………」

「ちなみに今から本の指示通りにした場合、少なくとも鍵は開きます。先生の貞操はともかく」

「…………そこを何とか、頑張って頂くわけには」

「先生は俺がどんだけ先生を好きか知らないから」

真顔でそんなことを言う。

「二人きりでいるだけで、俺がずっと頭の中であなたに何をしているか。知ったらきっと逃げますよ、

先生」

「そ……逃げませんよ」

トリシャは真っ赤な顔をぐっと上げて、ミカを睨む。

「逃げないって、約束したでしょう」

「トリシャ……」

ミカが意表をつかれた顔をする。

「ちゃんと逃げないで、ミカ様に向き合って結婚のこと考えます。だから、あの……ミカ様も、出来れば……まだ、我慢を」

「まだ」

「まだというか……あの、……ハイ。まだ」

何を言っているやら自分でもわからない。顔に熱が集まった。

「……まだ。……」

呆(ほう)けたようにミカが繰り返し、ややあって、突然立ち上がった。

「えっ」

「すみません、一度シャワーを浴びて、頭を冷やしてきます」

シャワーは良いが、突然脱ぎ始めるので、トリシャはあわてて目を覆った。

「あっはっ……きゃあ！」

実地の中で鍛え上げられた男の裸体が残像のようにトリシャの脳に残った……。

シャワー室と言っても、カーテンで仕切られていて少し低くなっているだけのスペースだ。

ミカのシャワーを浴びる音を聴きながら、トリシャは現実的な問題に直面していた。

（私の性器……どうなってるかしら？）

自分でも日常で見る機会はない。

昔、好奇心で鏡に映して見て、ショックを受けたのを思い出す。

アレを、み、見せるの？　ミカ様に……？

「………すみません、おまたせしました」

ミカがカーテンを開けて、腰にタオルを巻いて出てくる。

「わっ私も！」

「え？」

「私もシャワーを浴びてもいいですか!?」

「え!?　……あっ、も、もちろん、どうぞ」

勢いよくシャワー室に飛び込んだのはいいものの、脱衣所がない。

トリシャは服を脱ぐと、カーテンの隙間からそうっと外に畳んだ服を置いた。

パンツは、三階までにミカに色々されたせいで、ぬるぬるになっていた。

これ、また履くの……？　どうしよ。

「わっ。お湯!?」

トリシャが思わず声を上げる。

普通の家庭では、水を入れた大きな桶を吊って、そこから配水するからシャワーは普通、水だ。

「なんか、サービスみたいですよ、この本の」

と、カーテンの向こうからミカの声が聞こえた。

「俺が住んでた時は、勿論水でした」

「そうなんですね……ふわあ、キモチイイ……」

温かいシャワーなんて、久しぶりだ。

置いてある石鹸を借りると、さっき抱き締められたミカの香りがして、トリシャはなんとなくたまらない気持ちになる。

本当は床に座って性器を確認したかったけれど、床に座るとカーテンの下の隙間からミカに見えてしまうことに気付いて、断念した。

代わりに、念入りに洗う。

これから起こるかもしれないことを思うと、また身体の奥からトロッとしたものが出てくる。

トリシャは自分のいやらしさに赤面しながら、身体を拭いて、また服を着た。

ガーターベルトをつけ、タイツを穿いて……。

ぬるぬるのパンツ、どうしよう……。

しばらく悩んだが、畳んでそっとポケットに入れた。

「……お待たせしました」

カーテンを開けて顔を出すと、所在無げにウロウロしていたらしいミカがすごい勢いで振り向いた。

「すみません……結構、かかっちゃった」

「いや………」

ミカがトリシャを凝視しながら掠れた声で言う。

お湯で身体が火照(ほて)ったせいで、白いブラウスがしっとりと肌に張り付いて、胸の桃色の乳首がうっすらと透けてしまっているのに、ノーパンに気を取られたトリシャは気付かない。

「か、髪……乾いてますね」

「顔から上は洗いませんでした。お化粧取れちゃうし」

「なるほど……はああっ」

「ミカ様?」

ベッドに腰掛けて、項垂れて顔を両手に埋めるミカを、トリシャが不思議そうに眺める。

「全然頭が冷えねー……」

「お湯でしたもんね」

珍しく言葉を崩すミカに、のんびりとトリシャが返事する。

「そういう意味じゃありません。はあ……くそっ」

「ミカ様? 何考えてるんですか?」

「何と言われると、今は嫌いな臭い上司のことを考えようとしてます」

「はあ……」

なぜ。

「嫌いなんですか」

「大嫌いです。仕事を人に押しつけて、責任逃ればかりしてます。臭いし」

「匂いは気になりますね」

「トリシャ、お願いです」

ミカが突然、切実な声で言う。

「俺があなたに乱暴する前に、本の指示通りにしてください」

「…………」

……本の指示。

お互いの性器を……。

無理無理無理無理!!

とトリシャは心の中で無理を高速回転させたが、口には出せなかった。

ミカがものすごく辛そうだったから。

ぐるぐる迷いに迷って、代わりに、こう言った。

「……あの……」

「はい」

「私……自分のが、どうなってるか、よくわからなくて……」

「……つぐ。……はい」

「き、嫌われてしまうかも」

「それは絶対ない」

ミカがキッパリと言い切る。

トリシャはその真っ直ぐな瞳に安心して、自分の決心が揺るがないうちに、

「じゃあ……あの。はい。しましょう。試練」

と言った。

ギシッ、とベッドが揺れて、靴を脱いでペタンと座ったトリシャの前にミカが片膝を立てて座る。

トリシャは顔をこれ以上ないほど真っ赤にして、ゆっくり、広がったフレアスカートを捲り上げ始めた。

膝小僧のあたりで手が震え出す。

「先生……大丈夫？」

「だっだっだ……大丈夫ではありません……」

太腿まで捲る。白い太腿と、ガーターベルトが見えた。

……これ以上捲ると、見えちゃう……。

まだピタリと膝は閉じているし、その膝はペタリとベッドに付けたままだが、とにかく、淑女が見せていい場所ではないことは確かだ。

「あの、あの……本当に……」

トリシャは縋るように男を見上げた。

ミカは優しげに首を傾げる。

「本当に……書いてある……んですよね？　その……」

「書いてありますよ」

とミカが断言した。

「お互い、相手に性器を見せないと、この部屋からは出られないって」

優しいけど、逃げ道を封じる一言をミカが言う。……心なしか、息が荒いような。

「ほら、先生」

先を促される。

トリシャは、ごくんと唾を飲み込んで、スカートをもう少しだけ、たくし上げる。

少しだけ、トリシャの髪の色と同じ、栗色の陰毛が覗く。

ミカがゴクリと唾を飲み込んだ。

「先生……！　下着、穿いてないの？　なんで？」

「あ……！　さっき……ぬ、脱いだんです……」

ぬるぬるだったから……とは言えない。

「マジか。ああ、……気が狂いそう」

ミカの息が荒くなる。

「ほら、もっとスカート捲って。ちゃんと脚を広げて見せて、先生」

「……は、はい……」

トリシャは震える手で、ゆっくりスカートを捲った。

陰毛が全て顕になり、その上の白いお腹の臍が見えるまで、ミカは「もっと」と言い続けた。

スカートを全て腰まで捲り上げると、次は、

「先生、もっと脚広げて、立ててくれないと、見えないよ」

トリシャの太腿は、まだピッタリと閉じられたままだ。

「うえーんもう、恥ずかし……」

トリシャは堪らず泣き言を言う。

「ほら、頑張って」

「ううう……」

ペタンと座ったまま、ちょっとずつ、脚を広げていく。

ミカが食い入るように見ているのがわかって、トリシャはまた股の間からトロトロしたものが溢れてくるのを感じた。

どうしよう……脚を立てたら、濡れてるのがバレちゃう。

「はあ、はあ、先生……すげえエロい……」

「言わないで……」

堪らず顔を片手で覆った。

「ははっ、先生。顔隠しても、先生のエッチなおまた丸見えだし、オッパイも……」

と不意にミカが手を伸ばして、トリシャの透けている乳首をブラウスの上から両手で摘む。

「あん……！」

「えっろ……」

唾を飲み込んだミカに、ブラウスを力任せに開かれる。かろうじて二個残っていたボタンがどこかに弾き飛ばされて、ぷるんと揺れる胸が男の眼前に晒される。ミカが両手で包み込むように揉み始めた。

「あ！　あん！　だめ！　んンッ！　しゅう、集中できないっ……！」

「はあ、せんせっ、ほんとやらしい……ほら、俺のも見せるよ。先生。ちゃんと見て」

ミカが制服のスラックスの前を寛げて、自分のモノを取り出す。

「…………!!」

反り勃った肉棒は、凶悪なほど大きく、血管が浮いてバキバキに硬くなっている。

トリシャは生まれて初めて見る男性のその状態に、声も出ない。

「先生がいやらしすぎて……もう痛い」

「い、痛い、の……?」

「先生のナカに挿れれば治る」

「い、いれ……」

いれるの?

「せんせ、これ、邪魔だから脱いじゃおうね」

と言うと、ミカがトリシャのスカートの留め金を外してバンザイさせるように上から抜いてしまう。

全裸に白いブラウスの前を開けられ、ガーターベルト、タイツだけの姿にされてしまった。

トリシャは咄嗟にブラウスを引っ張って前を隠そうとするが、ミカに手首を捕まえられる。

「トーリシャ」

ミカがドロドロに甘い声で囁くと、そのまま、トリシャの唇を塞いだ。

ちゅくっ、ちゅくと唇を貪られる。

「……はあっ、はあ……ミカ様……」

「はあ、トリシャ。夢を見てるみたいだ。あなたのこんないやらしい姿が見られるなんて……」

何度もいやらしいキスを繰り返されて、トリシャのお尻の下はお漏らししたように濡れてしまっている。

「……ほら、トリシャ。脚、もうちょっと開いて、膝立ててくれないと、先生のエッチな穴が見えないよ」

「はあっ……もっ、恥ずかしくて……限界です」

いやいやするようにトリシャが頭を振るが、ミカは許してくれない。

「だーめ。先生。ほら、頑張って。まず、膝立てて」

促されて、震える足をゆっくり立てる。

「こら、閉じちゃダメですよ、先生」

「ふええん」

「結婚したら、毎日やることになるんだから、練習しとこ？　ね？」

……毎日？

嘘でしょ？　夫婦って……そんな？

恥ずかしくて恥ずかしくて、トリシャは真っ赤になりながらポロポロ泣いてしまう。

膝を立てて、太腿をゆっくりと開いて、とうとう秘部が晒されると、ミカがゴクリと唾を飲み込んだ。

「すげ……」

「ううっ、ひっく……も、むり……」

グスグスとトリシャが泣く。

「大丈夫、大丈夫、先生。すっごく綺麗だよ……。はあ、先生が俺に一番恥ずかしい場所見せながら泣いちゃうの堪らない。……もうちょっと、脚開こうね。トリシャ」

「ま、まだ？　……もう限界……」

「頑張って。ほら、自分で膝の裏持って……っやばい。突っ込みてえ……」

トリシャが言われた通り自分の膝裏を持ち上げて、涙目で脚をより一層開く。

「……ひっく、まだ？　まだ、鍵開かないのお？」

もう開けないほど脚を開いて、眼の前の男に一番恥ずかしい部分を見せているのに、解錠の音が響かない。

「トリシャ、まだですよ。次は、指でその可愛い割れ目を広げて」

「われ……？」

何を言われたか理解できなくてミカの顔を見る。

「ここです」

クチュリと、トリシャの間をミカのゴツゴツした指が撫でた。

「きゃ！　ああん！　や！　そこは……！」

突然、触られちゃいけない場所を男に触られて、トリシャは足を開いたまま短い悲鳴を上げた。

「ああ……グチュグチュだ。先生、俺に女の子の一番大事なとこ見せて、興奮しちゃったんだ」

バレた。

トリシャはポロポロ泣きながらミカを睨む。が、ミカが再び指を動かすと、それどころではなくなった。

「あ！　ダメ！　触っちゃだめっ……!!　やあんッ」

「あー、挿れてえ……。ほら、先生、この、先生のえっちな穴が」

ちゅぷちゅぷと指をトリシャの蜜口に挿れて動かす。

「アッアアッ！」

「俺によーく見えるように、このびらびらを自分の指で広げて」

「そっ……！　ああん、無理、無理です！　アアッゆびっ……動かしちゃだめッ……」

「せんせ……おれもう、限界……。先生が試練やってくれないなら、ここで愛し合おう」

「ふわあ」

ミカがギラギラした目で、抜いた指を舐めて、反り勃った男根に左手を添えてにじり寄ってくる。

「ああっ……待って。や、やるから……」

トリシャは膝裏を押さえていた手を、そのまま自分の秘部に添えると、震える両手の指で自分の割れ目を広げた。

「…………！　トリシャ……！」

ガシャン、という解錠の音と共に、ミカが襲いかかってきた。

▲塔、一階

「キャア！」

震える指でくぱあっと開いた蜜口に男がカプリとかぶりついてきて、トリシャが悲鳴を上げる。

「ミ、カ、様……！　ダメです！　やめ……ッッッ！」

トリシャは声にならない声を上げて、身体を反らせた。さっきからジンジンと刺激を求めていた膣（ちつ）

口に、熱い舌がゆっくりと這い回る。

逃げようとするトリシャの腰を、ミカはガッシリと捕まえていた。

後ろに回ったミカの手に、引っ張られるように羽織っていたブラウスを脱がされる。

「やあッ……！」

信じられない場所を舐められて、トリシャはミカの頭を押そうとするが、震える手ではビクともしない。

押し負けて、逆に、トリシャの上半身はベッドの上に仰向けに転がってしまった。

ミカが舌を尖らせて、トリシャの膣に差し入れてくる。

「いやーッ！」

レロレロとトリシャの蜜口を舌で弄び、仕上げにクリトリスをじゅううっと吸い始めた。

「ああっ！　だめ！　そこっ……！　アアッ！　イッ……！　イッちゃ……！　アーッ！」

トリシャの目の前に火花が散って、身体がビクビクッと跳ねた。

トリシャがイッてるのにミカはクリトリスから口を離さない。

トリシャの様子を上目遣いで見ながら、口の中でクリトリスを吸い続ける。

「アアッ！　ハアッ！　ああんッ！　ミ……カ様っ！　ダメッダメえっ！」

一回目の絶頂から降りられなくなるように、二度目の絶頂を迎える。

トリシャの身体の痙攣が治まる前に、ミカが自身をトリシャの中心に押し当てた。

「ミカ様……！」

「トリシャ……やっと……」

ググッとミカの先端がトリシャのナカに押し込まれる。

「ああ！　待っ……はいっちゃう……！」

トリシャのトロけた部分に、ぬぷっと男が挿入ってくる。

「あっ……アアッ！　ミカ……様！　入っちゃいます！　入っちゃってるぅ……！」

「ぐっ……トリシャ……！　頼む、俺を、……受け入れて」

カリまで押し込んでから許しを乞う。

トリシャはハアハア必死に息を取り込みながら、「ダメ」と言いそうになるが、ミカの苦しそうな表情が目に入り、先程痛がってたことを思い出して、つい、咄嗟に言葉が出なかった。

ミカはそれを了承と取って、嬉しそうに笑うと、右手を自分のモノに添えてぐっと押し込んだ。

「あああっ……！」

トリシャが剥き出しの胸を震わせて仰反る。

その胸を、ミカがすかさず鷲掴みにして、ぐうっとまた腰を進めた。

「ああ……！　ミカ様……！」

「トリシャ、ああ、可愛すぎるっ」

自分のモノを下の口で健気に咥え込みながら、自分に胸の形が変わるほど揉まれている愛しい女を見下ろしながら、ミカはとうとう最後まで押し入った。

「あああっ」

「……トリシャ……！　トリシャ！　ああ、全部、挿入ったよ……」

根元まで挿入ったことを証明するように、結合部を強く擦る。

「はあ、あんっ、ミカ様っ」

「トリシャ、はあ、おれ、とうとう……！」

「ふわあっ、待っ……ゆ！　揺らさないで……っ」

「はあ、はあ、せんせ、痛い……？」

「はあ、い、痛くないです……むしろ……」

気持ちイイ。

初めてなのに、ミカのに圧迫感こそ感じるが、痛みもない。

ミカが奥に挿入したままちょっと揺らすだけで、快感を拾ってしまう。

「……むしろ？」

ミカの声色が変わり、トリシャは自分の失言に気付く。

……自分を組み敷く男は、教え子の優しい兄ではなく、骨までしゃぶり尽くす野獣の雄になっていた。

——ああ……私。食べられちゃ……

そう思ったと同時に、逃げる間も無く、ドンッ、と脳まで届くような衝撃が来た。

「……アアッ！」

トリシャが堪らず叫ぶ。すぐにまた、二度目の突き上げ。

「ああん！」

ビリビリと全身が痺れるように感じてしまう。

トリシャはたまらず、自分の太腿を開くミカの二の腕に両手を縋らせる。

そのトリシャの行為にまた煽られたように、トリシャの肘をひっ掴むとミカが腰を打ち付けた。

「ッあアん！　あん！　ミカ様あ！」

「ああ！　トリシャ！　トリシャ……！」

ミカが噛み付くようにトリシャにキスをして、口内を犯しながらぐりぐり腰を動かす。

「ンんッ！　ン！　っああン……！　ンー！」

「んっ、はあッ……！　トリシャ！　俺のトリシャ……！」

「みっミカ様……！　もうダメッ！　まっまたイッちゃう……!!」

言った途端にまたガツンッと肉杭を打ち込まれて、

「………ッ！」

ガクガクと全身が震えるほど激しく感じてしまい、トリシャは声もなく達した。

「……っ先生……！　す、すげ……」

ミカもトリシャのナカの痙攣に、歯を食いしばるように耐えようとしたが、

「……つぐッ、ダメだッ。トリシャ！」

喉から絞り出すように声を出す。

爆発を抑えられないと悟り、猛然と腰を打ち付け始めた。

「……ッアああ！　だめえ！　まだっイッて……！　あん！　あん！」

「トリシャ！　トリシャ！　……ッく……!!」

一番激しい打ち付けの後に、ミカがトリシャに擦り付けるようにして達した。

ビュク！　ビュク！　とトリシャのお腹の中に熱いモノが注ぎ込まれる。

「あ……アア……」

トリシャは大きく喘いだ。

身体が飛んでいってしまうかと思った。

すごい……。

男女の営みって……すごい……。

「はあ……最高……だ」

本懐を遂げたミカはトリシャからペニスを抜くと、トリシャの両脚を大きく開かせて、くぽりと溢れる征服の証を嬉しそうに眺めた。

ガーターベルトとタイツだけというほぼ全裸の格好で、股から精液と……ピンクの血の混じった愛液を垂れ流している所を、自分を犯した男に嬉しそうにじっと見られているのに、トリシャは抵抗できない。激しい情事の余韻で動けないでいる。

ふと、ミカがトリシャから離れて、あの本をテーブルから取って来ると、トリシャの胸の上に置いた。

「ミ……カ様……？」

「先生、それ、持っててね」

言うなり、トリシャの膝を持って広げ、ゆっくりと、早くも再度猛り立った男根をトリシャの脚の間に再び沈め始めた。

「……!?　……っあっアッ!?　ミカ様……!?」

思いっきり突かれた余韻の残るそこに、また硬いモノが捩じ込まれていく。

「んーっ、はあっ、トリシャ……」

「なっなっなんでっ⁉　やっ、また挿入って……っあぁ……！」

「なんでってて。全然収まんないんです、先生が可愛すぎて。……んっ、俺の、美味しい？　トリシャ……。一生懸命しゃぶってるね」

「そんなッ！　待っ……はあんッ！　だめ……！　もう入れちゃだめ……！」

ミカは上機嫌で奥まで挿入し終わると、「はぁー」と満足げに吐息を漏らし、二、三回軽くピストンする。その後、本ごとトリシャを抱き上げた。

「きゃあ‼」

トリシャは慌てて脚を巻き付け、本を持っていない方の腕をミカの首に回す。

「あーしがみついちゃって。可愛い……。大丈夫、落とさないから」

「ああん！　下ろし……抜いて！　やぁん、刺さったまんまですっ」

「だって、この部屋から出ないと。戻れなくなるよ」

そう言うと、お尻を揉んでわざとゆさゆさトリシャを揺さぶりながら、ドアを開けて回廊に出る。

「やん！　やっ……！　ああ！　お、願いっ！　怖いっ……抜いてえ！」

「だーめ。次の部屋で思いっきり突いてあげるから、ちょっと我慢してね。……あー、気持ちイ……すっごい垂れてきてる、トリシャの汁」

言いながらわざとユサユサ揺らす。

クチクチと接合部が鳴り、トリシャの喘ぎ声が回廊に響いた。

ミカはトリシャを抱きながら、回廊の向かい側、少し下の方を見て、何かに気付き舌打ちをした。

「……先生の可愛い声、聞かせたく無いな。階段降りるよ、トリシャ」

「あん！　あん！　もうやだあ！　……アアッ！　お願い！」

階段を降りるごとにミカに奥をズン！　ズン！　と突かれて、ヌプヌプと抜き差しされる結合部から漏らしたように愛液が溢れている。

「……はあ、すっげ……。ほら、着きましたよ。最後の部屋かな」

部屋を開けて中をざっと見回すと、ミカは表情を変えずに「ここか」と言って、トリシャを入ってきたドアに押しつけてそのまま強く突き上げ始めた。

「アッアアッらめっ……！　イッ……！」

あっという間に高みに昇ったトリシャに、ミカが恍惚とする。

「……っあー、すっごい……。俺の奥さんのナカ……」

ミカはトリシャのビックンビックンする膣肉を堪能すると、また歩き出して、部屋の真ん中の大きなベッドに仰向けに横たえて、硬いままの男根を一度抜いた。

「んーっ……！」

イッたばかりで敏感になってるトリシャは、抜かれただけで感じてしまう。

「トリシャ、この部屋は俺達の新居ですよ」

「はあ……はあ……しん……きょ？」

息を必死で整えながら、首を動かして部屋を見回す。

黄色と茶色の家具が、可愛らしく、落ち着く内装だ。

でも、俺達って……？

「こないだ、引っ越したんです。西区の古書店街の近くですよ。トリシャが俺の奥さんになってくれたら、ここで一緒に暮らそうと思って……」

ニッコリと笑う。

「お……奥さん」

トリシャは真っ赤になる。

「なってくれるんでしょ？」

ギシッ、とベッドを鳴らして、ミカが乗り上げてくる。

「キスもいっぱいしたし、おっぱいも、お尻も、可愛いえっちな穴も全部見せてくれて」

ミカは有無を言わせぬ圧を持って、トリシャを腕に閉じ込める。トリシャが持っていた本を、トリシャの頭上のベッドの上に置く。

「いっぱい俺ので奥、擦っちゃったし」

「ああっ待っ……待って」

依然として勃ち続けているそれを、トリシャに押し付ける。

「想像以上に可愛かった。俺に犯されてる時のトリシャ」

「……ばかっ」

「あー、今のばかも可愛い……トリシャ、また挿入れるよ」

「えっ」

また脚を広げられそうになり、トリシャは焦る。

「まっって、待って！」

ベッドの上で逃げるように身を捩（よじ）った。

「ほ……本！　ミカ様、本を……！　試練を読まなくちゃ……！」

うつ伏せになって、肘を立てると本に手を伸ばす。

「試練なんてどうでもいいんだって……。先生……抱かせて」

ちゅっ、ちゅっ、と背中にキスをされ、お尻を触られる。

「あんっ……でもっ」

ちょっと触られただけで、トリシャはビシャビシャに感じてしまう。

トリシャはなんとか、頭を回転させて、ミカを止める言葉を探した。

「そ……とに出ないと、ミカ様と結婚……できません」

「――――」

ミカの愛撫（あいぶ）が止まった。

と思ったら、

「えっ!?」

トリシャは慌てた。突然、腰を掴まれ、引き上げられる。

四つん這いにさせられたかと思うと、ミカにお尻を広げられて――

「あああ!?」

ずこんっ！　と突然奥まで凶暴な肉棒で貫かれる。

「ああん！　アアアッ！　アーッ!?」

ずこん！　ずこん！　ずこん！

「ダメー！　イく！　もうイくう……！」

思いっきり腰を打ち付けられ、トリシャはあっという間に今までで一番の絶頂に追い詰められる。

「つあー！　イイ……!!」

ミカはトリシャのガーターベルトを毟り取るように外して放り投げると、お尻を鷲掴みにして、揉みしだく。

「先生のカラダ、すっごい気持ちイイ……」

「っはあ、はあっ……っああ、なんで……」

「なんでって」

ミカは息荒く笑って、髪を掻き上げた。

「ほんっと、……はあ、罪な女だ」

何を言われているかわからない。

ただ、まだ挿入れられたままトントン突かれてるナカが、ジンジンして、堪らない。

「あっ、あっ、み、ミカ様……」

パッチュパッチュ規則正しいいやらしい音が広い寝室に響く。

「はあ、先生、じゃあ……本、開いて」

と後ろから挿入れたままミカが言う。

「あんっ……ね、お願い、ぬい……抜いて」

「だーめ」

ぐりぐりと奥を軽く抉られる。

「っうアンッ」

「俺に犯されたまま、本、開いて」

「あぁっ」

震える手で必死に本を手繰（たぐ）り寄せ、開く。その間もミカは腰を止めない。ぱちゅ、ぱちゅ、と腰を打ち付ける。

「……そうそう。ちゃんと、俺に見えるように……ああ、先生。すごいね、ナカ」

「やあんっ、言わ、言わないで……」

「んーなになに……サイングサク……なるほどね。やっぱりな」

トン、トン、くっちゅ、くっちゅ。

「あんっ、あんっ……！　ミカ様、おねがいっ……早くぅ！」

「ん、トリシャ……エロいなあ、早く、イきたいの？」

「はあんっ、ちがっ……違うのっ、早く、訳して……ああんっ、トントン、しちゃ、だめ……！」

「ハハッ、マジでヤラシッ……ここ？　ここ、キモチイイ？　あー、可愛い……こら、トリシャ、ちゃんと本開いてて」

「アアッ！　ごめ……んなさい……っでも……アン！　ああ！」

「ハアッハアッ、ああ……こう書いてある」

トリシャの腰をぐっと持ち直して、大きくグラインドすると、パンッと強く腰を打ち付けた。

「アーッ!?」

結合部から、グチュンッと愛液が飛び出してきた。

「こうっ、書いてある！　トリシャをっ後ろから！　こうっ！　こうっ！　こうやって！　思いっきり！　犯せって！」

パンッ！　パンッ！　パンッ!!

「アアーンッ！　アン！　うそっ！　うそっ！　ヤアッん！　うそだもんっ」

「ッああ！　射精(で)る！　トリシャ……ヨすぎる！」

射精の瞬間にトリシャから引き抜くと、艶(なまめ)かしい尻に思いっきり白濁をかけた。

「あ……ああ……」

あまりのことに、トリシャがそのまま蹲(うずくま)っていると、尻にかけた精子をミカがシーツでグイと拭った。

そのまま、ひっくり返すように自分の膝の上に抱き込んで、くちゅくちゅとキスをする。

「んっ……ン、ぅん、ン」

キスさえも気持ち良くて、トリシャは喉を鳴らすように喘ぐ。

「……はあー、先生……可愛い。先生、好き。大好き」

キスの合間に、ミカが可愛い、好き、と繰り返すので、また身体が熱くなってくる。

キスしながらミカにほぼ脱げかけてるタイツから足を抜かれて、正真正銘生まれたままの姿にされた。

愛液がとろっとミカの膝に溢れるのを感じて、トリシャは慌てて、キスを続けるミカの唇を手の平で押さえる。

「はっ、はっ……ミカ様……あの、し、試練を……。さっきの……は、嘘なんでしょ？」

ミカはモジモジと太腿を擦り合わせる全裸のトリシャをうっとりと眺めながら、

「ああ、今回は簡単でした。性交しろって、書いてあります」

トリシャはミカの顔を見返す。

性……交……？

「し、ました、よね……？」

フライングで、された。

「この場合の性交は、生殖活動の意味合いなので……ナカ出ししないといけないんだと思います」

「なかだし……？」

「……」

ミカはグッと耐えるような表情で一瞬黙ってから、

「……避妊、しないでセックスすることです。先生の、ナカに、精子を出すってこと」

ナカに、せいし……。

「し、し、しました、よね……？」

「前の部屋ではしましたね。俺の精子、いっぱいトリシャのナカに注ぎ込ませてもらった」

言わなくてもいいことを言う。

「でも、さっきは外に出しましたよ。この可愛いお尻にぶっかけたでしょ」

とトリシャのお尻を撫でる。

「ん……っ」

「この部屋でナカ出ししないといけないんだと思います」

「そんな……」

無情なことを言うミカを見上げて、トリシャは「ん？」と首を傾げる。

「ミカ様……？　それがわかってて、さっき、なんで……」

なんでナカで出してくれなかったんですか、とは聞けなかった。いやらしすぎて。

でもミカには通じたようだ。

「だって、やっぱり、ちゃんと約束しないと」

にっこり微笑んで言う。

「約束……？」

「結婚の約束。俺の奥さんになるって、言って。トリシャ」

「も……もう、ミカ様……」

顔を覆いたくとも、両腕で出来る限り身体を隠しているせいで出来ない。

真っ赤な顔でミカを睨んだ。

ミカは心底愛おしそうにトリシャを見つめて、少し何か考えると、トリシャが胸を隠す手首を掴んで唇に引き寄せる。

「ミカ様……？」

「俺の血も愛も汗も、心臓も魂も全部君のものだ。トリシャ……愛してる」

深い群青の瞳に真っ直ぐに射止められて、トリシャは一瞬、息を忘れた。

「……」

何も答えないトリシャに、ミカが急に不安そうに口を開きかけたが、その前にトリシャがか細く言葉を紡いだ。

「……何も……返せるものが、ありません……」

ミカがピシリと固まる。

トリシャは凡庸なヘーゼルの瞳、実はミカが心中で宝石（シトリン）のようだと思っている瞳で男を真っ直ぐ見返して、恥じらいながら答えた。

「……わたし、以外は」

「……っ、トリシャ……！」

ミカがガバリとトリシャを抱き寄せた。

「ひどいよ、先生。俺、断られたかと思った。断られたら一生この塔で暮らそうと思った」

その場合トリシャも一緒ということでは……。

ミカはトリシャを抱き締めながら何度もキスを落とした。

「……幸せすぎる。今死にたい」

「ミカ様ったら」

大袈裟（おおげさ）な恋人の言葉に、トリシャは吹き出した。

「……あの、あの……それでその、あれは……」

プロポーズを受け入れてから、何度か深いキスを繰り返され、やっと言葉を挟む隙が出来て、トリシャがおずおずと切り出した。

「ん……あれって？」

わかってる顔でミカが微笑む。

「だ、だから、しれん、です」

試練が意味する行為を思い出すと身体の芯が熱くなる。トリシャが恥ずかしさを押し込めて聞いたのに、ミカはトリシャに眩（まばゆ）い笑顔を向けた。

「なんだっけ？」

「ミカ様」

トリシャが睨むとまた弾けるように笑う。

「トリシャが、ナカでいっぱい出してって言ってくれたらその通りにしてあげる」

「そっ……!!　言いません、そんなこと……」

話が違うとまた睨むと、ミカは上機嫌で、「いいですよ」とあっさり頷いた。

「その気になったらおねだりしてくださいね」

「おねだ……」

おねだり……!?

トリシャは信じられないものを見るようにミカを見つめた。ミカは微笑んだまま、恐ろしい宣告をする。

「じゃ、トリシャがその気になるまで……いっぱい、外に出すセックスしようか」

と言って、トリシャの脚の間に手を差し込んだ。

「あっ！　待っ……」

「はあ……トロトロ」

割れ目に指を沿わせるように上下にゆっくり動かしだす。

「ん、ああ……、待っ……」

右手はトリシャを抱き留め、脇を通って胸を触りだす。

「あ、あ」

「はー、先生の肌……すっごい触り心地イイ……。ずっと触ってたい」

「んッだめっ！　そこっ指は……！」

全く遠慮なく、男の指がナカを擦り始める。別の指はクリトリスを弄る。

「はあ、すっげ、溢れてくる。先生の下のお口、めちゃくちゃ可愛い。あーここ、ツンツンしちゃって……」

「あっ、やあっ、そ、そこはっ……！」

クリトリスをカリカリされてトリシャは男の腕の中で背を反らせる。

「あー、あー俺……、ずっと触りたかった先生のあそこを触ってるんだ。こんなふわふわでトロトロでエッチなのが俺のトリシャのアソコだなんて……。ああ、すげ……。夢でもいい、夢かもしれない、夢なら全部シとこう」

ブツブツ言いながらトリシャの割れ目を広げ、膣口をそうっとなぞり、クリトリスの感触を手の平で楽しむ。

「ああっ……！　ミカ様、や、あ……！　イッちゃうの……！　イッ、ひぅ、うう……！」

ミカの手の中でトリシャの性器が痙攣し、ドッと愛液が漏れ出す。

「はっ……、はあ……」

「はあ、すごい。トリシャ、グチュグチュだね。……指、入れていい？」

「はあ、はあ、や、だめ、だめ……」

「でもホラ、こうやって……」

と中指をぐぷりとハメる。

「あっ、ややあん……」

「俺の指でこのナカくちゅくちゅしたら……さっき出した俺の精子残ってるし、エッチしてるって本に見なされるかも」

「あっ、やん、動かしたらぁ……！」

「あー、すっげ……。こんナカにさっきまで俺のを突っ込んでたのか……」

くちゅくちゅ。

「ああっ、んぅ……っ、ミカ様……言う、言います、い、言う、から……！　ちゃんと言うからぁ……！」

「降参、早いです」

ミカが笑うのを、トリシャが膝の上で震えながら睨む。

「いじわるっ……!!」

「っ……うわ……なに今の。可愛い。勃った。いや勃ってたけど」

言葉通り、さっきからトリシャの尻に横から硬いモノが当たっている。

「ん、ン、指、抜いて……」

「挿れたままじゃダメ?」

「ダメです……！　んっ」

「かっわいい。トリシャ、敏感だね」

くちゅくちゅ何往復かナカを擦ってから、やっと指を抜いてくれた。

はあはあ言うトリシャを座らせて、その向かいに胡座を組んで座る。

ミカがトリシャを促すように首を傾げた。

「どうぞ？　トリシャ」

「………………」

トリシャは身体を腕で隠して、息が荒いまま真っ赤な顔で言った。

「……なかに、だして……ください」

恥ずかしくて声が震える。

「何を？」

ミカは上機嫌で追及する。

「何って……その、……それも言わなきゃだめ？」

「もちろん。何をどこにどうして欲しいかちゃんと言ってくれなきゃ」

……試練の難易度が上がってる。

「だから……ミカ様の……せ……せいしを……私のなかに、ください……」

「っ……あー、堪らん……」

ミカが感極まったように呟いた。

「いいですよ、先生。俺のザーメン、いっぱい注いであげる。ほら、どうぞ」

と、手招きする。

「……え？」

どうぞって？

「俺の精子、欲しいんでしょ？　……自分で挿入れてみて、先生」

と、脚の真ん中にそそり立つ凶悪な自分のペニスを撫でる。

トリシャの頭の中が真っ白になる。

「自分で……？　どう、やって……」

「こうやって」

ミカがニコニコと、トリシャの腰を引き寄せ、胡座を組む自分に跨らせた。

「後は、トリシャがここに」

とテラテラ濡れている自身を指差す。

「刺さるように、座ればいいだけ」

「………………！」

トリシャは呆然と、ミカの顔とあそこを交互に見た。

「……む、無理……です。こんな……大きいの、串刺しになって死んじゃう」

「………………」

ミカが右手で顔を覆う。肩が震えて……。

「な、なんで笑うのー？」

「だ、だって……っ先生、可愛すぎる……あー、やばい。ピクピクいってる」

と自分のモノをさする。

「ほら、先生。頑張って。……先っぽ、当てておいてあげるから……」

腰を浮かすよう促されて、ミカに充てがわれた硬い切っ先で、既に感じてしまいながら、トリシャはハアハア言いながら、ゆっくり腰を沈め始めた。

ぬぷっ
先っぽがトリシャの割れ目の肉を押し分け、トロけた膣口に入り込む。

「ッああ……ッ」

二人同時に、喘いだ。

「……ッいいよ、先生……そのまま、お尻、下げて」

「んんっ……はあっ、ミカ様……わたし……」

クチュックチュッと音が響く。

トリシャがちょっとずつ、上下に腰を揺らしながら挿入しているせいで、トリシャの気持ちのいいところに先っぽがコリコリ当たって感じてしまう。

一方のミカも、歯を食いしばるようにして快感に耐えていた。

元々ずっと片想(かたおも)いしていた女が自分に跨ってるだけで発射しそうなのに、その女の恥肉が自分の男根をぬちょぬちょと擦り、真っ白い二つのたわわのてっぺんに咲いたような桃色の乳首が、目の前でプルプルと震えている。

しかも。

「アッアッ……！　もっだめっミカ様っ……！　きっ……気持ち良くてっ、もっ……！　みかさまあっ」

半分まで挿入した状態で、トリシャが達してしまった。

肉棒の半分から上を絞るようにトリシャのナカが痙攣した上、上体を反らせて達したせいで、男根を途中まで咥え込んだ膣肉が涎を垂らしてビックビック痙攣するのが目に入って……。

ミカは自分の脳内でブツッと何かが切れた音を聞いた。

「アッあっあぁあ!? ミッ……ミカさっ……！ !?」

トリシャの腰を両手でがっしり掴むと、ガツンと下に引き下ろす。イッてる時にいきなり奥までぶち込まれて、トリシャが悲鳴を上げた。

「あーっ！ だめ！ だめ！ イッてる！ 今……あああんっ！」

ガツッガツッと最奥を抉り、目の前でプルプル揺れる乳首にかぶりつく。

「ダメーッ！ おねがっ……！ アアッ！ そこだめ！ そこだめぇ！」

「はあっ！ はあっ！ ここ!? ここ、擦るのが気持ちイイ？」

ダメと言った箇所を狙って突っ込まれる。

「あぁアッ！」

「あーっ、俺もここ、好き！ トリシャ！ すっげ、気持ちいい！」

「ああん！ ああっ！ おねがっ……！ 一回、止まって……！ イッてるの！ あああん！ 怖いよおっ！」

「俺も怖いっ……、トリシャ！ 愛おしすぎてっ、頭がどうかしそうだ……！」

堪えきれずトリシャをそのままベッドに押し倒し、思いっきり腰を振り始める。

「ひあっ！　ああ！　だめ！　もっ……！」

また違うところに当たって、トリシャは悲鳴を上げた。

「ああっ！　トリシャ！　出すよ！　トリシャの奥に……！」

ミカがガツンガツンッと腰を打ち付けながら、トリシャに覆い被さり、最奥を犯しながら唇を塞いだ。

びゅくびゅくびゅくっ

男根が震え、勢いよくトリシャのナカに白濁を噴射した。

――その瞬間、二人は部屋ごと光に包まれた。

▲シなきゃ出られない塔……じゃない、部屋！

とんでもない乱され方をして、ナカにどぷどぷと出されて、気絶しそうな絶頂から意識が戻ってきた時、トリシャはまず、窓の外から聞こえる微(かす)かな生活音から、「戻ってきた」と感覚的に察した。

ドムス家の、あの倉庫のベッド。

そこに、トリシャもミカも全裸で、トリシャは未だに脚を広げられ、腕を掴まれて、脚の間にミカの肉棒を捩じ込まれた状態で戻ってきた。

フーッ、フーッ、と射精の余韻から覚めないミカに、トリシャが「みかさま」と呼びかけ、声が掠れているのに気づく。

「トリシャ……最高だった。本当に気持ち良かった。あなたの膣内が俺を包み込んで扱いてくれる感覚といったら――」

とウットリと性行為の感想をつらつらと言い始めるミカ。

トリシャは慌てて、遮った。

「みっ、ミカ様、あの、戻れました！　ドムス邸ですよ！」

ミカは「うん」とだけ言って、トリシャに覆い被さってまたキスをする。

「んっ……ンん……はぁっ、っンん………！」

ギシッ、ギシッ、とベッドも鳴る。

クチュックチュッと舌を貪ると同時に、ミカの腰が動く。中に思いっきり出して萎えたはずのモノが、いつの間にかまた硬度を取り戻し、グチュンバチュンと自分の精液を捏ねながらトリシャの膣肉を蹂躙する。

「みっ……かさ……ま、い、いけません……！」

いけません、と言ってるのに、ミカは腰を止めない。

トリシャの右脚を上げさせて、足首を肩に担ぐようにして、より深くトリシャの中を穿った。

「あう！　っああ！　ミカ様……！」

「トリシャ……ああっ、たまらない。なんて気持ち良さだ」

「ミカ様！　お願いっ……こんなとこっ、誰かに見られたら……あっ」

「大丈夫っ……はあっ。そんなに時間は経ってないようだし……この部屋には近付かないように言ってある」

「やっ、あんっ、なんでえっ……」

「そりゃあ……」

ミカはギラギラした目でトリシャの痴態を見下ろす。

「先生に、求婚して、あわよくば、こういう、ことを、シちゃおうかと、思ってた、からです、よ！」

一語ごとにぬっぷぬっぷと抜き挿しを繰り返す。

「ふわあっ！　んん！　だめっ……はあっ、声っ出ちゃう……っ」

トリシャは必死で、ベッドに顔を押し付けた。

「んー！　んんん！　ンーッ！」

浮き上がった右脚がビクビクと動くほど派手に達した。

「はーっ、先生、すごいイくんですね……やらしいなあ。さっきまで処女だったのに」

そう言うと、トリシャの右脚を下ろし、ピクピク震えるお尻を掴んで上に向けてズブズブと後ろから犯す。

「ふっ、んっ、ン」

必死に声を抑えようとするトリシャの両脇を持って、貫いたまま自分の膝に座らせた。

「はァあン！」

今までとは別のところに当たって、トリシャは思わず思いっきり喘ぐ。

ミカが背後から両手でトリシャの胸を揉みしだき、下から遠慮なく突き始めた。

「はあっキモチイイ……！　夢みたいです。あなたをこんな風に好きに出来るなんて……」

「ゥんッ！　ぁあン！　ミカ様ッお願い！　終わって！　もう無理ぃ」

「だあめ。ほら、ここも」

と右手を伸ばしてクリトリスを撫でる。

「んー！　だっ……だめ……！　一緒にしちゃもう……お願い、ミカ様、おしまいに……！　もっ、ウーッ……」

開かされてる脚のつま先でシーツを引っ掻くようにトリシャは体を震わせた。

「まーたイッた」

ミカが嬉しそうに笑う。

「はあっ……はあ。ミカ様……もうっ、もう、限界です……！」

「仕方ないなあ」

ミカがトリシャの首筋に唇を這わせ、吸っては鬱血痕を付ける。

「んっ、んっ」

「これも感じちゃうんだ。……先生、じゃあ、あと三回イッたら、この部屋から出してあげる」

「さん……む、無理です、もう、終わりに……」

「じゃあ五回」

増えてる。

結局、トリシャはこの後二時間ほど倉庫でミカに抱かれ続け、気絶して、目を覚ましたらドムス家のミカの寝室だった。

どうやら翌日の昼まで寝てしまったようだったが、隣にいたミカにまた襲われ、揺さぶられ……その日も強制的に泊まることになってしまった。

「シたら、帰してくれるって、言ったのに！」

「あの部屋から出してあげるって、言っただけですよ！　ああ……トリシャ、また、射精（だ）すよ！」

「あっ、アアッん！　もうー！」

▲エピローグ

ミカが夕飯の片付けをしていると、階上で「キャア！」という妻の短い悲鳴が聞こえた。

ミカは仕事で使っている剣を取ってすぐに階段を駆け上がる。

「トリシャ!?　どうした？」

「あなた……」

ミカが駆けつけると、トリシャは共有の書斎にいて、お化けを見たような顔で、本棚の上の方の棚を指差す。

「本が……」

い、あの本が、無くなっている。

二年前、トリシャとミカを不思議な塔に導き、ミカに天国を見せた魔法の本。

あの本にはミカ個人としては非常に感謝している。

普通に求婚しても絶対に了承させるつもりでいたがトリシャの性格的に時間がかかると見込んでいた。あの本のお陰で即時の結婚が決まったのだ。

本人的にも、周囲的にも、一瞬で既成事実を作れた。

何より、本の中での試練のお陰で、貞淑な淑女であるトリシャの身体を思う存分開発できた。

ただ、非常に危険な本だとは思った。

あの場にいたのが自分とトリシャだったから（ミカ的には）良かったものの、他の男とトリシャがあの塔に飛ばされていたらと思うと、仮定の話でも腸が煮え繰り返る。

だいたいミカが古代語が読めなかったら……。

……読めなかったら、試練とは無関係にトリシャを襲っていただろうから結果的に出られただろうとは思うが、永久に塔に閉じ込められる可能性だってあったのだ。

発動条件もわからない以上、実家に置きっぱなしにするわけにもいかない。

古代遺物の研究者に寄贈するのはどうかとトリシャに提案してみたものの、トリシャが絶望的な顔をしたのでやめた。自分達の体験を話さなければならないと考えたのだろう。

ドムス家に放置しておいて家の者が手に取ってしまうのも危ないので、ミカ達は新居に保管して、決して触らないことにしたのだが……。

「俺は触ってないよ」

申告しておく。

一度ミカがイタズラで本を持ち出したことがあり、その時にトリシャに滅茶苦茶怒られたので、ミカはそれきり一度も触ってない。

「トリシャも触ってないよね？」

と一応確認する。トリシャは頷く。

「いつから無かったのかしら……」

毎日確認していたわけではない。

「客はこの部屋には入らないし、俺達が触ったわけでもないし」

「魔法の本だから、自分で消えたのかしら……」

トリシャがミカを見上げて、首を傾げた。

カッワイイ。

ミカの頭から本の話が吹っ飛んだ。


試練の塔から戻ってきてすぐトリシャを抱き潰し、そのあと二日間ミカは実家の自分の部屋から彼女を出さなかった。

ベッドの上でトリシャの手首を縛り、彼女の足の爪の先から頭のてっぺんまで全部に口付けて、五年分の劣情を注ぎ込み続けた。

二日後の夜、浴場に連れ込み精子を掻き出し、ついでに一度犯してから、ラウラに借りた首元まで隠れるドレスを着せて家族に結婚宣言をしに行った。

結ばれたので結婚します、と宣言すると両親も兄妹も何故か沈痛な面持ちでトリシャを見遣ったものだ。

トリシャは真っ赤になって、顔を覆わないように手を膝の上でギュッと握っていたが、目はずっと伏せていた。

ミカが席を外した隙に、「本当に申し訳ない」だの「先生が望まないなら」だの言う言葉が家族から聞こえてきたが、冗談じゃない。

(やっとの思いで手に入れたんだ)

ミカがトリシャに懸想しているのは、ドムス家では周知の事実だった。

使用人から父親に至るまで、トリシャに必要以上に近付かないことを厳命してある。

北区の彼女の自宅周辺では、恋人同士だと誤解されるように振る舞っていた。

だから、抜け駆けしたのはラウラの方だ。

「ひどい！　ミカ兄様」

ラウラは半ば本気で怒っていた。

「ひどいのはお前だ」

ミカも負けずに言い返す。

普通の家庭教師なら何を捨てても付いて行くほどの報酬を提示してこっそり兄の想い人を連れて嫁入りしようと目論(もくろ)んでいたのだから、油断も隙もあったもんじゃない。

「トリシャ先生と一緒に暮らしたかったのに！」

「俺だってトリシャと一緒に暮らしたかったんだ」

私の方が、俺の方がの不毛な論争を治めたのはトリシャの一言だった。

「ミカ様と結婚して、ラウラ様と家族になれるのが一番嬉しいです」

これでラウラは大いに機嫌を直すと、トリシャを早くも「トリシャお義姉(ねえ)様」などと呼び、婚家に遊びに来るようしつこく約束を取り付けた。

「最近は叔母様が遊びに来たけど、二階には上がってないはずだし……その前は……」

リビングに戻っても、トリシャはソファで唇に指を添えるようにしてまだ心配してる。

「大丈夫だよ。きっと次の人の所に行ったんだろう」

ミカは横に座って、肩を抱き寄せる。

「次の人……次に試練を受ける……二人？」

「そう。……あー、そういえば……」

ミカは唐突に思い出す。

「俺、あの塔で、他の人間を見たよ」

「え？　ええ⁉　ど、どこで？」

「回廊で。向かい側の、ちょっと下の方の階段にいた。……忘れてたな」

信じられない、と言うふうにトリシャがミカを見る。

「黒髪で、なんていうか……見たことのない服を着てた。男と女」

「なんでその場で教えてくれなかったの？」

拗ねるように問うトリシャに、ミカはニコリとする。

「トリシャは……それどころじゃなさそうだった」

と言えば、トリシャはいつのことかわかったのだろう。顔をみるみる真っ赤にして、ミカを睨んだ。

カッワイイ！

ミカは表情には一ミリも出さず、トリシャを今日どこでどうやって抱くか考え始める。

「……その人達はこっちに……気付かなかった？」

トリシャが、その時の自分を思い出したのか、恥ずかしそうに、心配そうに質問を重ねる。

鏡の前で立たせて、後ろからクリ摘みながら挿入れようかな……。

「どうかな……向こうは向こうで、取り込み中だった」

「取り込み中って？」

トリシャに自分で脚を開かせて、縛って、舐めまくるのもいい。

「向こうも俺たちと似たようなことしてたってこと」

「っ……！」

とうとうトリシャは顔を覆った。

――こないだみたく、「授業ごっこ」してもらって、「トリシャ先生」を犯しちゃおうかな。

全裸に隊の制服着せてヤるのも興奮したけど、あれは昼に思い出すと職場で勃つんだよな……。

「……だといいね」

「え？　ごめん、トリシャ。今なんて言った？」

妄想に夢中になったのもあり、トリシャが小声だったのもあり、ミカは聞き逃した。

「……『次の人』も、運命の人同士だといいね」

私達みたく。

ポツリと真っ赤な顔で、トリシャが溢す。

「……………」

ミカの中であらゆる煩悩が弾けた。

俺は、君に出会えて、本当に……

そんなことを思いながら、あまりの多幸感に結局一言の言葉も紡げず、ミカはただ、トリシャを抱き寄せた。

◆シないと出られないミカ様十九歳

一

目覚めると酒場の床だった。

「うー、頭痛ぇ……」

ミカ・ドムスは頭を押さえながら上体を起こす。

店を見回すと、昨夜一緒に飲んだ友人のうちの一人が自分だけ店の長椅子で寝ているのが目に入った。

(ずっる……)

床で寝たために身体も痛い。

ミカは起き上がると、カウンターの奥で同じく飲んだくれて寝ている店主の姿を認め、店主のベルトに迷惑料を多めに捩(ね)じ込んで裏口から出た。

外に出ると、まだ路地は暗いものの、東の空がじわりと白んでくるような時間だった。

またやってしまった、と思うものの、そこまで後悔していないのは、一緒に飲んでいた行きずりの女性達と同衾(どうきん)していなかっただけで上出来だからだ。

豪商ドムス家の次男であるミカは平民の女性にとっては超優良株で、成人前からあらゆるハニートラップを仕掛けられてきた。

風来坊の次男が行きずりの女の腹を膨らませて……なんてありきたりの茶番の主人公になるのは御免だ。ミカは基本的には家名がバレないように振る舞ったし、遊びたい時は娼館を利用した。

屋敷に戻ると、家の塀の一部が崩れている所からコッソリ中に入る。内側は植栽に上手く隠されていて、穴が見えない。

ミカには便利だが、屋敷の警備的にはどうなのだろうといつも思う。便利なのでミカから教える気はないのだが。

別に正面から帰っても門番は入れてくれるだろうが、朝早くに使用人が叩き起こされて出迎えられるのは気の毒だし気が重いので、いつもミカはこうやってコッソリ帰ってきて、予め開けておいた窓から部屋に帰るのだった。

「おお、ミカ。お前、起きていたのか」

二度寝して食事を摘んで朝食室を出たところで、父親のトゥオモ・ドムスに見つかった。

「今日はレーヴェニヒ子爵がお見えになる予定だ。お前もちょっと顔を出しなさい」

「俺ですか?」

ミカがあからさまに嫌そうに言うと、父は当然といった風に頷いた。

「マテウスとライナルトにも同席させる」

長男と三男の名前を出して牽制する。

「ラウラは?」

「……わかっているだろう。ラウラの耳には入れるなよ」

父親が嫌な顔をするのを見て、ミカはちょっと溜飲が下がり、口角を上げて「仰せのままに、父上」とかしこまって見せた。

子爵閣下との晩餐後。

「閣下のお話しされていた観劇を先日拝見しましたよ。いや、感動いたしました！　特にあの女優が素晴らしいですな……！」

部屋を移動して酒飲室で酒に興じる段になって、父親のトゥオモ・ドムスが切り出した。

接待されている男はチラリとトゥオモを見て、気のない風にグラスを傾ける。

「ああ、主演女優ですか」

「いえいえ、彼女も良かったですがね。その妹役の……名前はなんといいましたか、確かモニカ……」

「おや」

〝閣下〟が眉を上げて父親の顔を見た。

「モニカ・ローマンですか。彼女に目を留めるとは」

「父と同席して観劇しましたが、私も彼女が一番光っていたと思いましたね。演技も素晴らしいし、何と言っても……イーイ女だ」

トゥオモの横に座っている長兄マテウス・ドムスも調子を合わせて、グラスを揺らしてニヤリと笑ってみせる。トゥオモはやりすぎだ、という風に眉を顰めた。

「これ、マテウス、品のない……」

「良い、良い」

鷹揚に子爵が笑う。急激に機嫌が良くなり、頬が赤くなっている。

「無礼講だ。若者の忌憚ない意見を聞きたいね」

何が忌憚ない意見だ。

父親とマテウスがおべっかを言い、弟のライナルトが追従するのを、ミカは表情だけは微笑みながら冷めた気持ちで眺めている。

何のことはない、件の助演女優はこの閣下の秘密の愛人だ。父親と長兄はその情報を仕入れた上で劇を観に行き、その日わざわざ女優にでかい花束まで届けさせている。

そして、知らないふりをして愛人の男に向かってその女を褒めそやし、あんなイイ女を手に入れる色男は帝都一の果報者だと羨ましがってみせる。

肥料を与えられて膨らみに膨らんだ虚栄心で男は秘密を口に出さずにはいられない。

「実はあの女はな……」

秘密を打ち明け、更なる賛美を集め、最高に気分が高揚したタイミングで、その女への贈り物に相応しいダイヤモンド鉱山の話をする。魅力ある女が、帝都一気前の良い男から贈られる大粒のダイヤモンド……。

男がそんな夢想とスコッチに酔った頃には、鉱山のある地方からこの帝都までの間にある男の領地の通行権をドムス家は手にしていた。

「くだらない」

ミカは自室に戻りながら一人溢（こぼ）す。

決して父親や跡取りの兄、父兄に憧れる弟の前では口に出さない。

（たった二〇日の輸送時間短縮のために、当主と後継が家格だけの男にペコペコして……）

「あれが商人か。くだらない」

棒タイを緩めながらまた呟（つぶや）いた。

すると、キイイッ、としか聞こえない耳慣れた喚（わめ）き声が聞こえて、前方の部屋から逃げるようにメイドが飛び出して来た。

「どうした？」

大体の予測はつくが、声を掛ける。

「……あ、み、ミカ様……」

メイドは既に泣いていて、顔が真っ青だ。袖を白く濡（ぬ）らしていて、そこを押さえている。

「ら、ラウラ様が……眠れないとおっしゃるので、ホットミルクをお持ちしたのですが、熱すぎたようで……そ、それで」

「かけられたのか」

ミカは眉を顰めた。

「すぐに冷やして、明日にでもレーヴ先生に診（み）てもらいなさい」

「は、は、はい……。……あの、ラウラ様は代わりのメイドをと……」

「……」

ミカは溜息（ためいき）を堪（こら）えて、ラウラの部屋の扉に目をやった。

中からは何かを乱暴に壁に叩き付ける音がする。

「……俺が呼んでおくよ。今日はそのまま休んでよろしい」

「ありがとうございます、ミカ様」

メイドは腕を摩りながら足早に去り、ミカもラウラの部屋の前を素通りして自室に戻った。

自室にぶら下げてある呼び鈴の紐を引き、使用人を呼ぶ。

「はい、ミカ様、なにか」

「ラウラが暴れてる。誰か人をやってくれ」

「……はい……」

使用人が一瞬言葉に詰まる。

「悪いな。手当を付けるから、よろしく頼む」

そう言うと、使用人は悲壮な顔で下がっていった。


ラウラは七歳年下のミカの妹だ。

三人男が続いた後の女児誕生で、生まれた瞬間からそれはそれは可愛がられた。

かく言うミカ自身もラウラを相当可愛がってきた自覚がある。

だがそのせいでラウラは少々我儘に育ってしまった。癇癪を起こすと、親でも手に負えない。

そういえばこないだも一人家庭教師を馘首にしていたが、後釜は見つかっただろうか。

ミカは上半身の服を脱ぐと、ベッドに寝転んだ。

今日はつまらない一日だった。

明日は退屈な接待に巻き込まれないようにしなくては……。

そうは言っても、隠れ家にしている馴染み(なじ)の酒場だって、同時期にパブリックスクールを卒業した連中が仕事の愚痴を溢しに来ると、一気に居心地が悪くなる。

つまらない毎日だ。つまらない家……。

ミカは目を瞑ると、そのまま眠りに落ちた。

二

運悪く兄に捕まったのは、ラウラに新しい家庭教師が就いたと聞いた何週間か後。

「ラウラに泣き付かれたんだ。新しい家庭教師がそれはそれは陰湿な女らしい」

そう聞いた時ミカが思ったのは、まだ辞めてなかったのか、ということだけだった。

妹への純粋な愛情に突き動かされてるマテウスとライナルトには悪いが、ミカが二人について行ったのは、ラウラの癇癪を浴びても辞めておらず、馘首(くび)にもなっていないことからどうやら両親にも気に入られているその家庭教師の顔を見てみようというただの暇つぶしだ。

……その、はずだった。

侍従に言って家庭教師を応接間で待たせ、長兄が扉を割るようなノックの後に入室すると、客用のソファに座っていた女性がサッと立ち上がって出迎えた。

さすがに、所作が美しい。

「あんたか、うちのラウラを虐(いじ)めたってのはァ」

兄のマテウスは商人らしく、貴族のように振る舞うことも出来れば相手を見て荒くれ者のような声を出すことも出来る。今回は完璧に後者のようだった。

「……トリシャ・ツァールマンと申します」

おや、とミカは思った。

マテウスが怒鳴った時は一瞬、怯(おび)えたような表情を見せたのに、目を伏せてもう一度顔を上げた時にはまた穏やかな微笑みを浮かべていた。

「光栄にもラウラ様の家庭教師を拝命しております。……お話をお伺いします」

柔らかな物腰に、マテウスも出鼻を挫(くじ)かれたらしい。怒ったような態度のままトリシャの向かいに座る。

ライナルトをその横に座らせ、ミカはトリシャとマテウス両方から九〇度の場所に一人用のソファを用意させてそこに座った。

妹の新しい家庭教師をマジマジと観察する。

……若いな。

栗色(ブリュネット)の髪の毛に、ヘーゼルの瞳。歴代の家庭教師(グヴェルナンテ)と比べるまでもなく、若い。下手をしたらライナルトと同い年くらいに見えるが……。

「失礼だが、先生はおいくつか」

同じことを考えたらしいマテウスが、そう口火を切った。

「一九になります」

「一九！」

ミカは無言でピクリと反応した。同い年だ。

「随分とお若いですな。大丈夫ですか？」

「大丈夫、とはどういった意味です？」

「ご自身も未熟な分際で、少女を導くことが出来るのか、という意味です」

ズバリと言うマテウスの言葉に、トリシャがふわりと微笑む。

「東洋の賢人の言葉に、老いに至れども生くる限り学べ、というのがあるのはご存知ですか？　世界の深淵は底を知らず、我々は地が天を回るのを知ったばかりです。人間は生きている限りずっと未熟なのですよ」

「そんな詭弁を……」

「マテウス様こそ、大丈夫ですか？」

そんな風にトリシャが切り返す。

「私が大丈夫かって？　どういう意味だ」

「二十四歳とお伺いしておりましたが、身内でもない女性に対し自己紹介もなく、いきなり怒鳴りつけるとは。そんなに未熟で豪商ドムスの名を負う嗣子であると」

「私を愚弄するか、婦女子風情が！」

マテウスがカッとなって立ち上がった。

「兄上！　……いけません！」

慌ててミカとライナルトで肩を押さえる。

「お座りください」

トリシャはというと、琥珀の瞳に焔を宿すように男達を見据え、静かだが逆らい難い声音でそう、言った。

「婦女子風情とおっしゃいましたか。そのお言葉、ご自分の母君にも言えますか？　可愛がっておられるラウラ様にも同じことを言うのですか？」

「……っ」

マテウスがぐっと言葉に詰まる。兄は人一倍家族想いなのだ。

「我々が女性を、或いは男性を、その性だけで侮蔑するのは、天に唾する行為だと思いませんか？　わたくしは父無くては存在せず、貴方がたは母から生まれたのですから」

「……」

諭すように言う彼女に、ミカはこっそり息を呑んだ。

……本当に俺と同い年なのか？

第一印象ではライナルトと同年代に見えたのに、怒れるマテウスに臆さずにモノを言う横顔はひどく大人びて見えた。

恫喝する男を前にこんなに落ち着いて……。

そこまで考えて、ミカはふと、視線を落として、ハッとする。

……膝の上に揃えた彼女の手は、かすかに震えていた。

トリシャはそのまま、三兄弟の顔を順に見ながら、ラウラについての自分の所見を述べる。

「ラウラ様を虐めたとおっしゃいますが、わたくしから言わせて頂けば、彼女を虐待しているのはご家族の皆様です」

「……なんだと」

「これは皆様のご両親にもさせて頂いた話です」

そう言って、気色ばむ三兄弟を前にトリシャは淡々と、ラウラの現状を伝えていく。

メイドが自分を馬鹿にするような目で見たと言って、熱い紅茶をかける。髪の毛を燃やす。

授業に出たくないからと、教材を燃やす。

侍女の持っている装飾品を欲しがって、くれないと手当たり次第に物を投げる。

嫌いな食材が入っていたからと、皿ごとメイドの頭に投げる。

「ラウラ様は忍耐力が無く、思いやりも無く、本人も家族も問題意識を抱えておりません。このまま長ずれば彼女は家族以外からは疎外されて生きていくことになるでしょう」

「……」

一瞬、三兄弟が全員黙る。

薄々感じていたことを、他人に初めて突き付けられたのだ。

「年頃になれば、縁談もありますでしょう。ご本人が恋心を抱くこともあるでしょう。しかし、天気が悪いだけで使用人を殴打する女性を妻にしたがる男性がおりますでしょうか」

「ふん。別に嫁になぞ行かなくてもずっと家にいればいい」

マテウスが吐き捨て、今まで黙っていた三弟のライナルトも口を挟んだ。

「……他人に疎外されてもラウラには俺達がいます。家族が守っていくのだから、そんなに厳しく躾けなくたって……」

「家族が永遠とは限りません」

トリシャがピシャリと言った。

「なっ」

「……今、何と？　どういう意味です？」

「失礼ながら、貴家がいつまでも隆盛を誇り、ラウラ様を守り続けることが出来る保証はどこにもありません」

「……失礼が過ぎる！　私だけじゃなく当家まで愚弄するか！」

マテウスがまた立ち上がって上から吠える。

「兄上、落ち着いて――」

ミカが取りなそうとした時、トリシャが静かにこう言った。

「わたくしの生家は百年に亘りブロワフォスの大部分を拝領していたツァールマン子爵家です。わたくしが生まれた時、両親は思いもしなかったでしょう。家が潰れ、領地を失い、娘が職業婦人になるなどと」

「――」

兄を含めた全員が絶句する。

（ツァールマン……ってあの……）

昨今、貴族の財政難は珍しくない。

その中にあって、ツァールマン子爵家は自家の浪費ではなくエイデル川河岸の整備で財政破綻し、爵位を失った。余程子爵に人徳があったのか、債権者が率先して美談として触れ回り、新聞にも載ったのでミカも知っている。

「誰かに寄り掛からなければ生きていけないのに、その誰かを傷つけるような人間になって欲しいのですか？　本当に妹さんを愛しているなら、泣かれても怒られても、駄目なことは駄目だと言うべきです」

静かなのによく通る声でトリシャが言った。

「………あんたなら、いや、……先生なら」

明らかに気圧された表情で兄が態度を改める。

「ラウラを導けると、お考えですか？」

「お約束しましょう」

堂々とトリシャが言う。

……本当に、俺と同い年か……？

「……皆様にご協力頂けることが前提ですが。……ご協力、頂けますね？」

ライナルト、マテウスの順に目を合わせて、最後にミカと目を合わせたままニコリと微笑む。

「……！」

ミカは思わず心臓を押さえた。

長兄はしばらく沈黙して考え込んでいたが、

「…………。勿論です。……無礼をお詫びいたします。ラウラを宜しくお願いします」

結局はこう言って頭を下げた。それを見てライナルトも慌てて頭を下げる。

「お任せください」

トリシャが請け合った。

マテウスはどこか気の抜けたような顔をして、退席しようと腰を浮かせる。

「お時間頂きまして感謝いたします。ではこれで――」

「お待ちください」

席を立とうとした兄弟を、トリシャが止めた。

「？　何か？」

「まだ話は終わっておりません」

ニッコリと、どこか凄味（すごみ）のある顔で妹の家庭教師が微笑む。

「皆様がこれまでどんな風にラウラ様を甘やかしてきたのか、これからどのように態度を改めるべきか、じっくりとお話し合いしましょう」

「えっ」

「えっ」

「あっ」

三兄弟の顔色が悪くなった。

今更ながらに思い出したのだ。彼らが相対していたのは、まごうことなき「教師」――自分達が青春時代、最も畏怖していた存在であることを。


「……えらい目にあった」

トリシャを送っていった帰り道、マテウスがげっそりと呟いた。

「お、お、おっかなかったね～……ロッシュ夫人より怖かった……」

ライナルトはずっと涙目だ。

「マテウス兄様がちょっと脅してやろうなんて言うから……」

恨み節まで飛び出している。マテウスは「馬鹿言え、あんな女と知ってたら……」と言って深い溜息と共に座席の背もたれにもたれて天蓋を見上げると、馬車の振動に合わせて「ア・ア・あ・あ、あ、あ」と声を出して憂さ晴らしのように遊び始める。

「……ひどい道だ」

ミカがポツリと呟いた。

碌(ろく)に舗装もされていない街道。彼女のアパルトマンは、労働階級が詰め込まれたようなゴチャゴチャした街角に建っていた。

ミカの言いたいことがわかったのだろう、子供じみた遊びをしていたマテウスも、神妙な顔になる。

「……まさか、ツァールマン元子爵令嬢があんな所に住んでいるとはな」

「僕、ちょっと顔に出しちゃったかもしれない」

「かもしれない、じゃない。思いっきり顔に出してたぞ。お前、商人になりたいならもう少し感情を隠さないとな」

マテウスが苦い顔で言い、「ツァールマン子爵か……」と呟いた。

「マテウス兄さん、元貴族だって聞いた途端に態度変えちゃってさ」

ライナルトが茶化(ちゃか)すと、マテウスの拳骨(げんこつ)が飛んできた。

「いってー！」

「勉強も不足してる。子爵はブロワフォス地方の英雄だぞ。うちにとっても恩人と言えなくもない」

暴れ川だったエイデル川は河岸工事が完了して以降、大きな水害は起きていない。

子爵家の架けた橋は、ブロワフォス地方の物流に大いに貢献し、ドムス家も当然その恩恵に与かっている。

「いわば恩人の娘……いや」

と言葉を切った兄に、物思いに沈んでいたミカが顔を上げる。マテウスは記憶を掘り返すように額に手を当てて言った。

「……ツァールマン子爵家の……長女だったら、聞いたことがある。破綻前、銀行との交渉を一手に引き受けて、工事完了まで不渡りを防いだ陰の立役者だ。彼女だったら納得だ」

ミカは唖然とした。

(あの若さで……俺と同じ歳で)

「にしても宿題だって。あーあ」

難しい話が苦手のライナルトが脚を投げ出して嘆息する。

「ラウラが一人で生きていくために身に付けるべき武器とその理由、だっけ?」

「お前、本当に提出する気か」

悲嘆に暮れるライナルトに、マテウスが言う。

「俺は明日から逃げまくる」

「あ、ずっる。僕も!」

「ミカもだろ? お前、ああいう女苦手だもんな」

「俺は……」

ミカはさっきまで向き合っていた蜜のような色合いの瞳を思い出す。

いや……蜜というよりは地平線上に昇る満月のような……美しい宝石(シトリン)のような……。

——ああいう女って？

あんな美しい女性に、会ったことがない。

三

夜更かしして手紙を認(したた)めて、翌日には彼女に与えられた小さな執務室に訪ねて行った。

「まあ！　もう宿題をやってくださったんですか？」

トリシャが琥珀の瞳を煌(きら)めかせて嬉(うれ)しそうに微笑んだ。

宿題……。

半分はそうだが、半分は彼女への讃辞(さんじ)になってしまっている。

「後で読ませて頂きますね」

「トリシャ先生」

促されて座った小さな応接セットの椅子の上でミカは背筋をのばした。

「はい？」

「昨日はすみませんでした」

頭を下げる。

「大の男が三人がかりで、か弱い女性に詰め寄るなんて、恥ずかしいことをしました」

「あはっ」

初めて聞く少女らしい笑い声に、ミカは顔を上げる。

トリシャは瞳を蜜のように蕩けさせて微笑んでいる。

「か弱い女性だなんて。ふふ、昨日の私の不調法を見てもそうおっしゃいます？」

……やばい。

ミカは意味もなく顔を赤くして、たじろいだ。

「……せん……せいは、全然……。ぶ、不調法だったのは俺達の方です」

「ふふ。それはそうかもしれません。でも……」

トリシャが手に持ったミカの手紙を何気なく撫でた。

ミカは思わず口を片手で覆う。……顔が熱い。

「ミカ様はずっと、マテウス様を止めてくださってました」

「……と、当然のことです」

「嬉しかったです」

「……」

ミカは身体中が熱くなるのを嫌でも感じた。

鼓動が煩くて、言葉が出てこない。

「……。……ラ、ウラのことで、何かありましたら、いつでも呼んでください」

「ありがとうございます。お言葉に甘えます」

甘えてくれ。いくらでも。毎日、甘えて欲しい。

では、と差し出された手を、ミカは呆然と見つめた。

「……仲直りの握手です……」

少し恥ずかしそうに言う彼女が、今にも手を引っ込めそうで、慌ててガッと握る。

トリシャがほっと微笑んだ。

「今後とも、よろしくお願いしますね。ミカ様」

「こちらこそ」

彼女の手の感触に、すぐに夢中になる。嫋やかな令嬢の手ではない。筆ダコと、アカギレがあり、強く握れば壊れてしまいそうだ。

どんな苦労を……。

「ミカ様……？」

気付けば両手で握り締めていた。

ミカはハッとして慌てて離すと、退室の挨拶もそこそこに、狼狽して彼女の前から去った。

すぐに使用人に尋ねる。

「過去の新聞は取ってあるか？　どこにある？」

「新聞……ですか？　一年以内のものは旦那様の執務室で、それ以前のものは書庫に保管してあります」

使用人は目を白黒させて答えた。

ミカはその足で書庫に向かう。

貴重な書物も多いその場所には、専任の司書が雇われていて、目当てのものを言うとすぐに出してくれた。

「エイデル川の河岸工事……ツァールマン子爵家の破産。あった」

昔読んだ記憶のまま、記事では無私の人ツァールマン子爵が褒め称えられていた。

本人のインタビュー記事も掲載されている。

ミカは目を皿のようにしてトリシャの名前が載ってないか探した。

――橋のために、私は娘の縁談も諦めなくてはならなかった。娘はその犠牲を喜んで受け入れた。

彼女は教育が財産であることを証明すると言って、王都で子女の家庭教師をしている。一男二女に恵まれたが、長女が最も多くのものを諦め、しかし橋の完成を一番喜んだのも彼女だった。

(長女、トリシャ・ツァールマン……)

ミカは何故だか、胸が絞られるような心地に見舞われた。

司書に礼を言って書庫を出る。

またトリシャの執務室に向かおうとしている自分に気付き、決まりが悪くなって一人方向転換した。


三日ほどトリシャに会いに行くのを我慢した――。

彼女の次の出勤日が三日後だったから、ミカの功績とは言えないだろうが。

トリシャが来ていると聞いて、勉強室に向かう。

すると中からミカにはお馴染みの、ものすごい金切り声と物が壊れる音がした。

「おい、中で何か……」

扉の前で固まっているメイド二人に声を掛けると、二人も青褪めた顔でミカを見上げる。

「トリシャ先生が……絶対入らないようにと」

「先生が？」

扉に付いている覗き小窓を開けて見る。と……。

「トリシャ先生！」

ミカは思わず飛び込んだ。

暴れるラウラの腕を両手で椅子に押さえつけるトリシャの頭からは鮮血が流れていた。部屋の中にはインク壺や本が散乱している。

「あら、ミカ様」

そんな状況なのにトリシャは場違いなほど穏やかに微笑む。

「大丈夫です。これくらい、なんともないのです」

そんなことを言う。

「駄目です！　どうかすぐ、手当てを――」

「まあ……困りましたね。見ての通り、私は今、手が埋まっております」

「ラウラ！」

三年ぶりくらいに妹に怒鳴る。優しい兄の怒号に、ラウラがビクリと震えたが、一瞬後に一層暴れ出す。

「私は悪くない！　悪くないもん！」

言うなりトリシャを蹴り付けた。

トリシャが床に尻餅をつく、のを間一髪でミカが受け止める。

「先生！　大丈夫ですか!?」

トリシャを腕に抱き込み、ミカが覗き込む。

「え、ええ……。それより、ラウラ様が」

ラウラは二人の隙を突いて部屋の外に逃げ出してしまった。

「ラウラより手当てです。医者を呼びますから」

ハンカチーフを取り出して、トリシャの額に当てる。

「お医者様だなんて、大袈裟（おおげさ）です。自分で手当てできますから。今は、ラウラ様を」

「駄目だ」

ミカは強硬に言い張った。

妹にこんなに強い怒りを感じたのは彼女が生まれてから初めてだ。

そのミカの感情を読み取ったかのように、トリシャが微笑んだ。

「……ミカ様は、ラウラ様の味方でいてください」

「え？」

彼女の微笑みの美しさに心を奪われる。

「ご両親にも皆さんにも、ラウラ様を甘やかさないように言ってありますが……」

琥珀の瞳がミカを真っ直ぐ（ますぐ）見つめる。

「ミカ様だけはラウラ様の味方でいてあげてください」

私は悪者役です、と戯（おど）けて微笑む。

俺は、君の……。

名状しがたい感情が湧き上がる。

彼女をぐちゃぐちゃに散らしたい。でも傷一つ付かぬよう包(くる)んで閉じ込めてしまいたい。


メイドが救急箱を用意していた。

ラウラ付きには必須らしく、手際が良い。

「人を傷付けることだけは許してはいけませんが、それ以外は基本的に肯定してあげてください」

二人掛けの椅子に座り、頭に包帯を巻かれながら、トリシャが言う。

「ラウラ様は嫌なことがあると、ご両親やライナルト様、マテウス様に縋(すが)っていたそうですね。……その度に彼らは彼女を甘やかしてきました。今回は、可哀想(かわいそう)ですが彼らにはラウラ様を徹底的に避けてもらいます。……少なくとも、一か月は」

隣に座るミカは頷きながら、彼女の血の散ったブラウスの襟を見た。

これはもう着れないだろうな……。新しい服をプレゼントしたら、喜んでくれるだろうか。

「でも誰も味方がいない状況にしてもいけません」

「そこで、俺ですか」

先回りしてミカが言う。

「俺は今までどっちかというとラウラには無関心でしたが……」

「協力、してくださるんでしょう？」

トリシャが慌てたように顔を上げてミカを見る。

「うっ……、も、勿論です。……ただ、家族の中で一番仲良くない俺に味方になられても、ラウラが俺に頼るかどうか」

「だから良いのです」

トリシャがホッとしたように微笑む。

……彼女が微笑むたびに、光が揺れるのは何故だ？

「ご夫妻も、ライナルト様もマテウス様も、今までが甘すぎて、急に態度を変えるのは難しいですし、ラウラ様も裏切られたように感じてしまうでしょう。距離を置いていたミカ様なら、丁度良い味方になれると思うのです」

「なるほど」

ミカは頷いた。元より、彼女の為(ため)なら庭のダンゴムシの味方にだってなるつもりである。

トリシャは医務室に行かせて、自分はラウラを探しに行く。

探すと言っても、ベルを鳴らしてとっくに居場所を把握しているだけの使用人から情報を聞くだけだ。

「ラウラ」

こっそり見張っていたメイドに目で合図して下がらせる。

ラウラは倉庫として使ってる広間の、箪笥(たんす)の陰で丸まっていた。

今までなら、一目散に両親の元に（たとえ両親が商談中でも）、両親がいなければ兄二人の元に（たとえ兄が取込み中でも）駆け込んでいたのに、全員の秘書に門前払いされて行き場が無くなったらしい。

「……私は悪くないもん」

「んー、そうだな。でも、何があったか聞いていいか？」

ミカが頭ごなしに怒らないとわかって、ラウラはポツポツと話し始める。

算術の授業で、始めは問題が解けて嬉しかったこと（ミカが先程チラリと見たところ、問題は小学部レベルであった）、しかし一個間違えた問題があり、どうして間違いなのか納得できなかったこと。

「こんな勉強がなんの役に立つのか」と先生に言うと、全く関係のない話を始められてイライラしたこと……

「全く関係ない話って？」

「知らない。算術が出来たお陰で身を立てられた女の話みたいな……。それって私には全然関係ないじゃない」

ミカはちらっと、それはトリシャ自身の話かもしれない、と思ったが、口に出しては、

「それで、イライラしてインク壺を先生にぶつけたのか？」

とだけ聞いた。

「ぶつけるつもりはなかったもん」

「そりゃそうだよ。ラウラがわざとそんなことしたなんて思ってない」

こう言ってください、とトリシャに言われた通り、言う。

ラウラがパアッと顔を明るくした。

「でも、わざとじゃなくてぶつかっちゃった時は、どうしようか。先生は明後日もいらっしゃるんだろう？」

「……。ミカ兄様が、取りなしてくださらない？」

「それは出来ない。俺はラウラが、十二歳にもなって自分で話せない赤ちゃんだなんて、先生に思われたくない」

「……」

「トリシャ先生は、話が通じない先生か？」

「……。……そんなことない。でも……怒ってるよね？」

「どうかな。怒ってたら、今までみたいに、辞めてくかもな」

とミカが言うと、ラウラが顔を曇らせた。おや、と思う。

意外なことに、ラウラはトリシャに辞めて欲しくないようだ。

「……じゃあ、明後日来たら、怒ってないってことだよね」

「そうかもな」

ミカは同意しつつ、ラウラの頭を撫でた。

「でも俺なら、明後日までソワソワするのは嫌だから、今日話しに行くけどな」

「……」

「ん？」

窺う様にラウラがミカを見上げる。

「……ミカ兄様が、一緒に行ってくださるなら……」

と小声で言う。ミカは優しく微笑む。

「もちろん。俺のお姫様」

立ち上がると、ラウラに手を差し伸べた。

四

馴染みの飲み屋の扉を開けた途端、ミカは回れ右して帰りたくなった。

「よォ、ドムス！　久しぶりだなァ」

ミカが踵を返す前に、見つかって声を掛けられる。

赤毛の大男はミカのパブリックスクール時代の友人だった。

「アルベルト、お前、仕事は」

「今日は非番だよん」

カウンターに座ろうとしたのに引き摺られてアルベルトと同じテーブル席に座らされた。

「いやァ、にしてもほんっと顔合わさなかったじゃねぇか。元気だったか？」

「見ての通り」

ミカは短く答えて、振り返ってマスターに酒を注文する。

「相変わらず商売の勉強してんのかァ？　コッチはどう？」

〝オンナ〟を表す卑猥な仕草をする。

「何もないよ。お前は？」

そう聞いたのは自分から話の矛先を逸らしたかったからだが、アルベルトは「よくぞ聞いてくれました！」と目を輝かせた。

「すっげェイイ女がいるんだよ！　俺の管轄にいるんだけど、なァんか見廻中によく会うんだよなァ。これって、そういうことだと思わん？」

アルベルトは卒業後すぐ警察学校に一年通って警邏隊に入隊していた。

「勘違いじゃないか」

ミカは冷たく言う。アルベルトはミカの物言いには慣れていて、上機嫌で話し続けた。

「そうかなァ？　栗毛でさ、スタイルが良くて、尻がたまんねえんだよなあ……」

栗毛。

女性を馬のように表現するのは下品だが下町ではよくあることだ。だが栗色の髪の毛と言われて、ミカの頭には妹の美しい家庭教師の姿が浮かんだ。

「……お前、管轄北区だったよな？」

「オッ、憶えててくれたン？　そうよ」

「その女性って、名前なに？」

「え？　さあ。俺はオシリーナさんって憶えてるけど」

「……」

ミカは氷点下の視線を友人に向けた。

「そんな目で俺を見ないでッ」

「北区のどこに住んでる女性だ？　瞳の色は？」

ミカが立て続けに問い詰めると、アルベルトは思い出そうとするように頭を掻き回した。

「えー!?　住んでるとこまでは……。旧市街の飲み屋の給仕だよ。瞳の色は忘れたけど巨乳」

しかし意外と鋭いところのあるこの友人は、目を見開いて、「おっとォ……!?」とミカの顔を覗き込んだ。

ミカは再び冷たい視線を友人に向けながら、どうやら彼女ではないと心中ホッとする。

「……」

「そういうことォ!?」

「……何がだ。顔が近い」

「いやいやいや……」

ニヤニヤし始める。

「なるほど、北区の栗毛の女に惚れちゃったわけ?」

「そんなこと一言も言ってない」

「えーっ、絶対そうじゃんッ。しかも、その様子じゃまだ寝てないな」

「……黙れ。彼女はそういうんじゃない」

「わァ、お前、マジじゃん」

友人が目を見開いた。

「お前にそんな顔させるって、そのオン……」

突然アルベルトが口を閉じる。

「?」

急に真顔になったアルベルトをミカが訝しげに見遣ると、アルベルトは今度は突然立ち上がった。

大男が急に血相変えて立ち上がったので、店中の視線が集まる。

「アルベルト?」

「警笛が聞こえた」

と短く言う。……警笛?

「行ってくる。……マスター、悪い、ツケといて! コイツの分も俺が持つから!」

それだけ言うと店から飛び出して行った。

嵐のようにアルベルトが去った後、マスターが呆れて言う。

「ドムスに奢ろうなんて考えるのはアイツくらいだな」

興が削がれて、ミカも席を立って金をテーブルに置いた。

「マスター、俺も帰るよ。これ、アイツの分も込みな」

「奢られとけよ。なかなか無いだろ」

「ふん」

ミカは鼻で笑い、店を出た。


店を出ると丁度目の前を制服を着た警邏隊が走って行く。何かあったのは確かなようだ。

なんとなく警邏隊の走って行った方に足を向けたのは、丸腰だが怪力の友人を心配したわけではない。

彼らが向かったのがトリシャの住んでいる二番街の方角だったからだ。

警笛が鳴り響き、野次馬が窓から顔を出してる。

二ブロックほど先の小路から、男が走って来た。明らかに尋常じゃない様子で。その後ろから、誰かが叫んだ。

「そいつ、捕まえてくれ！　放火犯だっ」

考えるより先に、ミカの身体が動いた。

男の勢いに押されて道を開けたように装って、すれ違いざま足を引っ掛け思いっきり蹴り上げる。

「ぐぁっ……！」

ガツンッ！　と男は額を強打し、呻き声を上げた。

「でかした！　……このやろう、もう逃がさねえっ」

先程ミカに注意喚起した男が伸びている犯人に飛び掛かりうつ伏せにして手首を捻り拘束した。

犯人を地面に押し付けて、顔を上げる。

「ご協力、ありがっ……、なんだ、ドムスか！」

なんだ、アルベルトか。


「放火だって？」

アルベルトは非番で手錠を持ってないし、犯人は気絶したままだ。仕方なく服で簡易の担架のようなものを作り二人で犯人をよっこら運ぶ。

「あー、最近連続でやられててなァ。巡回中の警邏が見つけて捕まえたが、火に気を取られて逃げられたらしい」

「最近？　北区で連続で？　そんな話聞いてないぞ」

「そらなァ」

アルベルトが苦笑する。

「お前の読んでるの、貴族向けの新聞(ロイヤル・ポスト)とかだろ。あそこが北区のボヤ騒ぎなんて記事にするかよ」

「……」

確かに。

「北区の栗毛の可愛い子ちゃんが心配なら庶民向け新聞(タブロイド)を読むんだなァ」

「……そうする」

ミカがポツリと言うと、アルベルトが目を丸くした。

「アんだよ、ミカちゃん。抱いてもないのにガチじゃねえか。そんなに北区が気に掛かるならよォ、やっぱり今からでも警邏に入ろうぜ」

卒業する際に熱心に同じ進路に進ませようとした男が、またぞろ話を蒸し返した。

「必ず北区の担当になれるなら考えるけどな。ところでコレ、どこまで運べばいいんだ」

「あッ、そこ、曲がって」

言われた角を曲がると、警邏の制服が五、六人集まる小路に辿(たど)り着いた。

「ご協力ありがとうございました！」

「また飲もうぜぃ」

という警邏隊とアルベルトの声を背に、その場を立ち去る。

ふと思いついて、ぐるっと大回りしてトリシャの住むアパルトマンに行った。

立ち止まって見上げるが、トリシャが何階の何号室に居住してるかまではわからないのだ。ただ、ボヤの跡が無いのには安心した。

ラウラの教育は順調だった。

まるで魔法を見ているかのように、ラウラは落ち着いてきた。先日など、癇癪を起こして投げかけたティーカップを一旦置いて、クッションを投げていた。

ミカ以外の家族への駆け込み禁止も解かれたが、一度断固として拒まれたからか、秘書官や侍従から断られると言うことを聞くようになってきた。

ミカはトリシャの作戦通り、ラウラの一定の信頼を得ることに成功している。可愛い妹の相談に乗りながら、トリシャの情報も仕入れられて、まさに一石二鳥というところだが……。

ミカはどこかにトリシャの住む建物を見つめながら、溜息を吐いた。

(……苦しい)

明日はラウラの授業はない。一日、トリシャに会えない。

それだけで耐え難い苦痛がミカを襲った。

会えない日にトリシャは何をするのか、誰と会うのか、その誰かはトリシャをどう思っているのか、トリシャはミカをどう思っているのか。

屋敷中の男達に、トリシャに必要以上に近付かないように脅しを掛けたが、屋敷の外でそれは通用しない。

もしかして明日、トリシャに男が出来たら……。

いや、今だって、……一人でいるとは限らないのだ。

(気が狂いそうだ)

ミカは一度ぎゅっと目を瞑ってから、深い溜息を吐いて帰路についた。

屋敷に戻り二階の自室に戻ろうとして、手前にある兄の部屋のドアが僅かに開いて明かりが漏れているところに通りかかる。

中から兄と弟のどうやら酒を飲んでるらしい笑い声。

そっとドアを閉めて立ち去ろうとしたミカの耳に、恋慕う女の名前が飛び込んできた。

「じゃあ、トリシャ先生はどう？」

とライナルト。

「トリシャ嬢か……。悪くはないがココにもうちょいボリュームが欲しいな」

マテウスが胸を持ち上げる仕草をする。

「でも貴族令嬢を組み敷くっていうのは男のロマ」

ン、という言葉までミカは待たなかった。

部屋に飛び込んで兄を座っていたカウチに押し付けて締め上げる。

「……っ、ミ、お前……！」

「ミカ兄っ、だめ！　だめ！」

後ろから血相変えたライナルトにしがみ付かれて我に返った。

ミカが手を離すとグホッゲホッとマテウスが咳き込む。

「……ごめん、兄上」

ミカがグラスを差し出すと、マテウスは受け取って二、三口飲んで、怒るでもなく呆れたようにミ

力を目を眇めて見た。

「お前、そんなに好きならちゃんと捕まえろ」

「……釣り合わないだろ」

「そうか？　先生なら父上と母上の覚えも目出度いし、元ツァールマン子爵と縁が出来れば彼の人脈に繋がることが出来る。うん、釣り合いが取れないこともない……、反対はされないんじゃないか」

「何が！」

ミカはまた激昂して久しぶりに兄に怒鳴った。

吃驚して固まる兄と弟を置いて、ミカは自室に駆け足で戻ると、力任せにドアを閉め……ようとして、トリシャがラウラに注意していたことだと思い出しギリギリで止める。

（トリシャ、トリシャ、トリシャ）

ドアにもたれて、頭を抱えた。

「釣り合わないのは俺だ」

呟く。

このままだと早晩、誰かに見つけられてしまう。奪われてしまう。

彼女の柔らかな眼差し、ペンだこだらけの白い指先、褒めると自信無さそうに一瞬俯く睫毛。

全部欲しい。

今まで生きてきてこんなに欲を感じたことはない。

「トリシャ……はあ、トリシャ。愛してる、愛してる。愛してるからこうするんだ……」

ミカは譫言のようにトリシャを呼びながら、蹲って取り出したペニスを手で扱き出す。

「はあ、はあ、トリシャ……。俺のモノになって……トリシャ、トリシャ……」

妄想の中で、トリシャを押さえつけ、口を塞ぎ、身体中をまさぐって股を開かせ下着を剥ぎ取る。

一気に彼女を貫き、腰を振って奥まで汚しながら、トリシャの涙を舐めとる。ミカは夢の中で謝り続ける。

「トリシャ、ごめん、ごめん……愛してるんだ。こうするしかないんだ」

もう、こうするしかない。

五

話がある、と言って、ラウラの授業の終わりにトリシャを温室に誘った。

「わぁ……すごい」

温室に入るなり、トリシャは光を受け取るように手の平を上にしてガラスの天井を見つめる。

その姿がまるで教会に掛かっている聖女の絵のようで、ミカは我知らず息を止めた。

(……美しい)

こんなに美しい女性を自分は欲望のままに汚そうとしている。

今日、トリシャをここに誘い込んだのは、愛を告白して……彼女の返事が否だったら縛って力ずくで自分のものにする為だ。

毎日彼女が奪われる不安に苛まれ、かといって自分に自信が無くて堂々と口説けない。

もう限界だった。

昏(くら)い瞳でトリシャを見つめていると、トリシャが視線をミカに向けて微笑んだ。

「ここ、ずっと入ってみたいと思ってたんです。ありがとうございます、ミカ様」

ミカは黙って微笑む。

心中で、知ってるよ、と呟く。

全部知ってる。彼女は通るたびに温室をチラリと見るから。南国の植物を植えてるると言ったら目を輝かせたから。

「この奥にちょっとした休憩できるスペースがあるんだ。キッチンメイドがサンドイッチとワインを用意してくれたから、見て回ったら一緒に食べましょう」

「わあ、ええ！」

トリシャがパッと顔を綻ばせ、それから恥ずかしそうに頷いた。

彼女は完璧な淑女だが、たまに年齢相応の顔を見せることがあって、ミカはそういう時のトリシャのことをすこぶる可愛いと思っている。

「すごい、見たことない植物がたくさん……この多肉植物、お花みたいですね」

「それはアガベの亜種ですね。確かこっちに、それを交配させたやつが……ほら、これ」

「わあ、上から見るとまるで薔薇(ばら)だわ」

トリシャは花よりも樹木やサボテンに興味があるようだ。

これは？　あれは？　と少女のようにミカを質問攻めにする。

(園丁に頼んで予習をしておいて良かった)

その園丁には今日一日休みを与え、トリシャに気付かれないよう温室には先程内鍵を掛けた。

屋内では男性と二人きりには決してならないトリシャも、温室がガラス張りなことと出入り口が屋外にあることで警戒心を欠いている。

だが、温室の中央にある南国風の脚の短いカウチに座ってしまうと丈の長い植物で外からは見えないし、声も、どんなにトリシャが助けを求めても誰にも聞こえないだろう。

悪魔のような計画を練って実行に移せる自分に、ミカはまた一つ失望する。

(でももう、こうするしかない)

「ここがちょっとした休憩スペース……」

トリシャが目を丸くする。

寝そべることができるくらいの広いカウチに、ラタン細工に岩を切断し磨いた天板を載せた巨大なローテーブル。

「す……すごいですね」

「商談に使うこともあるんです。座って……先生」

「はあ……」

トリシャを隣に座らせると、メイドが用意してくれた食器とグラスにサンドイッチを置き、ワインを注ぐ。

「ありがとうございます。でも、あの……」

ワインを見て戸惑ったような声を上げる。

しまった。少しでも酔わせて抵抗させないようにと思ったが……。

「飲めませんでしたか?」

「飲めるんですけど、あの、ミカ様。酔っ払っちゃうかもしれないので、その前にお話をお伺いした方がいいかと……」

「ああ……」

ミカはジワリと汗をかく。

自分の命運を分けるに等しい告白。うまくいく可能性が一％も見えない。

「あの……、先生は………、先生？　その、それ。手首の……火傷ですか？」

ふと、トリシャの手首の傷跡に気付く。

トリシャはキョトンとしていたが、ミカの視線を追って、「ああ、これですか？」と自分の手首を目の高さに持ち上げる。

「暖炉でイタズラして……。跡になっちゃったんです。小さい頃ですよ」

「小さい頃」

ミカはちょっとホッとする。

「良かった。あの放火魔、先生の家にも火を点けたのかと」

「あの放火魔？」

トリシャは連続不審火の犯人が捕まったことは知っていたが、何故ミカが知り合いのように話すのかがわからずキョトンとする。

ミカは苦笑して、告白から逃げるように、先日の捕物の話をした。

「……すごい！」

話し終えた途端、トリシャがいつになく興奮したような声を出す。

「も、もう一回話してください。最初から」

最初から？

勿論、恋の奴隷のミカに否やはない。

戸惑いながら、バーでアルベルトに会ったところから話した。

「それで、捕まえろと言われたので犯人を転ばせて……」

「そ、そこです」

どこ？

トリシャは両手を拳に握ってミカを見上げる。

「どうやって転ばせたんです？」

「足を引っ掛けて、そのまま蹴り上げたんですよ」

「や……」

何か言いかけて、慌てて口を押さえる。その仕草が可愛くて、ミカは顔を綻ばせた。

「なんです？　なんでも言ってください、……トリシャ」

トリシャは口を押さえたまま、「いいのかしら」というような目でミカを見上げる。

くっ……。可愛さで男を殺す気か？

ミカが内心を隠して鷹揚に頷くと、トリシャがモジモジしながら、

「……やってみて、頂けませんか？」

と言った。

（……やってみる？）

訝しく思いながらも笑顔で頷いて、立ち上がって適当に空気を蹴り上げる、フリをする。

「……こういう感じ？」

俺は何をやってるんだろう、と思いながらも奴隷なので従う。

「すごい、すごいです！」

トリシャが目をキラキラさせている。

「何も凄くないですよ、転ばせただけです」

「だけじゃないですよ、すごいです」

「誰でも出来ます」

「ミカ様ったら、もう」

トリシャが憤慨したように、ミカを睨んだ。

「ミカ様、いつもそうおっしゃいますけど」

「？」

「当然のことをしたまでです、出来ることをしたまでです、って。でも、出来るゝゝゝゝことを出来る人がどれくらいいると思います？」

思ってもみないことを言われて、ミカはトリシャを呆然と見返した。

「通りの向こうから男が走ってきた。その後ろから誰かが、犯人だ捕まえてくれ！　って叫んで……、それですれ違い様に実際に足で引っ掛けて放火魔を捕まえられる人が、どれくらいいると思ってます？」

「いや、だって……誰だって」

「少なくとも私は出来ません。怖くて」

トリシャが悔しそうに言う。

ミカは慌てた。そんなことをしてもらっては、困る。

「そんなの当たり前だ！　先生みたいなか弱い女性が！　危ないでしょう」

「私もそう思うと思います」

また妙な言い回しをする。

「犯人がすれ違う瞬間、だって私は女性だから、力がないから出来ないって。それでね、ミカ様、もし私が男性でもそう思うと思うのです。だって自分は警邏隊員でもないか弱い市民だから、捕まえるなんて出来ないって。……でも、ミカ様は行動したんです」

「……」

「ラウラ様のこともそうです。ラウラ様の味方になってあげてください、と私がお願いして、ミカ様は自分に出来ることなら何でもと言ってくださって。その言葉を言うのは簡単ですが、実行できる人がどれくらいいると思います？」

トリシャが真っ直ぐに視線でミカを射抜いた。

ミカは何も言えない。目を見開いてただ、トリシャの宝石のような瞳を見つめ返している。

「私はミカ様、すごいと思います。ミカ様はそう思いませんか？」

「……おれ、は……」

俺は空っぽの、ただの卑怯者(ひきょうもの)です。

父親と兄弟の仕事を心中馬鹿にしながらその脛を齧(かじ)り、そのせいで自分に自信が持てない鬱屈をあなたの身体に捻じ込もうとしている。

（……でも）

でも、あなたが俺をそう思ってくれるなら。

あなたが信じてくれるなら。

それほど深く考えてみたこともなかったアルベルトの誘いが、ふと心に浮かんだ。

「……すみません、私ったら」

ミカが沈黙していると、トリシャが恥じ入るように視線を逸らした。

「すぐ説教しちゃう。職業病でしょうか……。あの……お話の方を、どうぞ」

「……」

ミカはグッと拳を握り締めた。

「……実は、その、さっきの話に出てきた友人。アルベルトから、警邏隊に誘われてまして」

「まあ」

「……やってみたいと思ってるんですが、俺は……自信が無くて」

ミカは自分でも情けないくらい弱々しい声になっていた。

「トリシャ先生は……どう、思いますか？　俺に出来ると思いますか？」

「ミカ様ならなんでも出来ると思います」

トリシャが即答する。

ミカは目を見開いた。

「……どう、して」

「だって、ミカ様は私のような者が言ったこともきちんと聞いてくれて、助けてくださるでしょう？　それに、自警団の訓練を拝見したことがありますが……」

自警団はドムスの財産を守る私兵だ。ミカはよく訓練に参加させてもらってる。

……いつ？　いつ見に来てくれたのだろう。

「団長さんかな？　とても強い人に打ち込まれても打ち込まれても立ち上がって、とうとう一撃当ててしまった。……あの時は興奮しました」

ミカはじんわり、心臓が熱くなる。自分の知らないところで、彼女が俺を見てくれていた。

「ミカ様は真面目で素直で、優しい人だと思います。顔には出ないけど、負けず嫌いだし」

トリシャはクスッと笑って、「それにね」と続ける。敬語が取れかけてるのがたまらなく嬉しい。

「一番大事なことだと私は思ってるんですけど……、ミカ様にはミカ様を大切にしているご家族がいるでしょう？」

意外なことを言う。

「愛する家族がこの世のどこかにいる人は無敵なんです。ミカ様が思いの通り生きても、ご家族の愛情は少しも目減りしないんですもの。……そりゃ、心配はされると思いますけど」

トリシャが真っ直ぐにミカを見つめた。

「自信がないのは当たり前です。やったことがないんですもの。でも私は、自信がありますよ」

黄金の瞳がとろっと、三日月のように微笑む。

「ミカ様なら何でも出来ます。自信があります」

ミカは彼女の瞳に魅入られて、身動ぎ（みじろ）も出来ない。

身体の芯が震えて、熱くなった。

ミカの身の内にずっとぐるぐるとトグロを巻いて、彼自身を食べながら肥大化していた黒い感情が、その熱に焼かれて消えていく。

無性に叫びたかった。

(俺は無敵だ)

君が信じてくれるなら。

六

温室に空気を切り裂くような女の悲鳴が響いた。

「……っみ、ミカ様……!? なにを……!」

トリシャを温室のカウチに引き倒し、暴れる手首を捕まえて、縫い付けた。

焦って見上げるトリシャの唇を、顔を傾けて無理矢理(むりやり)奪う。

「～ッ、ん、ん……! いや……、ん、ンぅ……!」

「ッ!」

舌を入れたら噛み付かれた。

ミカの口の中に血の味が広がる。それでも一瞬味わったトリシャの舌の熱さに、下半身が否応(いやおう)なく滾(たぎ)った。

「っ、はあ、あ、ミカ様、す、すみま……」

襲われてるのに謝るトリシャをひっくり返して、背中側に一列に並んだ釦を引きちぎるようにブラウスを破いた。

「キャアッ……！　や、ミカ様っ、いやっ」

トリシャの眩しい白い背中に興奮する。

思わず唇を寄せて、背中に口付ける。吸いながら前に手を回して下着に手を入れて裸の胸を触る。

「ッ……やあ……！　ミカ様っ、嫌です、やめて……！」

「やめない」

そう言って、胸を揉みながらスカートを引き摺り下ろす。

「やー！」

プリンとした尻を撫で回し、下着をずり下ろすと見たくて堪らなかった女の恥部が空気に晒される。

「いや！　いや！　誰か、誰か……！」

「聞こえないよ、誰にも」

トリシャの上半身をカウチに押し付けながら、自分のペニスを取り出した。

僅かに顔を後ろに向けたトリシャの顔が恐怖で引き攣る。

「嘘……嘘」

「ごめん」

ミカはトリシャの割れ目に亀頭を当てると、一気に貫いた。

「……っ！」

ミカは夫婦の寝室で目を覚ました。

フーッとその場で息を吐く。

……またあの夢を見てしまった。

トリシャをあの温室で無理矢理犯す夢。

犯して犯して、口を塞がなくてもトリシャが叫ばなくなるまで犯して、最後に彼女の輝きを失った虚ろな瞳を見て後悔で泣き喚く夢。

何年経っても同じ悪夢を見るのは、あの時の自分が恐ろしいほど本気だったからだ。

今から考えると、狂っていたとしか思えない。

彼女を汚すことで手に入れられる気になっていた。実際には間違いなく、失っていただろう。彼女の笑顔も、家族の信頼も。

「んん……」

悪夢を見たミカの胸元で栗色の髪の毛が揺れる。吐息が肌にかかった。

ミカは口元を緩めて最愛の妻を抱き寄せる。


……現実には、あの日、ミカは思い止まった。

告白も、彼女に無体を働くことも。

ミカはあの後、トリシャを二番街まで送り届けると、その足でまっすぐアルベルトのところに赴き、頭を下げて警邏隊への入隊方法を聞いた。

アルベルトは最初こそ「なになに!?　なんなのォ!?」を繰り返していたが、どうやら本気だとわかるとすぐにミカを連れて警邏隊の上司に相談に行ってくれた。

警邏隊はミカに合っていた。

自警団で鍛えてたのが奏功して、ミカはメキメキ頭角を現した。また、幸運も味方した。誘拐された貴族のお嬢様を助けて、国王に表彰されたのだ。

あっという間にアルベルトを抜いて出世頭になったミカに、アルベルトはまた「なんなのォ!?」を連呼した。

「お前、女で変わる奴だったんだなァ」

「ただの女じゃない」

ミカはいつもそう言い返す。

ただの女じゃない。

トリシャはまさしく彼の航路を照らす女神だ。

家を飛び出した後、父や兄の横槍、または逆に変に肩入れされることを危惧していたが、実際には何もなかった。

ただ家族が一人ずつ会いに来て、全員「たまには顔を見せに帰ってこい」とミカに言っただけだ。

「だって、トリシャ先生がお父様をすっごく問い詰めるのよ。ご当主の二〇歳の頃は何をしていましたか？　その時ご両親に止めて欲しいと思ってましたか？　って」

最後に面会に来たラウラがそう教えてくれた。

「〝私だけですか？　ミカ様を信じてるのは〟って……。先生普通に話してたつもりかもしれないけど、お父様すっかり怒られた感じでしゅんってなっちゃって。マテウス兄様は負けず嫌いだから〝俺の方が信じてる！〟って言い出して」

結局男どもは口を出したくても出せない言質を取られたのだと言う。

ミカは嬉しくて嬉しくて、かなりだらしのない顔をしていたようだ。

帰り際ラウラに、「トリシャ先生の情報教えてあげるから、たまには帰ってきてね」と囁かれ、つい「是非頼む」と手を握ってしまった。

兄の威厳、形無しだ。


「トリシャ……愛してる」

月光の降り注ぐ寝室で、ミカは囁いた。

最愛の妻は全裸のまま、腕に丸まったネグリジェを抱え込んで寝ている。

彼女は夜愛し合って翌朝裸で目覚めるのが恥ずかしいようで、いつも事後になんとかネグリジェを着ようとするのだが、大抵着てる最中にまたミカに襲われて脱がされる。

昨日はトリシャがネグリジェを探り当てた瞬間、お尻をぷりんと向けたものだから、引っ掴んで後ろから突き挿れたんだっけ……。

（あ、それで今日の夢は後ろから犯す夢だったのか）

変なことで合点がいった。

あの不思議な塔から戻って来てすぐミカはトリシャを新居に引っ越して来させた。

もう一日だって離れたくない、と言うミカに、トリシャはちゃんと結婚をしてからじゃないといけないと言い張ったが、下見に来たトリシャを抱き上げて寝室に連れて行き、じっくり説得したらわかってくれた。

　彼女は……身体まで最高だった。

　トリシャのナカは挿入するときゅうっとミカのペニスを締め付けて、肉棒を往復させると膣(ちつ)肉のヒダヒダに当たって滅茶苦茶(めちゃくちゃ)気持ちが良い。

　白い胸も、乳首の色も形もミカの想像以上に可憐(かれん)で、それをキュッと摘んだ時のトリシャの可愛い喘(あえ)ぎ声は何度射精(だ)してもミカを復活させる。

　現に、昨夜も……。

「あ……しまった」

　トリシャの可愛い寝顔を見ながら昨夜の交合を思い返していたら、ミカのミカが元気になってしまった。

「……」

　ミカは困り果てた顔で、少し考えると、トリシャを目覚めさせないように肘を立てて上半身を起こした。

「……ん」

　トリシャが可愛い吐息を漏らす。

　……ギンギンになった。

　妻の抱き締めてる布のかたまりを取り上げると、そうっと仰向(あおむ)けにして、その白い裸体を見下ろす。

「はあ、トリシャ……」

　ゴクリと唾を飲み込み、足の方に身体をずらす。トリシャの膝裏を持って、脚をそうっと開いた。

くぷり、微(かす)かに水音がして、トリシャの膣穴から昨夜たっぷり注ぎ込んだミカの精液が溢れる。

「……っ、く、トリシャ……」

ミカは息を荒くして、トリシャの脚の間に座ると、ペニスを扱き始めた。

「はあ、トリシャ、トリシャ……、愛してる、トリシャ」

起こさないように、妻をオカズにして自慰をする。

ミカにとってトリシャはいつになっても崇拝の対象であり、決して穢(けが)してはならない女神のような存在だ。

その女神が秘部から自分の精子を垂らしている。背徳感で、否応なくミカは高まった。

「んぁ……！」

ビュッビュッ、と精液が飛んだ。トリシャの割れ目に。

妻の栗色の陰毛に白い精子が絡まり、垂れて可愛い花芽をも汚す。

恐ろしく淫靡(いんび)な光景に、ミカの右手の中で肉棒がまた芯を持ち始める。

「は、は……トリシャ……、あー……、ごめん……」

耐えられなくなって、身体を前にずらすと、ペニスを持ってトリシャの割れ目に当ててクチュクチュとなすりつける。

「はあ、はあ、トリシャ……ごめん、疲れてるのに……」

ぐっ、と腰を押し進めると、ぐぷんと亀頭がナカに挿入(はい)った。

「あ、ああ……」

「ん……」

トリシャは声を漏らしたが、まだ起きない。

ミカはそのまま根元まで彼女に収めた。

「あーっ……ああ、気持ちイイ……。トリシャ、すごく……」

この期に及んで起こさないように、歯を食い縛ってゆっくり腰を揺らす。

くっちくっち、トリシャのナカに出された精液が肉棒で捏ねられる音が響いた。

「トリシャ……ああ、なんて美しい。はあ、はあ」

トン、トンッと奥を突く度にトリシャの白い胸がふるふると揺れる。

ミカは手を伸ばし、両手で優しく胸を撫でた。

「あ、ん……」

「はあ、トリシャ、好きだ。好きだ」

根元まで挿れながら両胸を包むと、トリシャの全てを手に入れた実感が湧く。

「君は俺の……全てだ、はあ、俺の女神、俺の唯一……は、ああ、気持ちイイ……」

グリグリッとペニスの根元でクリトリスを刺激すると、トリシャがビクビクと痙攣した。

「は……あ、あ、あっー！　……」

「つあー……締まる……滅茶苦茶イイ……はあ、俺のトリシャ、俺の奥さん」

「ああ……んっ……！」

トリシャが突然そっぽを向いた。ミカが覗き込むと、口元に握った拳を当てて目を硬く瞑ったまま真っ赤になっている。

（……起きたな）

イッて意識が戻ると夫に犯されていたので、咄嗟に寝たふりを続けているようだ。

ミカは口角を上げて、トリシャの好きな所をカリが擦るようにゆーっくり腰を動かす。

「っ……はあ、っああ……！」

「あートリシャ……ここが好きだね……」

「んん、はあ、はあ、……ああっ……！」

「寝ながらヨガって……はあ、やらし」

「はあ、ああっ……、だ、だめ、あん、イク……！　イクの……！」

身体を反らせるようにしてトリシャがまた達した。

「寝ながらイッたの？　可愛い」

ずりずりと無意識に上へ逃げようとするトリシャの腰を掴んで奥にぶち込んだ。

「あっ、あーっ！」

「あー、すっごい……」

トリシャは震えながら寝たフリを断念してミカを見上げる。

「はあ、はあ、だめ、今、だめ……あなた、お願い……」

「奥さん、可愛い」

ズチュズチュ思いっきり腰を打ち付ける。

「あ、ああ！　アアッ、だめって、ああっ」

「はあ、はあ、気持ちいい！　気持ちいいね、トリシャ、トリシャ…！」

「ああっ、アンッ、そんなにシちゃっ、ああーっん～ッ…！」

「トリシャ……！　愛してるっ、あーっ射精るっ、射精すよ！　トリシャ、トリシャ……！」

どぷどぷと注ぎ込みながら、トリシャの唇を塞いだ。


「……寝てる間にしちゃだめ、って前に言ったのに……」

「ごめんね」

ミカの腕枕でトリシャが恨めしそうに言う。

「嫌な夢を見て、起きちゃって」

起きたからといって昨夜散々抱いた妻に襲いかかる理由はない。

「……あの夢？」

「うん」

素直に頷く。

トリシャが手を伸ばして、ミカの頭を撫でた。

「と、トリシャ？」

至近距離で見つめる妻の瞳に、何故かミカは狼狽える。

「……もう、見なくていいよ」

彼の聖女が微笑む。

「もう、……結ばれたんだもの」

「……」

囁かれると胸が痛いほどときめく。

未(いま)だに、その瞳の美しさに、動けなくなる時がある。

「……君が居てくれたら、俺は無敵だ」

「ふふふ」

真顔で言うと、トリシャが可笑(おか)しそうに笑った。

◆婚約期間1　闇より来たりし馬

ミカが仕事を終えて、制服のまま愛しい婚約者との新居に戻ると、玄関のポーチにうずくまるトリシャの姿を見つけて血の気が引いた。

「トリシャ!?　どうした!?」

「……っ、み、ミカ様……」

駆け付けたミカを見上げたトリシャの目は赤く、髪は乱れている。

「トリシャ、一体、何が……！」

「あいつが……！　家に……！」

トリシャが立ち上がってミカに取り縋った。

「あいつ!?」

今度はガッと頭に血が昇る。

誰だ？　俺の不在時に、家に上がり込んで、俺のトリシャに――！

「ウマです……！　嫌な方のウマです」

「嫌な方のウマ!?」

震えるトリシャを抱き寄せながら玄関のドアを睨む。

「おねがい、助けて……」

「もちろん！　……で、ウマって!?」

「嫌な方のウマです……！」

……嫌な方のウマって!?

五分後、ミカは慎重にドアを開けて中に入る。

「トリシャは外にいて」

「ミカ様だけ危険に晒すわけには……」

健気なことを言う。

「大丈夫だから。……キッチンにいるんだね？」

「はい……」

トリシャが縋るような瞳でミカを見上げた。いつもは思慮深く凛としていて、誰かに頼るということを知らない女性だ。ミカは決意する。

秒で片付けて、トリシャを抱く。

キッチンに行くと、トリシャが抗った痕跡がそこかしこに残っている。割れたカップ、落ちた鍋蓋、転がる野菜……。

そしてミカは、律儀にじっとしていたらしい侵入者に対面した。

カマドウマ——

バッタ目カモドウマ科の昆虫で、跳躍力が高く、何でも食べ、どこにでも現れる。悪魔の乗り馬のような見た目をしている。とは、先程のトリシャの説明だが……。

「こんなのが怖いのか」

すぐに摘み出して、ミカは荒れた室内を振り返った。

「……ふっ」

彼女の目の前で笑うと怒るだろうから、ミカは片付けながら一頻りニヤニヤしてから、トリシャを迎えに行った。

「ほんとう？　本当にもう、いませんか？」

「本当です。片付けがてら隙間を見てまわりましたが、もう居ません。一匹だけだったようですね」

「あっ、ああ……すみません、片付けさせちゃった……」

トリシャはまだ警戒していて、ミカの服を掴みながらキョロキョロしている。

「すみません……ウマだけは苦手で……」

フルネームを言うのも嫌なほど苦手らしい。

「お夕飯も作れてない……」

「俺、なんか買ってきますよ。それか外に食べに行く？」

トリシャの肩を抱きながらミカが言うと、

「うん……」

とトリシャが俯く。

「トリシャ？」

「ミカ様……」

トリシャが何故かちょっと潤んだ瞳でミカを見上げた。ミカは心臓が掴まれ捻じられたように動きを止める。

「さっき……素敵でした。私……」

顔を真っ赤にして言う。

「ミカ様と結婚できるの、嬉し……きゃあ!?」

ミカに突然抱き上げられ、トリシャは小さく悲鳴を上げた。

そのままリビングのソファに連れて行かれて、膝に横抱きに座らされる。

「トリシャ……愛してる……!」

「ミカ様……、ん……」

ミカがトリシャに覆い被さるように唇を合わせた。

と同時に、ミカの手がトリシャのブラウスの上から胸を撫でる。

「ん、ふ……」

婚約が決まって同棲してからのこの半年で、何百回キスをしたかわからない。なのにトリシャは相変わらず初心なままで、口内でミカの舌をチロチロ舐めて「ちゃんと出来た」という顔をする。

(可愛い、可愛い、可愛い、可愛い……!)

キスしながらトリシャのブラウスの前ボタンを外し、脱がせると、ブラ紐を肩から外した。

「っ、……はあ、み、かさま……、ご飯は……」

ピンクの乳首まで晒されながら、トリシャが恥ずかしそうに制止する。

「……トリシャを食べてから」

「はあっ、すっごい、先生、ぐっちゅぐちゅ……」

「ミカ様っ、あ、ん、だめです、それだめ……！　……シーッ……！」

二本の指でまだ痙攣する膣肉をくすぐりながら、親指でクリトリスをコリコリするとトリシャがスカートで顔を隠すようにしてまた達した。

「えろ……」

ギュウっとトリシャの膣に指を握られて、ミカは我慢できなくなった。

トリシャの下肢から下着を剥ぎ取って、ハアハア言ってるトリシャが息できるように微かに唇を浮かせて舌だけ挿入して恋人の舌を味わう。

トリシャの目の焦点が合うようになるまで待って、

「トリシャ、……後ろから、シよっか」

と提案した。


ソファに膝立ちさせて、背もたれに左手を突かせ、右手でスカートを持たせる。

ミカもスラックスから自分のモノを取り出すと、婚約者に脚を開かせて、涎を垂らす蜜口にペトリと亀頭の先っぽを当てた。こちらもとっくにガマン汁でベトベトになっている。

「お尻もうちょっと突き出して……」

トリシャが従順にお尻を突き出すと、グプンッとペニスの先っぽが割れ目に突き刺さった。

「……ンああっ……！」

つい腰を引こうとするトリシャの尻を鷲掴みにすると、グッと広げてミカは一気にペニスを挿入する。結合部から愛液がぶちゅっと弾けた。

「ああっー！」

「っ……あっ、ああっ、イイ……！」

毎日抱いてる彼女の身体にまた夢中になる。

白い艶かしい背中とプリッと可愛いお尻の間にスカートがあることで、何故かミカはひどく興奮した。

「あーはー、お尻、かわいい……」

両手でスルスル撫でるとトリシャの尻と膣内がキュッと締まった。

「あー……これも感じちゃうんだ」

「はあ、ああ、ミカ様……」

お尻を撫でられるたびにキュンキュン男のペニスを締め付けて、トリシャが涙目で振り向いた。

「お願い……はあ、お願い、も、突いて……」

「ああ、トリシャ……ッ可愛いっ」

「——ッ、～っ！」

ミカがゴンゴン奥を突き出して、トリシャは声なき悲鳴を上げる。

「っ……！」

「あーっ！　またイッた！　はあ、はあ、気持ちいいっ、気持ちいい、トリシャ、好き、全部好きっ」

「っん、あ、あ、あ、あ」

トリシャは堪らず、両手でソファの背もたれに縋り付く。

腰をがっしり掴むミカの腕でスカートは捲れたまま。

「トリシャ、早く結婚したいっ、早く、早く、早く……！」

「あっ、ん～ッ……！　もう、もうだめ……！」

パンッ、パンッと打ち付けられ膣内を往復する肉棒に、トリシャが尻を突き出すようにして絶頂する。

そうして律動するトリシャの膣肉に扱かれて、ミカもトリシャの最奥に思いっきり射精した。

ペニスを抜いた後、膣から漏れ出す精子でソファが汚れることを気にするトリシャの体を拭いてあげる。スカートを脱がせて全裸のトリシャの体に手を這わせながら拭いていたら勃ったので、ソファの上で脚を広げさせて今度は前から貫いた。

抱き起こし、対面座位でぎゅっと抱き締める。

「はーっ、トリシャ、落ち着く……」

「はあ、はあ、落ち着きません……」

ミカの肉棒を咥えたままのトリシャは真っ赤な顔でたまに「ん」とか「ふっ……」とか小さく喘いでいる。

「夕飯、俺が買って来るから、トリシャはちょっと休んでて」

耳元で囁くとまた「はぅ」と膣穴をきゅっとさせる。

「い、一緒に行くぅ……」

「でも、疲れてるでしょう？」

今まさにトリシャを疲れさせてる張本人がそう言って気遣った。

「髪もぐちゃぐちゃになっちゃったし……」

「あ、う」

ミカがわざとちょっと揺らすとトリシャがビクンと反応して可愛らしい。

「髪は、すぐ、な、直しますから……お願い。また……彼のものが出るかもしれないもの」

彼の闇のモノ。長き足と触角を持ち、跳躍する姿はまさに地獄の死者の馬、名をカマドウマ。

……とうとう「ウマ」とも呼ばれなくなった。

「怖い、一緒にいて……」

男の腕の中でトリシャはミカを見上げる。その柔らかな胸がミカの胸に押し当てられた。

「はっ、あ、先生……」

「あっ、うそっ、おっきく……！」

〝一緒にいて〟と言った途端、自分を貫く男の硬い肉茎がグッと膨張する。

「トリシャ、かぁわいいね、じゃあ行こう、一緒に、イこっ」

「っ……！」

ミカはこの後、一緒にイこうと言ったくせに二回トリシャをイかせてから、ソファの上で仰向けにひっくり返して上から押し込むようにじっくり種付けした。

「ミカ様……、あの……」

身なりを整えて、なんとか薄闇のうちに家を出ることが出来たトリシャは、揺さぶられすぎて足元がフラついている。危ないのでミカが腰を抱き寄せた。

「ん？」

「まだ、一応婚約者なのに……、あの、しすぎではないでしょうか？」

「セックスのこと？」

「……さっきみたいなこと」

トリシャは言葉に出すのも恥ずかしがってる。

ミカは優しく微笑(ほほえ)んで、

「まだ婚約者だから、あれくらいで我慢してるんですよ」

「あれくらい……？　え、我慢？　え？」

全く我慢されてる自覚がないトリシャはギョッとしてミカを見上げた。

「我慢……？」

「夫婦になったらシたいと思ってることがたくさんあるんです」

「……あれ、今、なんの話でしたっけ？」

本気で迷子になった顔でトリシャが言う。

「セックスでしょ。夫婦になったら、ベッドから出さないからね」

今も事後はクタクタでそのまま寝てしまうことが常なのに、これ以上……!?

「冗談ですよね……？」

「俺は冗談は言いません」

そうでした……。

なんとなく遠い目になったトリシャと上機嫌のミカが二人で来たのは家の近所の料理店。

昼に寄ってよくこうしてもらうんです、とミカが店主に頼んでパンに肉を挟んでもらった。

「美味しそう。家で食べるんですか？」

「いや、晴れてるし、嘆きの王女の丘で食べませんか？」

「わあ」

トリシャが目を輝かすのをミカが心底愛おしそうに見つめた。

「夜のデートかい？　羨ましいなあ。先生、ミートボールも付けてあげる。熱いうちに食べて」

顔馴染みになった店主がブリキの容器にミートボールを入れてくれた。

「まあ、ありがとうございます。食器、明日お返ししますから」

「なんで店主も先生って呼ぶんだ？」

ミカが面白そうに眉を上げると、店主が「それがさ」と身を乗り出す。

「こないだ、俺が仕入れで遠出してた時に女房が具合悪くなっちゃって。先生がたまたま店に来てて、うちの子を一日預かってくれたんだ」

と店主はお腹が膨らみかけている自分の女房を見る。店主の女房は身重になってから配膳には出ず、カウンターの中で酒を作っていたが、会話に気付いて振り返った。

「そうそう。あんときゃ助かったよ、センセ」

「その〝先生〟の話だ。俺ぁ帰って来て女房に聞いて、先生の家に迎えに行ったんさ。んで連れて帰って来たらうちの坊主がさ……」

店主が堪えきれずに笑い出す。横で店主の妻は既に笑っている。

「もう絶対、二度と行きたくないって言うんだよ。なんでって聞いたら、一日中勉強させられたって」

「でもさ、どう言っても覚えなかった綴りのクセが直っててさ、二桁の足し算引き算も出来るようになっててさ」

「毎日得意満面で近所のガキに自慢してら。弟が生まれたら勉強おしえてやるんだってさ」

夫婦はどこか誇らしそうにそう言って、トリシャにまた礼を言った。


「……トリシャ、もしかして、子供が苦手？」

店を出て、嘆きの王女の丘に向かいながらミカが聞く。

丘の一番上にある広場までは緩やかに登る整備された道で、段々に建っている家々の灯りで夜道も暗くない。

トリシャは難しい顔をして、少し考えると、

「私は苦手ではないのですが、向こうは私が苦手のようです」

と真剣に打ち明ける。

「ラウラがあんなに懐いたのに？」

「ラウラ様は出会った時にはもう子供ではなく小さなレディでしたよ」

懐かしむように一瞬トリシャが目を細めた。

「昔から男の子には嫌われる傾向にあって……。ティモ君はミカ様と剣で遊べると思って来たのに

チョークを持たされたので、怒ったみたい」

「怒ったの?」

「怒ったので……、楽しいゲームをしましょうと言って、クロスワードを作ってあげたのだけれど……」

「……」

「解かせてたらちょっとチョークの持ち方がおかしかったので直してあげて、綴りが間違ってたので教えてあげて。とうとう最後の鍵も開けられたのに、何故かまた怒っちゃったので」

「ので?」

「数独を作ってあげて」

「……」

「もちろん簡単なやつですよ。そうしたら計算が苦手なようだったので、算盤(そろばん)を……、ミカ様? もしかして笑ってる?」

とうとう誤魔化(ごまか)しきれなくなって、ミカは声を出して笑い出す。

「やっぱりなんかおかしいんですね?」

「ははっ、ははは……、おかしくない、おかしくない……」

宵の口の丘の道にミカの笑う声が響く。

トリシャは納得がいかない様子で、

「子供の喜ぶ遊びがよくわからないのです」

と首を捻(ひね)った。

「……妹さんや弟さんとは子供の頃何して遊んでたの？」

「ロバを見たり……」

「ロバ」

「木片で崩れない橋を作らせたり」

「は、橋」

「ロバも廃材も無かったですからね、今回は……」

ロバか廃材さえあれば……と自分でも悔いが残っているような表情のトリシャを見て、ミカは我慢が出来なくなってまたくつくつと笑い始めた。

トリシャはイジけた目で腹を押さえる婚約者を見る。

「……楽しそうですね」

「……ふ、ふふ、楽しいです」

ミカは笑いながら認めて、こう続けた。

「……一緒に住めて良かった」

横目で甘やかにトリシャを見ながらミカがしみじみ言った。

「俺はあなたは完璧な女性だと思っていたけど、今日苦手なものを二つも知ることが出来ました」

闇のウマと、子供。トリシャは落ち着かなげに目を泳がせると、「……幻滅しません？」と気にする。

「しないよ。嬉しいんだ。トリシャのどんなところも、可愛い。全部、愛おしい」

「そんなことがありますでしょうか……」

トリシャが頬に手を当てて俯いた。

ミカは逆に、顔を上げて目的地の広場に目を向ける。

宵闇に星が散り始めている。広場にはチラホラ、先客の恋人達のカンテラの灯りが見えた。

「……私も……」

トリシャが囁くように言う。

「ん？」

「私も、知りたい。ミカ様の苦手なことも、……弱点も」

珍しくイタズラっぽい表情で、トリシャがミカを見て微笑んだ。

ミカは思わず、繋いだ手を引いてトリシャのいい匂いのする髪の毛にキスを落とす。

「……俺の弱点は君だよ」

耳元で囁いた。

「……っ」

トリシャがビクッと肩を震わせて、不意に立ち止まる。

「トリシャ？」

「――っ」

トリシャは真っ赤な顔になって、焦ったようにモジモジしだした。

「どうした？」

「……あの、やっ……ぱり、家で、食べたい……」

「え？　そうなの？」

急にどうしたんだ？

さっき広場で食べようと言ったら目を輝かせていたのに……？

「いいけど、どうしたの？」

「……、……ぁれが……」

「何が？」

トリシャは周りをキョロキョロ見て、ミカの腕を引っ張って耳元に唇を寄せた。

「……ミカ様の……あれが、漏れてきちゃ……」

ミカは真顔になって、トリシャの下腹部を見た。もちろんナカは見えないが――。

さっき注いだ、ミカの精子が、漏れて……。

「きゃああっ！」

気付いたらミカはトリシャを抱き上げ、自宅に向かって坂を駆け降りていた。

赤い屋根が見える。ミカとトリシャの二人の新居。トリシャが付けたおかしな顔の風見鶏（かざみどり）がぐんぐん近付いてくる。

家に飛び込んで、寝室に飛び込んで、ミカがトリシャのスカートに飛び込むまで、あと三〇秒。

◆婚約期間2　職場訪問

一七歳のオリーヴィア・フェアリーガーは最近失恋と、新しい恋をした。

フェアリーガー家は準男爵家で、それなりに格式のある家なのだが、男親が進歩的な考えで娘を市井の子女も通うアカデミーに通わせている。

そこでオリーヴィアは素行の良くない同級生と出会い、そういう子供に特有の奇妙な魅力に惹きつけられ仲良くなり、ある日誘われてコイン一枚から賭けられる庶民向けのカジノにお忍びで遊びに行った。

すっかり夢中になったオリーヴィアは門限も忘れて遊びに興じ、有り金を巻き上げられ、被ってきた派手な飾りの付いた帽子をカタに取られるに至って我に返った。

もう帰らなくちゃ、と地下のカジノから暗い市街地に上がり、あまりの人通りの無さと暗さに呆然とする。

どうしよう……。

とにかく乗合馬車の発出所に行こう、と歩き出す。乗合馬車に乗るには時間が遅すぎるのだが、生粋のお嬢様であるオリーヴィアは乗合馬車の存在は知っていても乗り方はわからない。

三十歩も歩かぬうちに怖気づく。明るいカジノに戻ろうと踵を返し掛けて、いつの間にかすぐ後ろに男が三人いるのに気付いた。

ハッと逃げようとした時には距離を詰められて、あっという間に叫ぼうとした口を塞がれて腹を殴られる。

(痛い……！)

生まれて初めて受けた暴力の恐怖で一気に足元まで凍りついた。

(怖い、怖い怖い怖い誰か……！　お父様！　エメリヒ様……！)

父と婚約者の名前が浮かぶが、無情にも男達に乱暴に担ぎ上げられる。

(誰か助けて……！)

その時。

ピィイ……！　と暗い静寂を切り裂く音に次いでゴンッという鈍い音がして、突然オリーヴィアは道路に投げ出された。

「っ……！」

全身を打ち付けて痛いはずが、続く恐怖とパニックで全く感じない。声も出せない。

「そっちに二人！」

「わかってる」

オリーヴィアが恐怖の余り硬く目を瞑っている間に、たまたま巡回していた警邏隊員二人が暴漢達を倒し、そのうちの一人がオリーヴィアを抱き起こした。

「お怪我はありませんか？　レディ」

「は、……」

オリーヴィアはその瞬間、恋に落ちた。

「それでねそれでね、私の王子様がこうおっしゃいましたの。悪漢は捕まえました、もう大丈夫ですよ……って！」

事件から約二ヵ月後。

オリーヴィアは自宅のサンルームで母親のデボラとアカデミーに入学する前に刺繍を教わっていた元家庭教師のトリシャ・ツァールマンにウットリと顛末を話していた。

「そうして私を抱き締める腕がとても逞しくて、優しくて。金糸のお髪は夜風に揺れて、煌めくサファイアの瞳に吸い込まれるよう」

「先生、大丈夫ですか？」

百回は同じ話を聞いている彼女の母親のデボラ・フェアリーガーは暴漢のくだりで真っ青になった家庭教師を気遣った。

「え、ええ……。オリーヴィア様がご無事で、ほ、本当に良かったです……」

「それに、全然元気でしょう？　この子ったら」

母親は鼻を鳴らしたが、トリシャは曖昧に首を傾げた。

夜遊びして暴漢に襲われかけて、警邏に助けられて事なきを得たがアカデミーにはバレて停学になり、素行が悪いと婚約者に婚約破棄された元教え子は確かに思ったより元気そうだが、空元気か、ショックの余り躁状態になっている可能性もある。

〝そりゃ恐ろしかったのよ！　でも、お陰で王子様に会えたのだから、本当に〝良いことなしの悪いことなし〟ですわ」

トリシャが教えた外国の諺（ことわざ）を引用して言う。

トリシャは微笑んで、オリーヴィアの様子を注意深く見守りながら言った。

「そんな素敵な出会いがあったのは不幸中の幸いでしたね。でももう、夜の市街地を一人で出歩こうなんて考えてはいけませんよ」

「それは身に染みました……先生信じられます？　わたくし、二日も食事抜きでしたのよ！　お父様がカンカンになってしまって」

「可哀想なオリーヴィア」

とフェアリーガー夫人も悲痛な顔をするが、トリシャはあまり同情できない。

「閣下はさぞかし心配されたのでしょう。……アカデミーにはいつ戻られるのですか？」

「来週ですわ。……ですからね、先生、今日がチャンスなのです」

瞳を煌めかせた生徒にトリシャは何故か嫌な予感がした。そういえば、何故呼ばれたのだろう。

「な、なんのチャンスです？」

「先生、確か警邏隊の男性と結婚なさるんでしょう？」

「……ええ、そうです」

あの不思議な塔でトリシャがミカに全てを——トリシャの実感としては全て以上だったが——捧（ささ）げてから、二人はすぐに婚約した。その半年後に既に予定されていた、教え子でミカの妹のラウラの結婚式を終えた更に半年後に結婚式をあげようということになったが、ミカの強い要望でトリシャはとっくにミカと新居で同棲している。

ただ、今は……。

「今、警邏隊と近衛隊が合同で建国祭のために訓練をしてるの、知ってらっしゃるでしょう⁉　しかも訓練は公開されていて、見学自由なんですって！」

「……ええ、そうですね」

特に平民出身の多い警邏隊の尉官以上は、訓練所の寮に泊まり込みで訓練することを義務付けられている。その為、階級的には少尉であるミカも例に漏れず一週間ほど前から訓練所の寮に泊まり込んでいて、トリシャも顔を見ていなかった。

ちなみに士官以下は、通常勤務をこなしながら交代で訓練に参加していて、誰にとってもなかなか過酷な時期のようだ。

「お願いします！　トリシャ先生……！　わたくしを訓練所に連れて行ってくださらないっ⁉」

「えっ……⁉」

トリシャは思いもかけないことを言われて目を丸くしたが、もっと驚いたのは次のセリフを言われた時だった。

「わたくしの王子様、ミカ・ドムス様にどおおしても会いたいの……！」

その瞬間、トリシャは実に二〇年ぶりに、紅茶を溢した。

勿論トリシャはオリーヴィアのおねだりを丁寧に断った。きちんと事情を話して。

「実は、その、ミカ・ドムスが私の婚約者なのです」

と言うと、オリーヴィアも彼女の母親もさすがに絶句していた。

「せ、先生の、婚約者……!? まさか」

トリシャは決まり悪げに微笑む。トリシャ自身も、未だに何故ミカにあそこまで熱烈に望まれているのか納得がいっていないのだ。それを言うと一日中ベッドから出して貰えなくなるので口にはしないが……。

「ミカ・ドムス少尉は、あ、あのドムス家の御子息であると聞いてましてよ……!?」

母親も驚愕したままトリシャに尋ねる。

「あのドムス」と言われるドムスはミカの実家の豪商ドムス家以外にはない。

「そうです。ドムス家のご令嬢の家庭教師をしておりましたご縁で……」

ラウラ・ドムスは三か月前にラウラ・ガーランになり婚家に旅立った。手紙では元気と書いてあるが、なんとなく夫の話題が少なく、密かにトリシャは心配している。

「まあ……。そうでしたの……」

と呟いた夫人の表情を、もしトリシャが今よりも年と経験を重ねていたら、落胆から打算、確信的な歓喜へと変遷したのがわかっただろうが、生憎この時のトリシャにはそこまでの観察眼は備わっていなかった。

「オリーヴィア、ちょっと」

と何故か母親がオリーヴィアを連れて少しの時間中座した。

そして戻ってきたオリーヴィアはしおらしくこう言ったのだ。

「憧れは胸に仕舞うことにするから、とにかくあの時の御礼をしたいのです。お願いです、先生」

トリシャは断る理由が見つけられなかった。

……ということで、トリシャは今、オリーヴィアと母親のデボラを連れて、警邏隊の訓練所に来ている。

訓練所には既にたくさんの平民の見物人が詰め掛けていた。

「すごいですわね……」

目立たないように簡素なワンピースを着たオリーヴィアと夫人の二人が圧倒される。

「迷ってしまいそうですね。とりあえず、あそこの隊員の方に道を聞いて参ります」

作業をしている様子の隊員を見つけて、トリシャは二人を待たせて道を聞きに行く。

「あの、すみません。警邏第十師団の訓練は……」

ミカの所属を口に出すと、聞かれた隊員は面倒そうに、「正面玄関の黒板に全部書いてあるよ」と言った。

御礼を言って、二人を振り返ると――

「あ、あら？」

二人を待たせていたはずの門には誰もいなかった。

「そこにいた二人なら中に入って行ったのを見たよ」と、道を聞いたのと別の隊員が教えてくれた。

「ええっ……!?」

なんで？

トリシャは再度御礼を言うと、慌てて二人の後を追った。

「先生より先に、ドムス家の二男にお会いするわよ」

鼻息荒く娘を連れて行くデボラ・フェアリーガー。

「はい……！　お母様っ」

オリーヴィアは嬉しそうに返事をした。

娘が素行の悪い生徒のせいで傷物扱いされ、婚約破棄をされたのはデボラにとっては当然痛恨の極みであったが、その暴漢から助けてくれたというのが大陸で一番金を持っていると言われる豪商ドムス家の二男だったことは正に「良いことなしの悪いことなし」だ。

更に言うなら、その金の雛の婚約者が没落貴族の子女で今は平民であるトリシャ・ツァールマンであったことはデボラにとって逆に僥倖だった。

由緒正しい貴族の子女であり、弾けんばかりの若さを持ったオリーヴィアからしたら、先生が他の婦女子に取られないよう今まで大事に守っていてくれたカードを横から引くだけだ。

御礼を名目にオリーヴィアからミカに好意をチラつかせ、ついでに醜く縋り付くであろう年増の現婚約者の姿を目の当たりにすれば、比較するまでもないというもの。

そんな、些か自分に甘い皮算用の元に訓練所に赴いた母娘だが、トリシャに対して含むものがあるわけではない。

ただ、多くの貴族がそうであるように、自分達の幸福の為に犠牲になる平民の悲哀については最初から勘定に入れていないのだった。

「人が多いですわね、まったく……！」

「お母様、あっちの通路が空いているわ、あちらを通りましょう」

人混みなど殆ど歩いたことのない二人は、闇雲に突き動いていた。

トリシャは教えられた通りに正面玄関に掛かっている黒板を見る。

見学者向けに簡単に訓練場所と時間が書いてあるが、困ったことにこの時間の第十師団は二手に別れて訓練をしているようだ。

「どっちに行ったのかしら……」

トリシャはオロオロと迷う。今日はトリシャ自身の下心として、教え子の御礼を理由に最近会えてないミカの顔を少しでも見られたら、ということがあったが、ことここに至って全て吹っ飛んでしまった。

「先生と一緒なら」と渋い顔で見送ってくれた準男爵閣下の憔悴した顔が脳裏に浮かぶ。

その時、「なにかお困りですか？」と、青い顔で黒板を見つめるトリシャに、黒髪の隊員が声を掛けてくれた。

「貴族の婦人二人……？　さあ……見たら覚えてると思いますが……」

そのどこか異国風の顔立ちの隊員はエンシオ・ウルバンと名乗った。

「貴族のお嬢さんが護衛も無しで？」

「ええ、奥方様のたっての希望で。まあ行き先が行き先だったので……。護衛は馬車で待っています」

「ふむ。第十師団に用があるのですね？」

「ミカ・ドムス隊長に用があって……」

「ああ、金の狼ですか」

エンシオが言う。

「金の狼……？」

「おや、ご存知ない？　金の狼、赤の大鷲ってね」

「珍しいですね」

とトリシャが言うと、エンシオは吹き出した。

「違いますよ、隊員の二つ名です。髪の色から付いたあだ名ですね。ドムス隊長は金髪とは言えませんが……まあそこは、女性の言うことなので」

金の狼。

なぜ狼……？

「私も隊長がどちらに居るかは確約できませんが……、順番にご案内しますよ」

親切にそう言ってくれるエンシオの厚意に甘えることにする。

警邏隊と近衛隊の訓練所で悪さをする輩がいるとは思わないが、絶対はない。世間知らずのデボラとオリーヴィアがどこで立ち往生しているかわかったものではなかった。

「すみません。エンシオ様も訓練中なのでは……？」

「ああ、近衛隊は午前中だったのです。午後は市内の視察と、地図の確認などをね」

近衛隊の方の隊員だったらしい。

よく見たら気崩された制服も全然デザインが違っていて、トリシャは反省する。随分取り乱してしまっていた。

近い方から、ということで、先に第一訓練所の方に向かうことにした。

一度外に出て、日除けの付いた通路を通る。すると、エンシオと同じ制服を着た男達が通りかかった。

「よー、エンシオ、なんだ？　女など連れて」

「我が国のご婦人を拐かすなよ」

どうやらエンシオの知り合いらしい。

「ご令嬢が連れと逸れられたのでご案内してるだけだ」

エンシオがウンザリした声で答えた。

声を掛けてきた近衛隊員達はニヤニヤと言葉を続ける。

「へえ、さすが黒獅子。お優しいねえ」

「お嬢さん、お気をつけなさい。こいつはレイピアが異常に得意でね……特に突きが」

「いつの間にか大事な穴を突かれてるかも……ってか？」

ギャハハと笑うが、トリシャは無表情を貫いた。伊達に北区で八年暮らしていない。

「ご婦人の前で、止せ」

エンシオは険しい顔で咎めてくれる。

「おー、おー。良いとこ見せようとして」

「黒いレイピアより白いレイピアが良かったら、いつでも近衛隊にどうぞ」

最後のは意味がわからなかった。トリシャが顎に手を当てて思考している横で、エンシオが疲弊した声で謝った。

「……すみません」

「いいえ。……レアドロのご出身なのですか？」

「両親がレアドロ人なだけで、私はこの国で生まれ育ちました」

どうりで、彫りが深い顔立ちをしていると思った。

「ああ、ここです。おられるといいけど……」

エンシオの案内で第一訓練所に出る。

第一訓練所は厩舎が併設されている、騎馬の訓練所だった。

馬を走らせる馬場は広いが、見学者は厩舎の近くに集中している。

男達に囲まれて、一際体躯の見事な赤髪の男が見えた。

「アルフレッド様……？」

トリシャが呟くと、エンシオが「おや、ご存知でしたか」と眉を上げた。

「あの方が赤の大鷲です」

「え！　アルフレッド様が!?」

ミカの友人のアルフレッドには何度か会ったことがある。確かに赤毛で身体は大きいが……

「何故、鷲……」

「ははは」

真剣に考えるトリシャにエンシオが笑った。

「金狼隊長はいないようですが、一応近くで探してみますか」

そう言って人のわやわや集まってる方に近付く。

近付くとすぐ、アルフレッドが気付いた。

「…あ、あれ!? あっれぇ～! トリシャちゃん!?」

「ご無沙汰しております」

「どっしたのォ、俺に会いに来てくれたのォ!?」

と自分で言ってから、アルフレッドは相好(そうごう)を崩す。

「なんちゃってエ! ミカだろ? ミカはこっちにはいないぜェ」

「演習場の方だったか」

トリシャの後ろでエンシオが呟いた。アルフレッドが不思議そうな顔でトリシャの背後を見る。

「近衛隊の……ウルバン准士官? 何故トリシャちゃんと一緒に?」

「このご婦人がドムス隊長を探していたのでご案内しておりました」

「あー。あいつなら演習場か、もしかしたらまた会議に引っ張られてるかもしれねえ」

アルフレッドが顎を撫でて言った。

「一緒に来たご婦人と、そのご令嬢と逸れてしまったのです。アルフレッド様、紫のワンピースに大きな帽子を被ったご婦人と、薄紅色のワンピースのお嬢さんを見ませんでしたか?」

トリシャが落ち着かなげに周りを見るが、アルフレッドの見学に来ているのは大体が男性のようだ。

「紫とピンクだってよォ、お前ら見たかァ!?」

とアルフレッドが突然大声を上げるのでトリシャはビクッとしてしまう。

「紫とピンクの女？」

「見たか？」

「アルフレッド様のところに女性は来ないだろ」

「いたら目立つよなあ」

などと見物人が好き勝手言う。

「じゃあやっぱりもう一か所の方に行ったのかしら……」

「行ってみましょう」

エンシオがそう言って、トリシャをエスコートする。するとアルフレッドが慌てたように声を上げた。

「あ、おい、おい、黒獅子」

「その呼び名はやめてください！」

エンシオが条件反射のように嫌な顔をして叫び返す。

「お前らだって赤鷲って呼んでるじゃねェか……、じゃない、お前、そのご婦人はドムスの婚約者だからな。絶対悪さするんじゃねェぞ！」

などと大声で言うものだから、トリシャは衆目を集めて決まり悪い思いをした。

「……ドムス少尉の婚約者だったのですか」

厩舎から離れて、一段高くなっている通路に登ったあたりでエンシオが言った。さすがに驚いている。

「ええ、まあ……。あの、内緒にしていたわけではないのですが」

「いやいや。俺が金狼金狼と揶揄（からか）ってしまったから。……」

ふと言葉を切る。エンシオの視線の先を見ると、アルフレッドがあの巨体で堂々と馬を操り、馬上から弓を放ち見事、的に命中させたところだった。

おおーっ、と見物人から歓声が上がる。

「わあ、すごい……！」

トリシャも思わず感嘆した。

さすが貴族の八男。……九男だったかしら？　馬の扱いが上手（うま）い。

ふぅ、とエンシオが小さく溜息（ためいき）を吐いた。

「エンシオ様……？」

「ああ、失礼」

行きましょう、と促される。

「エンシオ様は黒の獅子なのですか？」

トリシャが気になっていたことを聞くと、エンシオは遠い目をした。

「……」

「金の狼、赤の大鷲も大概巫山戯（ふざけ）てますが……俺のは正真正銘巫山戯てるんです」

どういう意味？

「警邏隊でドムス隊長とアルベルト少尉が実力で持て囃（はや）されて、髪色からそんな風に言われるようになって……、それを知ったうちの近衛隊の少将が酔って俺をそう揶揄いだしたんですよ。俺はほら、移民なので肌が浅黒いし、髪もコレですから……。ネタにされたんです。俺はただの雑魚（ざこ）ですよ」

「警邏隊と近衛隊は仲が悪いのですか？」

ミカにはそんな話は聞いたことがないけれど……。

「市民に人気のある警邏隊に近衛隊が一方的にやっかんでいるのですよ。近衛隊は貴族が多くてプライドが高いですからね……はあー、辞めたい」

暗い顔をして、唐突にそんなことを言うものだから、トリシャは吃驚した。

「え、辞めたいのですか？」

「……ずっと辞めたいのです。本当なら家柄で落とされるところ、レアドロ語が話せるという理由で入隊許可されたのが運の尽きで。親が異国出身だからと馬鹿にされていた上に黒の獅子なんて揶揄われて……。ドムス隊長ほど頭も良くないし、アルフレッド少尉ほど強くもないのに……」

また遠くで歓声が上がった。

アルフレッドが吠えている。

「……辞めたら良いのでは？」

突き放して聞こえないよう、トリシャが言った。

「辞めたら親が悲しみます。それに、次の働き口だってこの風貌では」

暗い顔で打ち明ける。

「……すみません。突然こんなことを。俺は相談できる同期もいないし、女性に相談したら好意と勘違いされて……、ドムス少尉の婚約者なら二度と会わないだろうしと思ってつい、吐き出してしまった」

まさしく吐き出しだったのだろう。エンシオは首を振って、少し気が済んだように笑った。

「……行きましょうか、ここを抜ければ演習場です」

「あの……、警邏に転属なさるのはいかがです？」

じっと考えていたトリシャが顔を上げて提案する。

「……は？」

「警邏なら家柄は問われませんよ。近衛隊に勤めてらしたなら、資質も十分認められるでしょう？」

「は？　警邏……？　一体……」

「ミカ・ドムスの父親も元は移民ですがミカから差別の話は聞きませんし……、エンシオ様は警邏隊に向いてると思いますよ」

トリシャがそう言うと、エンシオが目を見開いた。

「な、何故そう……。俺は金狼や赤鷲ほど強くもないし……」

「警邏隊に強さってそんなに必要でしょうか」

トリシャが首を傾げる。

「私は何度も警邏の方に助けて頂きましたけど、一番有難いなって思うのは、怖い思いをしてる時や困ってる時に声を掛けてくれることなのです。……先程のように」

トリシャは昔、男達に囲まれた時ミカに助けられたことを思い出す。そしてついさっき、途方に暮れていたところをエンシオに声を掛けられたことを。

「友人とはぐれて困ってる私をまさに今、助けてくださってるでしょう？　……優しい人に、向いてると思いますよ。警邏は」

「……」

「向いてるだなんて偉そうですね。でも、優しい人に警邏隊にいて欲しいなと、私は思います」

トリシャはそう言って微笑んだ。

エンシオは頭から水を掛けられたような顔でトリシャを見つめる。

「……エンシオ様？」

余りにも見つめられ続けて、トリシャが落ち着かなげに声を掛けると、突然エンシオがガッと両手でトリシャの手を握った。

「きゃあっ!?」

「美しい」

「なに……っ、なんです!?　は、離して……！」

「まだ間に合いますか？」

「何がですか!?　手を、手を離して……！」


その頃、オリーヴィアとデボラはやっとミカのいる演習場に辿り着いていた。

随分とグルグル無駄な経路を歩いて足が痛い。

「……あっ、いたっ、いたわ、わたくしのミカ様っ」

オリーヴィアが喜びの声を上げる。

ミカは円形の演習場で、木剣を手に、下士官達を可愛がっているところだった。

「キャーッ、今日のお姿もワイルドで素敵……！」

ミカは、というよりその場にいる全員、訓練着で臨んでいた。

演習場の周りにはぐるり壁があって、壁の内側の通路から演習場が見下ろせるようになっている。

オリーヴィア同様、黄色い歓声を上げる町娘達がチラホラいた。

下士官達は広い演習場でそれぞれ試合っているのだが、どちらかが一本取ると、勝者がミカの所に行き、ミカと対戦する。

ミカは次々と自分に挑んでくる部下の木剣を、その度に不必要に飛ばした。

「ぎゃー！」

悲鳴が上がる。

飛んでくる木剣を決死の形相で自分の木剣に当てて弾く休憩中の下士官。

「隊長……！　お願いです！　やめてください……！」

「お嬢さん方の顔に当たったらどうするんですか……！」

泣きそうな顔で叫ぶ下士官に囲まれながら、ミカは涼しい顔で「お前らが守ればいいだろう」などと言う。

必死の下士官達に比べて、余程のことがないと木剣が飛んでくる距離ではない女性達はうっとり楽しそうだ。

オリーヴィアはその一種不穏な遊戯を最前列で見ていたが、いくら叫んでも平民の女性の声量には勝てないし、いつまで経っても振り向いてくれない想い人に焦れて衝動的に演習場に続く石段を駆け降りた。

「ミカ様ぁ……！」

彼女が彼女のミカ・ドムスに駆け寄ろうと演習場に侵入したその瞬間、ミカが弾いた木剣がオリーヴィア目掛けて飛んだ。

「ぎゃー！」

オリーヴィアの喉からかつて出たことのない悲鳴が上がった。

それと同時にガツンとオリーヴィアの至近距離で音がする。訓練着の士官が彼女を庇い、木剣を弾いた音だった。

「……大丈夫ですか⁉」

士官が振り向くと、オリーヴィアはへなへなと座り込んだ。そのオリーヴィアを、ミカが常にない険しい表情で罵倒する。

「馬鹿野郎！　死にたいのか⁉」

「ちょ、隊長、女性に乱暴な口を利いてはいけません！」

オリーヴィアを庇ったミカの副官のヘンリ・マンハイムが彼女の傍に膝を突き、肩を抱き支えながら上司に抗議する。オリーヴィアは木剣と男の叱責とでガタガタ震えていた。

「入り口に一人立たせておけと言っただろう、あいつはどうした」

「アナタがさっきぶっ飛ばしたでしょうが。……立てますか？　もう大丈夫ですよ、レディ」

ヘンリは肩までの金髪を後ろに括っていたが、それが一束溢れてオリーヴィアの眼前で揺れた。

ミカが舌打ちせんばかりの顔でヘンリに言う。

「やっぱり見物を禁止にしよう。百害あって一利なしだ」

「女性が観に来ないなら訓練する意味がないでしょうがッ！」

副官がカッと吠えて、ミカは呆れた。

「お前、そんな不純な動機で」

「隊長に言われたくありません。婚約者に会えない鬱憤を訓練で晴らしてるくせに」

「これは訓練じゃない」

しれっとミカが言う。

「鬱憤を晴らしてるんだ」

だ〜か〜らぁ、と副官が爆発しかけたところで、

「オリーヴィア！　オリーヴィア！」

大慌てで演習場に降りてきたデボラがオリーヴィアに飛びついた。

「お母様……」

「母君ですか？　訓練中に場内に入るのは……」

苦言を呈そうとする副官を押し退けて、デボラが甲高い声をミカに向けた。

「ドムス様……！　ミカ・ドムス様ですね!?」

「はあ」

薄紫のドレスに派手な帽子。ミカは首を傾げた。知らない婦人だ。

「あ、あ、あなたに……助けられた、オリーヴィア・フェアリーガーの母です。フェアリーガー家は準男爵ですよッ！　御礼をお伝えに参ったのです、よくもうちの娘をこんな目に……！」

デボラは動転していて言おうと思っていたことと今思ってることが同時に口から出ている。

ミカは副官と目を見合わせた。

（御礼を言われてる？）

(絶対怒られてるでしょ)

「お、お、お母様ったら、落ち着いて……！」

全然落ち着いていない娘がオロオロ声を掛ける。その娘を初めて正面から見て、ミカが何か思い出した。

「おや？　どっかで会ったことがあるような」

「二月（ふたつき）ほど前にベルン街で暴漢に襲われかけてた貴族のご令嬢では？」

当時同行していた副官も思い出した。

「そうだ。確か……」

ミカが更に思い出そうと目線を向けると、オリーヴィアが顔に恐怖を浮かべて悲鳴を上げた。先程殺されかけたことがトラウマになっている。

「わ……っ、わたくしっ、貴方（あなた）とは結婚できませんわっ……！」

大声で突然ミカを振る。

(え、この方が隊長の婚約者……!?)

(全然違うぞ)

誤解する副官に小声で訂正を入れる。するとデボラが金切声を上げた。

「お、オリーヴィア、何を言ってるの……！　ドムス様と結婚するしか道はないのよ……！　折角トリシャ先生に譲って頂いたのに……！」

「…………トリシャ？」

愛しの婚約者の名前が急に出てきて、ミカは顔色を変えた。

その時。

「ゆ、ゆ、譲った憶えはありません……！」

演習場の囲いの外から、ミカが絶対に聞き間違えない声がした。


トリシャは卒倒したかった。

エンシオに握られた手を振り切って、逃げるように演習場に辿り着いたら探していた三人が全員いて、奇妙な愁嘆場が演じられている。

一瞬、見なかったことにしたい、いや、しよう、とトリシャの人生で選んだことのない選択肢を採ろうとしていたら、デボラの声が聞こえたのだ。

「ドムス様と結婚するしか道はないのよ……！　折角トリシャ先生に譲って頂いたのに……！」

夫人がそう叫んだ瞬間、トリシャは身を乗り出して自分らしからぬ大声を出していた。

「ゆ、ゆ、譲った憶えはありません……！」

「……トリシャ！」

声を聞いて、トリシャを視認した〇・一秒後、ミカは演習場の壁に駆けながら「馬！」と命じる。へばっていた隊員が慌てて立ち上がり、前屈体勢を取った。

ミカはその背に乗り、思いっきり蹴り上げて壁と柵を越えた。トリシャの元に駆け寄り、腰を持って抱き上げる。

「きゃあっ」

「トリシャ、来てくれたんですか……!?」

「ミカ様……っ、おろしてっ」

「はい」

素直に言うことを聞いて地面に降ろすと、そのまま掻き抱いた。女性達が叫び、隊員達がざわめく。

「ミカ様……！」

「会いたかった、トリシャ……あー……駄目だ、俺、汗掻いてんだった」

慌ててトリシャを引き離す。

そんなのいいのに、と一瞬思ったことは秘めて、謝る。

「すみません、言わずに来てしまって……」

「びっくりしました……」

蕩けるように微笑んでトリシャの頬を撫でる。

トリシャはくすぐったそうにその手を受け入れて、ミカと見つめ合った。

「会いたかった」

ぽっと頬を染めてトリシャが言うとミカが奥歯を噛み締める。

「わ、たしも……」

デボラの声でトリシャは我に返った。

「トリシャ先生！」

階上に上がって来たデボラが足を踏み鳴らして二人に近付いてくる。

「知り合い？」

邪魔をされたミカが顔を顰めてトリシャに聞く。

「はい、元生徒、のお母様……。今、どういう状況でした？」

「俺も知りたい」

ん？　ん？　と二人で首を傾げ合っていると、デボラに怒鳴られる。

「トリシャ先生！　ドムス様をっオリーヴィアに紹介してくださいっ！」

「フェアリーガー夫人……」

一瞬、トリシャの脳裏に言葉が溢れ返る。

由緒ある貴族のご婦人が、足を踏み鳴らして歩くものではありません。

紹介して欲しいという話は事前に根回ししておかなくてはいけません。

そもそも娘の婚姻相手にと真剣に考えているのであれば、このような場所で引き合わせるべきではありません。

そのどれも教師として当然の指導であるが、生憎……と言うべきか幸いと言うべきか、夫人はトリシャの生徒ではない。アカデミー入学をもって一度契約の切れたオリーヴィアさえも、今は生徒ではない。

そもそも請われて教えていたことは、一般常識ではなく、刺繍だ。

となると、トリシャが言うべきことは一つだった。

「私は婚約者を譲った憶えはありません」

真っ直ぐに婦人を見据えて言う。

恐ろしいことにデボラは、自分で言っていたことをいつの間にか本当に信じてしまっていたようで、

「なんですって!?　何を今更」と怒り出した。

「私がそんなことを言うはずがありません。彼が望んだならまだしも――」

「望むわけがない。俺の望みは君だけだ」

ミカがキッパリ言うと、デボラの顔が真っ赤になった。

「お黙りなさいっ！　オリーヴィア・フェアリーガーに何の不足があるのですっ。先生より若く美しく、家柄にも遜色ありません」

「全然話が見えませんが……」

ミカが傍らのトリシャの腰に手を回し、抱き寄せながら言った。

「誰に不足があるという話ではないのです、ご婦人。俺にとってトリシャは焦がれて止まなかった月の女神で、彼女の輝きで他の星は一つも見えないのです」

おおーっ、と野次馬の隊員達が囃し立てる。

トリシャはサッと顔を両手で隠した。

「それはっうちの娘のことをよく知らないからですっ！　オリーヴィアのことをちゃんと知っていたらっ」

「あのー、ご婦人」

足を踏み鳴らさんばかりに詰め寄る婦人に意外なところから「待った」が入る。

いつの間にかトリシャに追いついたエンシオが演習場の方を手で示す。

「その、ご令嬢はご自分で相手を見つけたようですよ」

デボラの動きが止まり、野次馬も含めそこにいた全員が演習場の方に目を向けた。

「ばかばかっ、わたくしは、貴方様のお名前をお伺いしたのです……！」

「私はてっきり……ご婦人は皆ドムス隊長に心奪われるから、貴女もそうかと」

「わたくしを抱き留めてくださって、優しく声を掛けてくれたのは貴方様ではありませんかっ」

オリーヴィアとミカの副官が殆ど抱き合うようにして見つめ合っている。

「こ……れは、どういう……？」

さっぱり事態が読み取れないデボラに、ミカが「ああそうか」と納得した声を出す。

「お嬢様は、俺ではなくて俺の副官に心奪われていたようですね」

「はっ……!? な、そん……」

「マンハイム卿も満更ではなさそうです」

緩んだ顔の副官の名前を挙げてエンシオが援護する。

「満更でもないどころじゃないだろう」

あんなに「女性に好感を持たれたのは生まれて初めて」という喜びを表情に出して大丈夫だろうか。

ミカは副官の恋を〇・二秒心配したが、足を踏み鳴らして演習場に降りていくデボラの姿を見てすぐ頭の中の処理済みの箱に放り込んだ。

それよりミカが気になるのは、トリシャと知り合いらしいこの近衛兵だ。

「ところで、君は？　近衛隊の……？」

「エンシオ・ウルバン准士官です」

「エンシオ様にここまで連れて来て頂いたのです」

トリシャが、エンシオが余計なことを言わないように横から口を挟む。だが、エンシオは真面目な顔で馬鹿正直に打ち明けた。

「道中でトリシャ嬢に交際を申し込みました」

「……なんだって？　トリシャに、交際？　彼女は俺の婚約者だぞ」

地を這う声でミカが応じると、エンシオは「存じ上げています」と頷く。

「振られました」

「当たり前だ！　……トリシャ、こいつに強引なことされてない？」

「えっ、あ、さ、されてませ……」

「手を握りました」

「決闘しろ」

ミカの沸点が異様に低い。

トリシャは慌てて、ミカに取り縋った。

「いけません、ミカ様。危ないです」

「君に魅了された男を蹴散らすのは俺の権利だ」

「でも、でも」

トリシャは必死に頭を回す。白い指を伸ばして、ミカの訓練着の胸のあたりに縋りついた。

「せ、折角会えたのに。……少しだけでも、二人になれませんか……？」

「一時間休憩！」

ミカが号令を飛ばすと歓声が上がった。

「トリシャ、どうぞ」

ミカがトリシャにレモネードのグラスを手渡す。

「ありがとうございます。喉が渇いてたんです、嬉しい」

演習場の場外の広場に、見物客目当てに普段は出ていない屋台が出ていて、その近くのベンチに二人は座った。

「……そういうことですか。やっと繋がった気がする」

トリシャが今までの話をすると、ミカが息を吐いた。

「オリーヴィア様は副官の方をミカ様だと思っていたのですね」

「マンハイムは女性が大好きだから両想いだと思いますが、家柄はどうだったかな。母君の眼鏡に適うと良いが」

「女性が大好きだから……」

トリシャは遠い目をした。

ミカがそんなトリシャに身体ごと向いて、

「それで？」

と話題を変える。

「なんです？」

「俺の恋人はどうしてちょっと目を離しただけで男を虜にするのかな？」

「と、虜になんかしてません……！　何もしてないんです……！」

トリシャは慌ててミカを見上げた。

そのトリシャの顎を両手で掬って、ミカが顔を傾けて唇を押し当てる。

「……！」

トリシャは動揺して手に持ったレモネードを溢しそうになった。

ちゅ、と音を立てて、すぐにミカの唇が離れる。

「……ミカ様！　ひ、人に見られ、ます……！」

実際、ミカを追いかけて来た様子の女性二人が声なき悲鳴を上げて立ち竦んでいる。

ミカはトリシャの顔を両手で包んだまま長い溜息を溢した。

「ミカ様……？」

「俺は君をどうしたらいいんだろう」

苦悩の表情でトリシャを見つめる。

「婚約したらもうトリシャを奪われる恐怖に怯えなくて済むと思ってたのに、君は男に見つけられ続ける」

「……え、エンシオ様は本当に突然のことで……、よく、わからないの」

「俺はわかるよ。あの男の気持ちが、手に取るようにわかる」

「そ……んっ、……み、ミカ様、ん、ん……」

ミカがまたトリシャの唇を塞ぎ始める。

トリシャはグラスを両手で持ったまま、唇をミカの思うままにされる。

「ん、ん、ンふっ……！」

舌を入れられて、ペロペロとレモネードの残滓を舐め取られる。

トリシャは身体中の力が抜けていくよう。

「ン……、ンぅ、は、ン……」

公衆の面前だというのに、キスで感じている声を出してしまう。

すり、と舌で口蓋を撫でられて、堪らず喉を鳴らす。

「んー……！」

下腹部がきゅっとなり、手が揺れてバシャッとレモネードをミカの訓練着の上衣に溢してしまった。

「……は、ちべて……」

「……あ、はあ、ご、ごめんなさ……」

「いや、暑かったから丁度いいよ。……はあ。トリシャ……選んで」

ミカがどこか昏い瞳でトリシャに選択を迫る。

「な、何をです……？」

とろん、としたままトリシャがミカを見上げる。ミカが唾を飲み込んだ。

「今すぐ、あの二人と一緒に帰って、あの二人を置いたらそのままドムス家に行って。建国祭が終わって俺が迎えに行くまで外に一歩も出ずに実家で生活して」

「え、そんな。急に行ったら皆様にご迷惑が……」

「大丈夫。元々そうして欲しいって頼んでたでしょう。実家にも言ってあるから」

「でも、でも」

「デモデモ言うなら、ここで今すぐ、俺に抱かれて」

「で」

トリシャが固まった。

ミカは十割本気の目で、トリシャの腰に手を回す。

「先生の白い肌もエッチなイキ顔も……誰にも見せずに抱いてみせるよ。……声はどうしようか。ずっとキスしてたらいいか」

そう言って、トリシャの手からグラスを取り上げると後ろの生垣に投げた。あ～ッ、と悲しそうな声はレモネード売りの親父の声。すぐにシーッと隣の飴売りの売り子に叱られているが、トリシャとミカはそれどころではない。

「……！」

目を見開くトリシャの膝裏に腕を回し、抱き上げて自分の膝に横抱きに乗せる。

そのまままたミカがトリシャの唇に覆い被さろうとして……

「ま、って。ダメ……」

セックスの時にやたらと「だめ、ん、だめ」「待って、お願い」を繰り返す婚約者が、手の平で男の唇を防いだ。

「トリシャ……」

余計に滾る。

強引にコトに及ぼうとトリシャの手首を掴まえたところで、恋人が恥ずかしそうにその蜜の色の瞳でミカを見上げた。

「だって……」

上目遣い可愛い。ミカは動きを止めた。

「だって、二人の家で、あの家で……、あなたの帰りを待ちたいの」

「そっ…………」

ミカが目を見開く。

「……そうなの？」

広場にその時いた約二〇人は、全員がその瞬間、男から憑き物が落ちるのを目撃した。

みるみる顔が真っ赤になったミカを見上げてトリシャは言い募る。

「気を付けますから。ね？　……ダメ？」

「ダ……メじゃ……ない」

「本当？　良かった……」

「トリシャ……待ってて欲しい。建国祭が終わったら、すぐ、すぐ帰るから」

「はい……、待ってます」

トリシャが微笑み、ミカはこの世で一番幸せな男に返り咲いた。

野次馬達はなんとなくガッカリしたとかしないとか……。


ちなみにこの時、演習場では、デボラ・フェアリーガーが娘の新しい恋人の素性を聞いて大いに悩み、一方……。

「お前、あのドムス隊長の婚約者に言い寄るとか正気か？」

「キレかけた隊長を前にチビらないだけですげえわ」

「隊長、決闘の件忘れてねえと思うから今のうち逃げろ」

「婚約者に向ける顔、見た？　あの一〇〇分の一でいいから俺らにも優しくして欲しくねえ？」

囲まれてやんや言う警邏隊員達に、「まだ結婚してないんだから奪うチャンスはある。決闘に備えて鍛える」と堂々と言ったエンシオ・ウルバンは、知らないうちに未来の転属先で「勇者」の称号を得ていたのだった。

◆シなきゃ終わらない初夜（ラウラ・クラウス）

一

初夜がやってきた。

初夜。初夜。

そう……初夜だ！

「キャー！」

ラウラは悲鳴を上げて、ベッドにダイブした。

「初夜～！」

国内有数の商家の末娘、ラウラ・ドムスはつい先日、ラウラ・ガーランになった。

ラウラの希望で実家のある王都で華々しく結婚式を挙げ、三日三晩のパーティーの後、所用があって先に領地に帰った夫、クラウス・ガーランを追いかけるようにラウラも十日遅れで今日の昼に婚家に到着したのだ。

今日は日中バタバタして挨拶しか交わせなかったけれど、メイドに身体を磨かれて用意してきた薄いネグリジェを着けると、嫌でも緊張感と期待が高まる。

（ど、ど、どんな感じかしら……！）

無論、座学での性教育は受けてきているが、その時間になると何故か急にポンコツになる家庭教師のトリシャのお陰で、ラウラは肝心のことは何も教わらず仕舞いだった。

ラウラの考える肝心なこと、というのは勿論、めくるめく官能の世界のことだ。

友人に貸してもらった女性向けの官能小説は、検閲が入り大事な部分は塗り潰されていて、男女がベッドに重なって倒れ込むと翌朝男の腕枕で女が目覚めるということしかわからなかった。

そのベッドで女性が「凄かったわ……」と囁いていて、ラウラとしてはそこを知りたい。

何が！　どう！　どのくらい！　どうして！　凄かったのか……！

初めては痛いと聞くが、きっと大丈夫だ。

ラウラはクラウスの優しい翡翠の瞳を思い返してうっとりする。

彼ならきっと、初夜も優しくしてくれる。

とにかく、初夜だ。

今日明らかになるはずだ、何もかも……！

だがしかし。

満月が中空に達するほどの夜更けにクラウスは寝室を訪った。

ウトウトしていたラウラは扉の開く音に飛び起きる。

「……すまない。寝てて良かったのに」

クラウスは端麗な顔を歪ませてラウラにそう言った。

「いいえ！　起きてたわ！　……だって、今日は、その……」

ラウラがモジモジすると、クラウスはハーッ、と大きな溜息を吐いた。

（あれ？）

ラウラは浮かれていた頭の片隅で違和感を抱く。いつも優しい微笑みを湛えていた彼の瞳が、今日は酷く冷たい。

クラウスはその翡翠の瞳を真っ直ぐ、ラウラに向けた。

「……君を抱く気はない」

信じ難いことを言った。

「え」

ラウラがポカンとクラウスを見上げる。

「私は君を愛する気はない」

心臓が凍るほど、冷たく言い放った。


説明する気はあるようで、クラウスはベッドで固まるラウラに正面から向き合うように、一人掛けの椅子を動かして座る。

「エミーリエ・リーネル嬢を覚えているか？」

「……エミーリエ？」

回らない頭で考える。ラウラが思い出す前に、クラウスが続きを話し出した。

「昔、君の侍女をしていた女性だ。君の歌を笑ったからと、突き飛ばされて怪我をして職を辞した」

ラウラがハッとする。

憶えていた。

正確には、最近思い出した。

癇癪をぶつけて特に酷い目に遭わせた使用人や歴代侍女に謝りたい、とトリシャ先生に言ったのは一六歳の誕生日の翌日。

優しく頷いたトリシャと共に、記憶と記録をめくってリストを作った。その中にあった名前だ。

でも、あの侍女は――

「私の乳兄弟の妹だ」

「……え」

ラウラが驚いてクラウスを見上げた。

「彼女はその時の傷が原因で婚約破棄されて、今も失意のまま療養している」

「え、でも……」

ラウラは反論しかけて、クラウスの氷点下の視線を浴びて言葉を呑み込んだ。

「君は癇癪に任せてそういうことをよくやるそうだな。……ちょっと調べただけで似たような被害に遭っている人の名前が十は挙がった」

「そ、それは……」

ラウラは目を伏せた。

恥ずかしくて堪らない。それはラウラの恥ずべき思い出で、歴とした事実だった。

トリシャ先生に会うまで、それが悪いことだとさえ思っていなかった――

「そんな女性を愛することは出来ない。生涯の伴侶にする気もない」

キッパリと引導を渡される。

ラウラはこれ以上ないほど青褪めた。

「………、……じゃ、じゃあ……どうして……」

震える右手を、震える左手で必死に押さえながらラウラは声を絞り出す。

「じゃあ、何故……結婚を……」

もしかして、全部夢だったのだろうか。

「君の父君に頼まれた」

キッパリとクラウスが言った。

「と、う様……」

「君の家から見合いの話があった時、私はすぐにリーネル嬢に話を聞きに行った。それで、義父上にはお断りの文書を差し入れたのだ」

だが、ドムス家の晩餐会でクラウスに一目惚れしたラウラに悪い返事を聞かせたくなかったドムス家当主から、成婚の報酬として大口の融資の話が伯爵家に提案された。

さらに、

「義父上はこう言った。一年でいいと」

ラウラは愕然とした。

「一年、君と夫婦として暮らすなら、離縁を許可すると。融資も条件を変えないと」

「り、えん……」

「そうだ。一年後、私達は離縁する。白い結婚なら教会も文句は言わない」

意志の強い瞳で、ラウラを見据えた。

「約束だから、一年は君の夫として振る舞う。朝夕の食事と、……寝室も共にしよう。……だが、一年だけだ。一年後の今日、私達は他人に戻る」

「……」

なぜ。どうして。

だって、今まではすごくうまくいっていたのに。

「婚約期間の態度は許してくれ。あれも義父上の頼みでな。優しくしてやって欲しいと言われていた」

君の父上は随分お優しいのだな、と、全くそう思っていない口調でクラウスが言った。

ラウラは脳がグラグラと揺れて、身体に力が入らなくなった。

「……ラウラ？」

クラウスが訝しげに彼女の名前を呼んだ瞬間、ラウラは気を失った。

二

初夜の翌朝。

実際には何も始まらなかった夜が明けて、ラウラはたっぷり一日中泣いた。

「……ラウラ様……」

実家から連れてきたメイドのミリーが心配そうにラウラの側をうろつく。

「…手紙を書きましょう、ラウラ様」

ミリーに促されて、筆を握ったが、何も書けなかった。

父がクラウスに無茶を言ったのは、ラウラの我儘を叶える為だ。そして、父にずっと我儘を叶えさせてきたのはラウラなのだ。

（トリシャ先生……）

もうすぐ義姉になる恩師に手紙を書こうと思ったが、やはり手が止まった。

――先生の言った通りになってしまった。

「良い行いも悪い行いも全て自分に返ってきますよ」

出会った頃、トリシャがよく言っていた。

「あら、じゃあ私はいつか先生にインク瓶を投げられるの？」

インク瓶をトリシャの頭にぶつけたことがあるラウラは悪びれずにそう言ったものだ。

「そうかもしれないし…もっと悪いものを、思いもかけない人からぶつけられるかもしれません」

トリシャは真剣な顔で、こう続けた。

「人にインク瓶を投げつけた人は、同じ痛みをいつか味わうことになるのですよ」


「……あの時のインク瓶が返ってきたんだわ」

ラウラは呟いた。

「ラウラ様……」

ミリーは自分の方が真っ青な顔でラウラを心配している。そのミリーにも、ラウラはオルゴールを投げつけたことがある。

「ミリー、大丈夫よ。……お父様が一年とおっしゃったんだもの」

トリシャの名前だけ書いた手紙を握り潰す。

「頑張ってみる。……私も、ドムスだもの」

その日から、ラウラは行動を開始した。

泣き腫らした目を冷やして食堂に行くと、来ると思ってなかったのか、クラウスが目を見開いてラウラを見た。

そのクラウスにラウラは微笑んで、食事を共にする。

「明日のご予定は？」

「……領地の視察に行く」

ラウラが尋ねると、クラウスがどこか警戒したように答えた。

「ご一緒しても？」

「構わないが……何故だ？」

「私もクラウス様と、領地の助けになれることがあるかもしれませんもの」

「……好きにしなさい」

婚約中なら、「一緒に行こう」と微笑んでくれたところだ。ラウラの胸がどうしようもなく痛んだ。

（笑顔、笑顔……）

「楽しみです！」

ラウラは「大輪の薔薇（ばら）のようだ」と言われる微笑みを努力して浮かべてそう言った。

ジェは泣きながら切って捨てた。
ラウラは今日は普通に寝心地の良い東洋の絹の寝着だ。昨日の、胸と太腿(ふともも)の半分が露出するネグリ
ラウラの姿を見て、クラウスは安心と落胆の中間のような複雑な表情を見せる。
「夫婦としての義務を果たす」と明言した通り、クラウスはその夜、夫婦の寝室にやってきた。

「……おやすみ」

来るなり、横になる。

「おやすみなさい」

ラウラも反対側のベッドの端に横になった。

漏れる月明かりの下、クラウスの金の髪を見つめながら眠りに落ちた。


翌朝。

「……ウラ。ラウラ、起きなさい」

「ん……」

ラウラが目を覚ますと、体の下に男性の胸板があってギョッとする。

「きゃあっ」

飛び起きる。

「……君は寝相が悪すぎる」

やれやれと言うふうにクラウスも体を起こした。

どうやら寝惚(ねぼ)けてクラウスに抱きついていたようだ。

「ごめんなさいっ」

「いや、仕方な……っ、ら、ラウラ！」

「え？」

きょとんとクラウスを見返すと、バサっと毛布が降ってくる。

「服が乱れてる！」

毛布をよけて自分を見下ろすと、前ボタンが一つ外れて胸の膨らみが見えている。裾も捲れて、太腿が露わになっていた。

（夫婦なのに）

クスリと笑えてくる。

一年。一年か……。

（頑張るしかない）

ラウラはグッと拳を握ると、ミリーを呼ぶためにベルを手に取った。


一か月後。

「おかえりなさいませ、クラウス様っ」

クラウスが帰るなり、飛びつく。

「今戻った。……ラウラ、汚れるから」

外套を脱ぐ為にラウラを離れさせる。

「えへへ」

ラウラは微笑みながら身体を離した。

「今日は、商工会議所を覗きに行きました」

「……ほう」

クラウスが食事しながら相槌を打つ。

「先日救護院に訪問した話はしたでしょう？　そこで、寡婦達の話を聞いて。彼女達が縫う刺繍がとても変わっていて美しいのに、安く買い叩かれているのです」

「変わった刺繍？」

「ええ！　少なくとも王都では見たことがないの。糸で縁をかがって模様の一部を鋏で切っちゃうの！　あんなに手間が掛かっていてあの値段では、寡婦は独り立ちできないわ」

「……ラウラは寡婦達を独り立ちさせたいのか？」

「私は価値あるものが安く見積もられるのは我慢できないの！」

ラウラは熱弁する。

「でも商工会議所の石頭、女の小遣い稼ぎには十分だろうって……もう、腹が立って腹が立って、インク瓶を投げてやろうかと思ったわ！」

とトリシャとの会話でよく使う冗談を言ってから、慌てて「もちろん、冗談よ」と誤魔化す。

クラウスは口元を緩めて、

「寡婦だけでなく、その刺繍をしている女性をある程度纏められるなら、最低価格を定めて交渉できるんじゃないか」

と提案してくれる。

「商業連合ってやつね。……でも、私に出来るかな……」

ラウラは父親や兄の仕事の話を聞いて商売については多少詳しいが、実際自分で手を動かしたことはない。

「やってみるといい。私がバックについていれば、悪質な嫌がらせは受けないだろう」

「え、いいの、ですか？　あなたの名前を出して……」

ラウラは恐る恐る聞き返した。

「良いも何も」

とクラウスがワインを飲んで、

「君は私の妻だろう……今はまだ」

今はまだ。

ラウラは一瞬チクリとした心を隠して、「ありがとうございます、旦那様」とおどけてみせた。

……クラウスは優しかった。

婚約中のような甘やかな言葉は掛けられなくとも、生来の物腰の柔らかさと実直さは嘘ではなかった。

甘えすぎると突き離されるが、甘え上手のラウラはその一線を何度目かで正確に見極めていた。

その線さえ越えなければ、クラウスは仮初の妻を尊重してくれる。

婚約中のように……。

勿論それは、ラウラの父との約束の為だろうが、それでもラウラは嬉しかった。

ずっと彼が好きだったから。

「お嬢様、リーネル嬢からお手紙の返事が来ています」

私室に入るとミリーが言った。

「なんて？」

「体調が優れないので遠慮すると……」

「ふーん、そう……」

かつての侍女、エミーリエ・リーネルにはずっと面会の要請をしている。

謝罪が第一の目的ではあるわけだが、ラウラには腑(ふ)に落ちない点があった。

心を読んだように、ミリーも首を傾(かし)げる。

「あの方、そんなに大怪我はしてない筈(はず)ですけどね……」

エミーリエを突き飛ばしたのは事実だが、エミーリエは尻餅をついて泣いて、その翌々日にはいつも通りラウラの側に戻って来ていた。侍女を辞した理由は「商人なんて下賤(げせん)な家ではなく格上の貴族の侍女の誘いがあったから」、と申し出があったとラウラもミリーも記憶している。

「何か行き違いがあったのかも……それか、後になってから後遺症が出たとか。まあここで悩んでてもしょうがないわ。また日を置いてお手紙を書きましょう」

ラウラがそう言うと、ミリーが微笑む。

「なに？」

「本当に大人になられて……。お嬢様は今こそインク瓶を投げていい時ですよ」

二人きりになるとどうしてもミリーはお嬢様と呼ぶ。

ラウラは胸を張った。

「もっと褒めていいわよ」

「あのチェストも不要だったかもしれませんね」

ミリーがチラリと、ベッドの脇にある不自然なほど大きなチェストを見る。

ラウラも自然、チェストに目を向けた。

三秒ほどその大きなお守りを二人で見つめていたが、ラウラが急に陽気な声を上げた。

「……とにかく残り十一か月でなんとしてもクラウス様を愛の虜にしてみせるわよ！　ついでにこのニーダーファーレンの領民にも最高の領主夫人だと言われてみせるわほほほ」

「さすがですっ。……でも、無理は禁物ですよ」

ミリーはラウラの空元気を見透かしたように気遣わしげに眉を下げた。

この忠実なメイドは、ずっとラウラにトリシャに手紙で相談するようにお願いしているが、ラウラは首肯しない。

（自分で何とかして、先生に褒めてもらいたい）

そういう思いがある。

それに、トリシャと次兄のミカの結婚式が半年後に迫っている。

二人は、慎ましやかに行いたいという希望だったらしいが、両家の親が許さなかった。特に元ツァールマン子爵家の一族とその関係者を招くドムスは鼻息荒く準備に取り掛かっている。恐らくラウラの結婚式と同程度のものになるだろう。

今、トリシャに余計な心労を掛けたくなかった。

扉が開いて、クラウスが入ってくると、ミリーが静かに退室した。

「まだ書き物を？」

「もう終わったわ。書いておかないと忘れちゃうの」

クラウスは訝しげな顔をして、ラウラの手元を覗き込んだ。

「〝ブローラにプディングの感想を言う。バルツァー夫人に刺繍をお願いするのを今度こそ忘れないで！　キューネル夫人との対決、獅子身中の虫を潰せ〟……なんだ、これは」

クラウスは思わず声を上げる。

「だから、備忘よ。明日やること」

「キューネル夫人はマナー講師だろう。明日対決する気か？」

「そうよ！　本当は前回とっちめてやろうと思ってたんだけど、言うこと忘れちゃって。明日は大丈夫、こっちの主張は紙にまとめたから」

別の紙をヒラヒラさせる。

キューネル夫人はガーラン伯爵家の縁続きの未亡人で、伯爵家独自の慣習やマナーを教えてくれるが、叱る時にラウラが平民出身であることをいちいちあげつらうのは業腹であった。

それでもラウラは今のところ癇癪を起こさないでいられている。癇癪を起こした瞬間にクラウスに見限られてしまうのが目に見えているからだ。

しかし、ラウラの水面化の我慢を知らないクラウスは恐ろしげな顔で、その「明日やることリスト」を見つめていた。やがて頭を振って離れる。

「何でもいいが、手は出さないように」

　顔を見ないで言われる。

「……わかってるわ」

　ラウラは目を伏せて言った。


　クラウスはいつもラウラに背を向けて眠る。

　ラウラはクラウスの金の癖っ毛を見ながら眠りにつく。

　いつかこの髪に指を通して引っ張ってやりたい、と思いながら。

三

　五か月後。

　ラウラは一月後の次兄の結婚式の為の帰省準備に追われていた。

「奥様、服飾職人がドレスの最終チェックに参りました」

　従者が声を掛ける。

「すぐ行くわ、待っててもらって！　……この刺繍のコースターはいいわね。柄の特殊性もよくわかるし、話題になりそう。兄の結婚式で配るわ。二百用意できる？」

「コースターでしたら小さいので、急げば間に合うでしょう」

「お願いね」

ラウラが作った寡婦の団体の代表者の夫人が一礼をして出て行く。

入れ違いでクラウスが入室した。

「ラウラ」

「……クラウス様！」

ぐったり椅子にもたれたところだったラウラが、ピョコンと身体を起こした。

「忙しそうだな。まだ一月もあるのに、張り切りすぎでは？」

「殿方は暢気で羨ましいわ！　トリシャ先生の……、いえ、トリシャお義姉様の晴れの日なのよ！　私も最高の日にしたいの！」

トリシャを義姉と呼べる日が来るなんて。ラウラはニッコリ微笑み、クラウスの手を取ってソファに誘った。

「それに、良い機会だから、白百合会の刺繍をお父様に売り込みたいの……！　最近安定して供給できるようになってきたから、いい頃合いだわ。父なら絶対食い付くはずよ」

「君も立派な商人だな」

正直、寡婦の会に「白百合会」なるネーミングはやりすぎな気がするが、とは言わず、クラウスは見本のコースターを摘み上げて微笑んだ。

その深い翡翠の瞳にラウラは一瞬見惚れる。

「……ラウラ？」

クラウスが首を傾げる。

「どうした」

「……あなたに一目惚れした時を思い出したの」

ラウラは素直にそう言う。クラウスがぐっと何かを呑み込んだ。

「……そ、の話は……聞いたこと、ないな」

「そうだった？」

何度も話したと思っていたけれど、三人いる兄と両親とトリシャに三回ずつくらい話していたから、本人にも伝えたと思っていたのかもしれない。

「私のデビュタントの時よ。貴族のご令息ご令嬢が山ほどいらしていて、皆びっくりするくらい肌が白くて、美しくて」

「……皆？」

「そう。色んな男性にダンスに誘われたり、挨拶をされたりしたんだけど……ちょっと喋るとすぐわかるの。誰も彼も、擦り寄ってくる癖に商人を馬鹿にしてる」

「そうなのか？」

ピンとこない顔でクラウスが言う。

ラウラは頷いた。

「お金に執着するくせに、お金を稼ぐことを汚い、下賤な行為だと見下してる。当主であるお父様にさえそうなんだから、娘の私なんておろしたての娼婦のような目で見る男も……、クラウス様、コースターを握っちゃ駄目、ヨレてしまうわ」

「……あ、ああ、すまない」

手に持っていたコースターを握り締めていたクラウスが、慌てて手を開く。

「……それで？　どこで私を……、なんだって？」

「クラウス様、お義父様とご挨拶にいらして、私には目もくれずに私の父にばかり話し掛けてたの。異国の地で生まれて、どうやって海を渡ったのかとか、最初は何を売ったのかとか。目をキラキラさせて」

「……」

クラウスは決まり悪げに目を逸らす。

「その瞳が綺麗で……。ああこの人は、商人を下に見ない人なんだって。私と同じように、父を尊敬してくれる人だって」

「義父上は、尊敬に値する御仁だ」

「ふふふ」

ラウラは笑った。

「だから、大好き。クラウス様」

「……そ、そう……」

クラウスは頭を掻きながら目をウロウロ泳がせた。よく見る人がいれば、耳が赤いのに気付いただろうが、使用人は全員夫婦の時間を邪魔するまいとクラウスの入室とともにそっと出ていた。

「……私も、商売が好きみたい。やっぱり血は争えないわね。トリシャ先生に算術を習っておいて良かったわ……」

言いながら、「こんなの何の役に立つっていうのよ！」と癇癪を起こしたことを思い出した。

「……算術が出来れば、人に騙されずに済むって、先生が言ったの。自分だけじゃなく、他人が騙されるのも防ぐことが出来るって。……あの時はなんでそんなことを言われたかわからなくて……」

ラウラはぐっと膝の上で両手を強く握り締めて、クラウスを見上げた。

「インク瓶を先生に投げ付けた。先生は今もおでこにその傷があるの」

クラウスは黙ってラウラを見下ろす。

「どうすれば償えるか、それは自分で考え続けるしかないんだって、先生が言ってたの。人が出した答えじゃ意味がないんだって。私はね……、謝り続けるしか、まだ思いつかないの」

ラウラは言うと、視線を落として息を吐いた。

クラウスはそんな妻のうなじを見下ろしながら、ふと手を彼女の頭に――

コンコンッとノックの音が響いた。

「奥様すみません、デザイナーがお待ちです」

「そうだったわ！」

ラウラも慌てて立ち上がった。

「クラウス様、また夕餉の席で！」

「ああ。無理しないように」

取り残されたクラウスは、暫し、自分の右手を苦々しい顔で見ていた。

「お嬢様、最近上機嫌ですね」

「私はいつも絶好調よ！」

ミリーに言われたことと微妙に意味の違うことを言いながら、ラウラは結婚式の贈り物の目録に目を通す。

実際、うまくいってると思う。

クラウスの態度はつれないなりに軟化してきていて、先程のように用もないのに向こうから会いに来てくれることもある。

朝夕の食事の際も、ラウラの一方通行ではなく会話が成立して、時にはクラウスが声を上げて笑う場面も見られる。

ベッドでは相変わらず背を向けられるけれど……。

こないだの朝起きたらクラウスに抱きついていて、寝たふりをしていたら髪を撫(な)でてくれた。

……これはもう両想いと言っていいのでは？

とはいえ、彼から直接的に好意を告げられたことはないし、未(いま)だに離縁前提の話をされるので、楽観は出来ない、全く。

「お嬢様……エミーリエ・リーネル嬢からお手紙の返事が来ています」

ミリーからそう告げられたのは、王都への移動があと三日という日。

「なんて？」

「……それが、三日後にクラウス様と一緒においでくださいと……」

「み、三日後!?」

ラウラは目を剥(む)いた。先日送った手紙で、王都に赴くので帰って来たらお会いしたいと記したはずだが……。

とはいえお詫びに行くのに日程変更はお願いしたくない。

ラウラはこめかみをクリクリ押しながら、

「どうにかするしかないわね……」

すぐ応諾の返事を送った。

「私も行こう」

二つ返事でそう言ったクラウスと共に、彼女の邸宅に馬車を乗り付ける。

リーネル家はクラウスの拝領した領地に元々荘園を持っていて、ラウラ達の屋敷と驚くほど近くに住んでいた。

邸宅に着くと、エミーリエと彼女の母が出迎える。

「クラウス様！」

「まあまあ、お久しぶりでございますこと」

エミーリエの母はクラウスの元乳母だ。クラウスが相好を崩した。

「フリーダ、元気そうだな。エミーリエ嬢も。紹介しよう。妻の、ラウラだ」

クラウスがそう紹介して初めて二人とも目線をラウラに向ける。

「お初にお目に掛かります、ラウラ様。フリーダ・リーネルです」

「お久しぶりです、ラウラ様」

言葉とは裏腹に二人の目は全くラウラを歓待していない。ラウラは鷹揚に頷くと、まず夫人に声を掛けた。

「お目に掛かれて嬉しいわ。クラウス様の乳母君とお話をしたかったの」

そして隣のエミーリエ・リーネルに。

「エミーリエ嬢、久しぶりね。お会いできて嬉しいわ」

とラウラはにっこり微笑んだ。


「……クラウス様ったらあの時池に落ちて、乳母やは死ぬかと思いましたよ」

「何回その話をすれば満足してくれる？　あれはカミルが悪いんだ」

「お兄様はクラウス様のせいと言うんですよ」

応接間に通されてから、ずっとラウラにはわからない話で三人で盛り上がってる。キューネル夫人から叩き込まれた愛想笑い(アルカイックスマイル)を浮かべて、ラウラはエミーリエをそっと観察した。

見たところ彼女に歩行の障害はないように見える。立ったり座ったりの動作にも不自由が無さそうだ。

「クラウス様、昼餉(ひるげ)は共に出来るのでしょう？　良い鴨肉(かもにく)を仕入れたのです」

「ああ、いや。折角(せっかく)だが、すぐに王都に出立しないといけなくてな」

「まあ……奥様のお兄様の結婚式でしたっけ？」

エミーリエが言い、彼女の母親がチラリとラウラを一瞥(いちべつ)する。

……ああ、あの眼だ。

「若奥様は商家の出身でいらっしゃるとか？　……どんな結婚式になるやら、わたくしには想像もつきません」

「クラウス様も大変ですわね、本来はクラウス様ほどの方の御来臨を望めるべくもない式ですのに」

（……どういう意味!?）

ハッキリ商人とラウラを貶める物言いをする二人に、ラウラは危うくブチ切れそうになった。

「ラウラのお父上は商人として王宮の出入りも許されてるほどの御仁だ。むしろ私の方が萎縮してしまうよ。私達の結婚式には公爵家の系譜の方もいらしていたほどだ」

クラウスがおっとりと言い返す。

「結婚なさる義兄も義姉になる人も人格者でね。妻のお陰で良い縁が出来た」

「……クラウス様」

ラウラは感謝の眼差しで隣に座る夫を見上げた。

「あの……、手紙にも書いたけれど、今日はお詫びと確認にきたのです」

夫の援護を得た気分で、ラウラは勇気を出してエミーリエ嬢に声を掛けた。

「エミーリエ嬢。私のところに来てもらっていた時、突き飛ばしてしまってごめんなさい。……後遺症が残ったなんて知らなかったの。あの、一体、どこが」

「ラウラ様」

エミーリエがラウラの言葉を遮って微笑んだ。

「よろしければそのお話は、二人でいたしません？」

エミーリエの要請に従って、クラウスは元乳母に庭を案内してもらうことになった。

部屋に二人になり、ラウラは改めて尋ねる。

「あの、後遺症って一体どこが悪いの？　全然知らなくて、私……」

「……そのことは別にもう、気にして頂かなくて結構ですわ」

クラウスがいなくなった途端、声のトーンが落ちる。

「そうはいきません。償いをさせてください」

「まあ、ラウラお嬢様」

エミーリエが声を上げて笑い出す。

ラウラは目を丸くした。

「随分と殊勝におなりあそばしたこと。分家とはいえガーラン家に嫁げて、貴族にでもなられたような振る舞いですね」

「……」

ラウラは眉間に皺を寄せた。これは、やはり。

「……もしかして、後遺症はないわけ？」

エミーリエはニッコリと微笑んだ。何故か薄ら寒くなる笑顔だった。

「……償いとおっしゃるなら、一つお願いがあるのです」

「何よ？」

「クラウス様と今すぐ別れてください」

まさか言わないだろう、と思っていたことを言う。

「……何を言ってるの。出来るわけないじゃないの、そんなの」

「あらどうして？」

エミーリエは首を傾げる。

「あと半年後にはどうせ離縁なさるのでしょ？」

と爆弾を放った。

何を言ってるの？　としらばっくれれば良かったのかもしれない。だが彼女の言った言葉は、結婚してからずっとラウラの心を不安定にしてきたそのものだった。

ラウラが顔を真っ青にしてエミーリエを見つめると、エミーリエがニタリと歯を見せて笑う。

「何故わたくしが知ってるか、という顔をしてますわね。何故だと思います？」

「知り、たくないわ」

「まただ！　知りたいくせに」

エミーリエが席を立ち、わざわざラウラの隣に座った。

美しい黒髪が、ハラリと彼女の肩を流れる。

「……わたくしだからです」

毒を吹き込むように、ラウラに囁いた。

「クラウス様は、わたくしと半年後に約束があるのですわ。……わかるでしょう？」

ラウラは呆然（ぼうぜん）とエミーリエを見る。

「あなたとの結婚式の後、クラウス様はここにいらして、こう言いましたわ。一年後が待ち遠しいと……お気の毒だと思いません？　あと半年も、愛してもいない女と……」

ラウラの頭に熱が逆流し、視界が真っ赤になった。

「キャー！」

悲鳴が響き、テラスを歩いていたクラウスと夫人は慌てて室内に戻る。

「……ラウラ！」

クラウスが見たのは、エミーリエに掴みかかる妻の姿だった。

四

「ラウラ！　やめなさい！」

クラウスは慌てて妻を取り押さえる。平手で殴られたらしいエミーリエの頬は赤くなっていた。

「なんでこんなことを……！」

「やっぱり、お詫びに来られたなんて嘘でしたのね……！」

静かに、エミーリエの母が娘を庇いながら言った。

「違います、妻は本当に……、ラウラ！　謝りなさい」

「嫌よ！」

ラウラが震えながら拒否する。

「君は……！」

クラウスの目はハッキリと「失望した」と言っているが、ラウラは構わない。

「帰るわ。王都に出発しないと」

そう言ってクラウスの腕を振り解いた。

「エミーリエ嬢、乳母や、すまない。戻って来たら一番にお詫びに来るから」

馬車留めで丁重に謝るクラウスに、エミーリエが花の綻ぶ笑顔で「嬉しい。お待ちしてます」と応じた。それを見たくなくて、ラウラは挨拶もなく馬車に乗り込んだ。

馬車を替えるためだけに屋敷に戻り、すぐに王都に出発する。

その馬車の中は、地獄だった。

「ラウラ」

「……」

「理由を言ってくれ、ラウラ」

「……」

「……ラウラ！」

だが、何を言えと言うのだろう？

エミーリエが本当のことを言ってるなら、平手打ち一発くらい甘んじて受けるべきだ。何と言っても夫を奪うのだから。もし嘘を言っているなら……、

——やっぱり平手打ちが妥当じゃない！

ラウラはギュウッと膝の上で拳を握り締めた。殴った手も、何故か胸も、じんじんと痛んでいた。

（……もし、嘘なら）

どんなにいいだろう。

でも、クラウスがおいそれとラウラとの結婚生活の秘密を他人に話すとは思えなかった。それこそ、

待って欲しい女性でもなければ……。

せめて実家に向かう旅で良かった。静まり返った馬車の中で、ラウラはボンヤリそう考えた。

馬を替え、休憩しながらの馬車の旅程で二日半。出立が遅れたこともあり、王都のドムス家に着いたのは夜更けになってしまった。


「ラウラ様、お帰りなさい」

「……先生！」

遅い時間にも拘わらず出迎えてくれた半年ぶりのトリシャに飛びつく。トリシャの後ろから兄達も顔を出した。

「随分遅かったな。……やあ、ようこそ、クラウス殿。お疲れでしょう」

長兄のマテウスが言うと、クラウスも挨拶した。

「お世話になります。遅くなり申し訳ない」

「軽いものだが、夜食を用意させてある。部屋で食べて今日は身体を休めてください。……ラウラ、こら、先生から離れろ」

ラウラは黙ったままトリシャに抱きつき続ける。

ラウラは今やトリシャより背が伸びており、恩師の肩に顔を埋めるようにしてしがみついていた。

「ラウラ様……？」

ラウラの様子に、トリシャが訝しげに声を掛けた。

「……私、先生と一緒に寝たい」

「却下」

次兄のミカが即行で断った。

「ラウラ、何言ってるんだ。先生は三日後の花嫁だぞ」

三兄のライナルトも呆れて言うが、ラウラは聞かない。

「まだ結婚してないんだから、ミカ兄様と寝室が一緒じゃなくてもいいはずよ」

「いいわけあるか！」

一年前からトリシャが離れることを許さないミカは断固拒否する。

本来結婚前までは建前上でも寝室を分けるべきだが、トリシャを襲って婚約に同意させた（と皆に思われている）ミカとトリシャはずっと同室だ。そもそも既に一緒に住んでいる。

「ミカ様……私からもお願いします」

ラウラとクラウスの様子を見たトリシャが、婚約者を見上げる。

「嫌です」

「お願い」

「耐えられない」

駄々をこねる大の男。

「ミカ様ったら」

「……大人気ないぞ、ミカ」

いつの間にかエントランスホールに来ていた当主トゥオモ・ドムスが呆れたように声を掛けた。

「久々に帰って来た可愛い妹の言うことも聞いてあげなさい」

「お父様！　大好き！」

「汚いぞ！　ラウラ」

ミカは不満たらたらだったが、話を聞いていた優秀な家令はさっさと客室を整えて、ラウラとトリシャを案内した。

湯浴(ゆあ)みをして、ミリーに寝間着に着替えさせてもらう。浴室から寝室に通じるドアをミリーが開けようとして、ミリーがグギッと固まった。

「？　……どうしたの、ミリ……」

ドアに近付いたラウラも固まった。

……なんか、聞こえる。

「あっ、あっ」

「はあ、トリシャ、トリシャ」

「あっ、あんっ……だめ、お願い……っ」

「は……駄目だよ。俺から離れようったって、逃さないから」

「ちが、んっ、ら、らうらさまが、出てきちゃうからぁ……！」

「ん、ちゅ、ちゅ……トリシャ……あと三日で俺の、奥さんだ。絶対逃がさないからね……」

（な、な、な……）

「何をやってるのよ！」

ラウラは思わず扉を開けて大声で叫んだ。

「ラウラ、うるさい」

ミカは動じず、トリシャから目を離さずにラウラに苦情を言う。

「やっ、ミカ様やめ……っ、ら、ラウラ様、ミリー、見ないで……！」

トリシャはベッドにうつ伏せに押し倒され、ネグリジェを半分脱がされている。

覆(おお)い被(かぶ)さるミカの手はラウラが乱入してもトリシャの服の中で蠢(うごめ)き続けていた。

「あっ、いやっ……！　ミカ様……！」

「はあ、可愛いトリシャ……」

あられもない姿を見られて、トリシャは真っ赤な顔で泣き出している。

「ば……」

礼儀正しく後ろを向くミリーの横で、ラウラが拳を震わせた。

「このっ、馬鹿兄っー！」

信じられない。

ミカは平民でありながら貴族並みの教育を受けたために洗練された所作を持ち、加えてその端麗な容姿で町娘から「金の狼(おおかみ)」だの「氷の貴公子」だのとそれはもうすごい人気のようだが、トリシャの前だとまるで野獣だ。

ネグリジェを裂かれ、半裸でグズグズと泣くトリシャはならず者に乱暴されたようにしか見えなかった。

「トリシャ……じゃあ、明日ね。朝に迎えに来る」

ラウラに叱られてやっとミカは退散したが、退室前にもトリシャに散々キスしていった。

「トリシャお義姉様……本当にごめんなさい」

「お願いです、忘れてください……」

ミリーに新しい寝間着を着せてもらってやっとトリシャは泣き止んだが、顔は真っ赤だ。

「私の我儘だったけど……、部屋を分けたのは先生の為にも良かったと思うわ。首元のそれ、式までに消えるかしら……」

「大丈夫です……。首元まであるドレスしか着ない予定ですから」

「……」

首元は白い肌にキスマークが花弁のように散らされていた。

トリシャの肌を可能な限り晒したくないと言う次兄の恐ろしい執念を感じて、ラウラはそっと目を逸らした。

「でも……、いいなあ……」

ポツリ、溢す。

「ラウラ様？」

「なんでもないわ。……寝ましょ」

「……」

王都に戻ったら、トリシャ先生に全部話して、泣きついて暴れて甘えようと思っていた。

でも、結婚式を控えたトリシャの幸せそうな顔を見たら……ラウラは何も言えなかった。

灯りを消すと、部屋はカーテンから漏れる僅かな月明かりだけになる。

大きなベッドで横になってトリシャと並んで目を閉じると、とっくに姉のように思ってる恩師の、耳に心地よい声が聞こえた。

「……あなたがどうして打ち明けてくれないか、私はわかってますよ。優しいラウラ」

髪を撫でる手。

(先生の手、すき)

「でも、話して欲しいな……。義妹だったら……、踏み込んでいいものかしら?」

後半は独り言のようだった。

「しきが、おわったら……」

ラウラは思ったより疲れていたようだ。トリシャの眠気を誘う手に抗うように、やっとのことでそれだけ言うと、それきりスコーンと寝てしまった。

五

翌日の朝食室。

ラウラが入室すると、既にクラウスは席について食事を始めていた。

「おはよう、ラウラ」

クラウスが顔を上げて何か言う前に、既に食卓についていた母と兄がラウラに声を掛けた。

「おはよう、お母様、お兄様」

「トリシャ先生は?」

「ミカ兄様が迎えに来て、そのままどっか連れてった」

「……」

全員なんとなく黙った。

ラウラは向かいの席のクラウスをチラリと見る。

すると丁度クラウスもラウラを見ていた。

お互いプイッと目を逸らす。……ラウラは泣きたくなった。


あてがわれた客室に戻ると、クラウス・ガーランは椅子に座って頭を抱えた。

「一体……、何故……」

呟いた丁度その時、従者が扉をノックする。

「なんだ？」

「クラウス様。ミカ様とツァールマン令嬢がお時間を頂きたいと……」

あの二人が？

クラウスは応諾の言伝を頼み、身支度を整えると、指定された応接間に向かう。

扉を開けると、義兄と二日後には義姉になる予定の女性が既に待っていた。

「お待ちしておりました。ガーラン様」

聞くだけで背筋の伸びるような声で言って、トリシャ・ツァールマンが微笑んだ。


事態が一気に動いたきっかけは、ミカのトリシャへの執着心だった。

「今日もラウラ様と一緒の寝室で休みます」

と家族だけの夕食時にトリシャがミカに宣言すると、ミカはたっぷり十秒ほどフリーズして、その後の夕食の時間中ずっとクラウスを睨み続けた。

クラウスはどんどん青褪めていき、最後には胃を押さえてデザートを待たずに中座してしまった。

それはさすがに夫を気の毒に思ったものの、トリシャが兄よりも自分を選んでくれたことに少し気分が上向く。

湯浴みを済ませ、ミリーを下がらせて、トリシャの湯浴みが済むのを寝室で待ってると、「コンコン」とノックが響き、扉を開けると超絶不機嫌な次兄だった。

「ラウラ、おいで」

有無を言わさぬ口調でラウラを連れ出す。手には分厚い本を二冊持っていた。

「ミカ兄様、どこ行くの？」

「いいから、おいで。……俺に触るなよ」

謎の指示を出す兄。

そのミカに付いて寝間着にガウンを羽織り、室内履きで向かったのは、客間の一つ……クラウスの居室だった。ミカがノックする。

「はい。……義兄上？　……ら、ラウラ!?　そんな格好で……っ」

「クラウス様……、ミカ兄様、一体なに？」

「いいから二人とも座れ」

これまでになく威圧的に言う。

渋々並んでカウチに座ると「いや、そこじゃない方がいい。ベッドに座って」とまた謎の指示。

諍いも忘れてラウラとクラウスは目線を交わし合い、ベッドに移動して端に腰掛ける。

「もっと近付いて。もっと。夫婦だろう、隣に座って」

「……義兄上、一体……」

クラウスが不信感を丸出しにすると、ミカがその手に持っていた二冊の本を義弟の膝に放った。

「？　この本は……？」

「おっと、まだ捲るな」

ミカがストップを掛けた。

「？」

「ミカ兄様！　一体なんなの？」

「俺がこの部屋から出たら、二人で一緒にその上の本を捲れ。いいな」

そう言い放ち、部屋を出て行ってしまった。

「……なんだ？」

「さあ……」

久しぶりに二人きりになるが、気まずさよりも兄の奇行が気になり顔を見合わせる。

「この本がなんだって言うのよ？」

ラウラはヒョイ、とクラウスの持ってる本を捲った。

すると、驚くほど精巧な紙細工の塔が本から飛び出してくる。

「キャ、わあ、すごい。……でも、これが何……？」

「待て、ラウラ」

クラウスが珍しく焦った声を出した。

「古代語だ。念の為、一旦」

言いながらクラウスがラウラの手に重ねるように手を被せ、本を閉じようとした。

その途端、部屋が光に包まれた――

六

眩しさに目を閉じて、次に開けた時、ラウラは驚愕した。

「――え!?」

「ここは……」

クラウスも動揺して見回している。

夫婦の寝室。
ク、ク、ク、クラウスの領地の、夫婦の寝室のベッドに腰掛けていた。
「えっ、えっ!?　なんで!?」

実家の客間にいたはずなのに……!?

「外が……明るい」

クラウスが言って、テラスに通じる窓に駆け寄った。

就寝前のはずだったのに、昼の光に溢れている……。

「うわ、なんだ!?」

クラウスが声を上げたので、ラウラも窓に駆け寄った。息を飲む。

「えっ⁉　ここ……」

二人の二階の寝室からいつも見えていた庭園はなく、窓の遠く下の方に鬱蒼とした森林が広がって果てが見えない。

「ここ……どこ？」

背中に冷たい汗が伝った。

テラスに通じる窓は開かず、廊下に出る扉も二人それぞれの居間に通じる扉も開かない。

使用人を呼ぶ為の呼び出し鈴の紐を引っ張ってみたが手応えなく、勿論待っても誰も来なかった。

「どういうことなの⁉　ミカ兄様ー！　ミリー！」

「……無駄だ。恐らく、魔術だ」

「魔術？」

クラウスの話によると、言語と文字によって呪いを掛けることの出来る一族がかつて異国にいて、その遺物が今でもたまに発動するらしい。

「それって、もしかして、あの本？」

ベッドの下に落としたままの本を慌てて取り上げる。

ページを開くと、何故か細工が変わっていた。

「これって……」

「この部屋だな」

見事な細工で二人の夫婦の寝室を再現している。

その横に、ラウラには全く読めない文字。

「古代語だ。やっぱり……。義兄上は、一体何を考えてこんなことを……？」

クラウスは理解に苦しむ表情で額を押さえたが、ラウラはそれを思い出して逆に落ち着きを取り戻す。

――ミカ兄様が、自分に害のあることをするわけない。

「じゃあ、こっちの本は……？」

ミカから渡された本は二冊あった。クラウスがもう一冊の方を恐る恐る開いて、ホッと息を吐く。

「……辞書だ！　ありがたい」

古代語の辞書だった。

「これが辞書なの？」

「相当に古いがな。古代語の辞書なんてもう何十年も改訂版が出ていないから、訳されてる言葉の方も古文みたいなんだ……それにしても、さすがドムスだな」

クラウスが感嘆を漏らした。

「この辞書だけで家が一軒買えるほどの価値があるぞ。こんな本まで所蔵してるなんて」

「そうなの？」

こんな本、実家の図書室にいっぱいある気がするが……。

「とにかく訳してみよう」

とクラウスが言い、辞書を横に並べる。寝室に備え付けの文机（ふづくえ）から、ラウラがペンと便箋を取ってきた。

二人並んで苦心しながら翻訳する。辞書を引こうにも、文字の形から探さなければいけない。その上、訳文も古（ふる）めかしい言葉で綴（つづ）られているのだ。

「この単語は〝部屋〟……〝去る〟」

「部屋を去る？」

「その前に不可能を表す単語があったから……多分、〝次のことをしなければ部屋を去ることは許さない〟といった意味だな」

「その下がするべきことね。……んーと、この単語は、〝探す〟って書いてある。でも語尾が……命令形。〝探しなさい〟ってところかしら。次の単語は……」

「前句と後句を合わせる……〝探すと同時に〟……後ろの単語はなんだ？　……接吻（せっぷん）？」

「せっぷんってなに？」

「……待て、落ち着け。何を探せって？」

何故か焦った様子のクラウスがすごい勢いで辞書のページを繰る。

「〝黒点〟……？　黒点を探して接吻しろ……？」

「待って、この次の助詞はさっき見たわ。ただの黒点じゃないのよ……この次は〝身体〟って意味だわ。〝身体の黒点〟……？」

二人でやいの言いながら何とか翻訳した本の文章はこうだ。

次のことをしないとこの部屋を出ることは出来ない。

わたしはあなたの、あなたはわたしの、身体の上の黒点を残さず探し出し、接吻をしろ。

「なんとか文章になったわね！」

一仕事終えて満足げなラウラの横で、クラウスは呆然としている。

「でも、黒点と接吻がわからないわね？　身体の上の黒点って何かしら。何かの比喩？」

「………ほくろ、のことじゃないだろうか」

クラウスがこの世の終わりのような顔で呟いた。

「あぁ、なるほど、ほくろね」

ということはお互いの身体のほくろを見つけ出して……？

「接吻というのは……」

「………」

ラウラが恐る恐る尋ねる。クラウスは絞り出すような声で、答えた。

「……口付けだ」

「……」

「……」

ラウラの頭に浮かんだのは、昨晩ミカに首筋を吸われていたトリシャの姿だった。

……あれを……やれって……？

「……そんなの。無理よね……」

「無理だ」

キッパリ言うクラウスの言葉に、思わず泣きそうになった。

やっぱり、無理なんだ。そりゃあそうか。恋人が待ってるんだものね……。

「……私はやるわよ」

急に意見を百八十度変えるラウラ。

クラウスが顔を上げて信じられないものを見るようにラウラを見つめた。

「だってここから出ないと。明後日はトリシャ先生の一世一代の結婚式よ！」

「だが、ラウラ。その……わかっているのか」

「何が？　とにかく、脱いでよ。ほくろを見つけたらキスしていけばいいんでしょ」

ヤケクソで指図し、それだけでなくカウチの上で横を向いてクラウスのシャツのボタンを上から外していく。クラウスが一瞬瞳に強い炎を揺らした。

「随分、慣れているな。誰かに、同じようなことをしたことがあるのか」

「……！」

ラウラが指を震わせて、クラウスを見上げた。

咄嗟(とっさ)のことで、取り繕えなかった。耳鳴りがするほど急激に血の気が引いていく。

そのラウラの真っ青な顔を見てクラウスはたじろいだ。瞳の中の疑惑と怒りが一瞬で消える。

「悪かった。……今のは失言だった」

しかしラウラの顔に先程までの生気は戻らなかった。

震える手でクラウスを脱がせると、カウチに乗り上げ、無言で彼の顔に唇を近付ける。

「ら、うら……」

クラウスの瞳の横にあるほくろにまず口付け、それから眉毛の少し上、反対側のこめかみ……。

ラウラの息遣いが顔にかかるたびにクラウスは何かに耐えるように目をギュッと瞑った。

顔のほくろ全てに口付けると、首にほくろがないか探す。

鎖骨のところに小さいほくろを見つけて、ラウラはちゅっと唇を寄せた。

クラウスの身体が一瞬跳ねる。

「ラウラ……はっ……一旦、やめなさい」

やめろと言う割に抵抗しないクラウスを、ラウラは半ば押し倒すようにして右腕を持ち上げて二の腕と指先のほくろにキスを落とす。

「はっ……はっ……」

クラウスの息が短くなる。

左腕にも三か所ほくろを見つけて、唇を落とす。

次は胸……。

夫の乳首のすぐ横にほくろを見つけて、ちゅっと口付ける。

「はぁ、ら、ラウラ……」

クラウスが我知らずラウラの背に右腕を回し、抱き寄せようと力を込めたその瞬間――

ぽたりぽたりと、熱い雫がクラウスの胸に落ちた。

「……ラウラ!?」

その雫の正体が、妻の涙だと知った瞬間、クラウスは頭を殴られたような顔をして妻を見た。ラウラは泣きながら、クラウスの身体の黒点を探している。

クラウスは妻の二の腕を掴んで自分の身体から引き離した。

「ラウラ、やめなさい……！　泣くほど嫌なのに、こんなこと」

「……違うわよ！」

ラウラが激昂した。

「ラウ……」

「馬鹿！　クラウス様の馬鹿っ！　嫌い、大っ嫌い！」

そう叫ぶと、クラウスの上から飛び降りて、
バタンッ
ラウラが実家から持って来た大きな婚礼用のチェスト……大きな葛籠型のその中は空っぽで、ラウラはなんとそこに飛び込むと蓋を閉めてしまった。

「ラウラ!?」

「開けないで！」

クラウスが慌ててチェストに手を掛けると、中からラウラが叫んだ。

「開けたら、噛みついてやるから！　……落ち着いたら出てくから、放っておいて！　あっちに行って！」

それだけ言うと耐えきれなくなったように、わんわん泣き始めた。


何故泣いてるのか、聞かれても答えられない。

ただ、ただ、今の自分が、厨房のドブネズミよりも惨めな存在であることだけはわかっていた。

「うあ、ああ、っうぅ、おかあさま、トリシャせんせい……」

暗闇の中で、優しい二人の名前を呼ぶ。

「ふぅ、っうう、助けて、助けて……おねえさま、トリシャおねえさま……」

狭いチェストの中で、嗚咽を漏らした。


ラウラは一刻ほど、その中で泣き続けた。

やっと涙が止まったラウラが、ギィ、と音を立ててチェストを開けると、意外なことにクラウスはその前に跪いて待っていた。

暗いところから急に明るいところに出たせいで、ひどく眩しい。夫の顔がひどく青褪めて見えるのもそのせいだろう。

泣きすぎて目が赤くなり、髪も乱れて酷い顔だろう。それでもラウラの頭はスッキリしていた。

「ラウラ」

クラウスはラウラの頬に張り付く金の髪を指で剥がすと、立ち上がるラウラに両手を貸してくれた。

「ごめんなさい。……びっくりしたでしょう？」

ラウラがクラウスの手を離し一人用の肘掛け椅子に座り、一瞬クラウスは立ち竦んだが、すぐにラウラの対面の二人掛けのカウチに座った。

「……私、昔から癇癪持ちで……。それで色んな人をたくさん傷付けてきたの。トリシャ先生が来てから、癇癪を起こしたら一旦その場を離れて、お仕置き部屋……じゃなくて落ち着き部屋に閉じこもって気持ちを丸めると良いって教わったの」

クラウスはそれを聞いて、先程ラウラが閉じこもったチェストに目を向けた。「それでか」そう言った。中が空だったからだろう。

ラウラは恥ずかしそうに頷いた。

「婚家に落ち着き部屋なんて作らせられないでしょう？　それで、あれを作らせて、持って来たの。何かあった時に気持ちを丸められるように」

それであんなにデカかったのか、とクラウスの半年間の疑問が解消される。それにしても、

「気持ちを……丸める、とは？」

先ほどから出ている表現が気になってクラウスは尋ねた。

「……癇癪を起こす時って、気持ちがこう……トゲトゲしてて、ゴツゴツしてて、そこにいる人全て、傷付けないと気が済まなくなっちゃうの。それを、落ち着き部屋でこう、丸めて丸めて……」

幼い者が泥団子を作る所作をラウラがする。

「気持ちがまぁるくなるまで、一人で考えるの。それで大抵落ち着くの。……でもね」

ラウラが言葉を切る。一瞬だけ目を伏せ、自分の手元を見たが、すぐに顔を上げた。

真っ直ぐにそのネモフィラの花の色の瞳をクラウスに向ける。

「先生が言ってたの。丸めて丸めて、それでもとんがり続けてしまう部分があったら……、それはあなたの心の〝怒り〟というとても大切な部分ですよって。我慢しないで向き合って、相手がいることならちゃんと話し合わないといけないって」

「……話してくれ」

クラウスは居住まいを正し、どこか安堵したようにそう言った、が……。

「離縁に同意します」

ラウラがそう言うと、クラウスの表情が抜け落ちた。

「あと半年も、我慢する必要はないわ。このおかしな部屋から戻ったら……もう夫婦の寝室（ここ）には戻ってきません」

スッキリした声でそう言った。もっと早くこうすれば良かった。でもきっと、ここまで悪足掻（わるあが）きしないと自分は納得できなかったのだ。

「もう……戻ってこない……」

クラウスが掠（かす）れた声で反芻（はんすう）する。気のせいか、先程よりももっと顔色が悪くなっている。

「だが……義父上との、約束、が……」

「融資の話なら、父に取りなして条件は変えずにいてもらうわ」

安心させるようにそう言った。実際、父は気にしないだろう。

「……一体、急に、何故？」

クラウスは肘掛けを握り締めて尋ねた。

ラウラは一瞬唇を噛み、自分を落ち着かせるようにゆっくり息を吐いてから、打ち明けた。

「……さっき、あなたの身体にキスしながら……、私、すごく……惨めだった」

「……っ」

「本当なら……本当の夫婦なら、あの初夜の日に、幸せな気持ちでやることなのに。こんな、試練なんかで、夫に我慢させせながら……」

ラウラが喉を詰まらせる。

あの初夜の日。

どんなに幸福に酔っていたか。

「さぞ滑稽だったでしょうね、私は……。でも、私、今でもわからないの。どうしてあなたにあんな仕打ちを受けなくてはいけなかったの？」

言えた。

ずっと引っ掛かっていたこと。ずっと、トゲトゲしていたこと。

「ラウラ」

クラウスは名前を呼んだが、他に何も言葉が出ないようだ。ラウラは微笑んだ。

「もう、あなたを好きでいたくなくなったの。だからあなたも、あと半年も私に我慢しなくていいわ」

ビクリとクラウスが体を震わせた。

肘掛けを握り締めて、不思議なことにショックを受けたような顔をしている。

ラウラは半年過ごした寝室を見回した。

「実務の引き継ぎはしないといけないから、一度領地には戻るけど、この部屋にはもう……戻らない、と言いかけて、ギョッとする。

突然クラウスが立ち上がり、ラウラの側に跪いたから。

「ラウラ」

手を取られる。

「別れたくない」

「…………は!?」

いつになくスッキリした気持ちでこれからの段取りについて考えていたラウラは呆然とした。

クラウスは真剣な顔で、もう一度「別れたくない」と繰り返した。

「初夜の夜に君に言ったことは全て妄言だった。義父上には何年掛かっても融資額を返済する。君さえいてくれればいい。側にいて欲しい、ずっと」

「……は!? な、なにを言ってるの?」

「愛を囁いてる」

真顔でラウラを見つめる。

「あ、ぃ……な、なんて?」

「君を愛している、と言った」

「い……う、嘘よ」

「嘘じゃない。結婚前、君を欺いていたのは謝る。初夜と、今までの態度も……。償わせて欲しい、一生を捧げるから」

「一生……」

一年じゃなくて……?

「だって、……彼女はどうするの?」

そう言った途端、自分の言葉で思い出してラウラの胸中に苦い思いが広がる。

「彼女?」

「リーネル嬢よ……」

「リーネル嬢? 彼女がなんだ」

何故ここで名前が出てくるのかという顔で首を傾げる。

「……聞いたの。約束してるんでしょう？　私と離縁したら迎えに行くと」

「どこに？」

「知らないけど……。彼女の家じゃないの？」

「何しに……？」

「……約束してるんでしょう？」

ラウラは段々可笑しくなる。クラウスの反応を見るに、約束したなんて絶対嘘だ。……あの女！

「なんの約束だ？　戻ったら謝りに伺うとは言ったが……。あ、あの時、もしかして、その話を？」

ラウラは頷いた。

「あの時、言われたのよ。一年後、離縁したらクラウス様に迎えにきて貰う約束をしてると……だから早く別れて欲しいって」

「は？　なんだって？」

クラウスが呆然とする。

「だから私……つい、手が出ちゃって」

「それは」

ラウラの手を握っていない方の手で口元を覆った。

「それは……嬉しいかもしれない」

などと言い出す。

嬉しい？

「君も私に嫉妬してくれたということだから」

頬を赤らめて言う、クラウスにちょっとくらりとする。

「……じゃあ、じゃあ、彼女が知ってたのはどうして？　一年後の離縁の約束を」

「その約束は無かったことにしてくれ」

素早く要請してから、クラウスは眉を顰（しか）める。

「多分、カミルから伝わったんだな。……彼女の兄だ、私の乳兄弟の。色々君のことを相談していたから……」

「私のことを？」

「婚約を申し込まれた時に。……私はその、女性のことがよくわからなかったから」

「……それで私の暴力癖を聞いて、断ったのよね」

ラウラが言うと、クラウスがギュッ、と握る手に力を入れる。

「あ、危なかった……断るところだった……。義父上が条件を出してくれて良かった」

顔を顰めて目を瞑って言う。その顔を見て、苦しそうな声を聞いて、ラウラの心にやっと、希望が灯った。

「じゃあ……本当なの？　私のことを」

「愛してる」

クラウスがパッと顔を上げてラウラを見つめて言った。

ドクドクと、心臓から熱い血が巡る。

「この半年……暇があれば君に会いに行っていたのに気付いていなかった？　寝室だって、分けても良かったのに……分けるつもりだったのに、初夜の時の君を見たら、どうしても……」

「しょやのときの……」

ラウラは呆然と見下ろす。一体何を言い出してるんだろう、このひと。

「君があまりにも艶かしくて、目眩がするほどだった。気を失ってしまった君を見て私が……何を考えたと思う？」

「……何を考えたの？」

「それまでの生涯で考えたこともないような下劣なことだ……とても口に出来ないような。私はあの夜、その誘惑に耐え切った。だが、君を見た他の男が同じ劣情に身を焦がして君を襲いにくるんじゃないかと、私は……毎夜君を見張ってるつもりだったんだ」

思いも掛けないことで、ラウラは言葉を失う。

「男を惑わす妖婦だと思おうとした。でも昼間の君は、ひたむきで健康美に溢れ、眩しかった。自分が怖かったよ、君を拒否しておいて、一秒ごとに君に囚われていくのが自分でわかるんだ。愛さないと言ったその口で、君に口付けたくて気が狂いそうだった」

「よくわからないわ。クラウス様……」

ラウラは首を振った。

「だってあまりに、違いすぎて……。私が近付きすぎないようずっと、一線引いていらしたのに」

クラウスは立ち上がると、腕を伸ばしてラウラを背もたれに閉じ込めた。

「そうだ。君に襲いかからないようにいつも一線引いていたのに、君は私を誘惑し続けたんだ。ラウラ……」

「待って。そんなのって……、待って、近いわ」

先程とは逆に、ラウラの方が押されている。

開いたままのシャツから覗くクラウスの胸板が眩しい。脱がせたのはラウラだが。

クラウスはカウチに片膝を乗せてラウラに覆い被さり、頬に手を添えて唇を近付ける。ラウラは咄嗟に、夫の口を手の平で防いだ。

「……いや？　もう、私を、嫌いになった？」

クラウスが絶望的な顔で眉を下げた。

ラウラは夫のその表情に確かに歓喜しながらも、戸惑いが隠せない。

「でも、だって……こんな、急に。困る……」

「さっきは君からしてくれた」

「あれは……！　試練だから……！」

ラウラが顔を真っ赤にして反論すると、夫が初めて見せる悪い笑顔を浮かべた。

「では、試練の続きをしよう」

ラウラの膝裏に腕を入れて、抱き上げてベッドまで運び、座らせ、ラウラが羽織っていたガウンを剥ぎ取って寝間着だけにした。

自分もシャツを全て脱ぐと、薄着になった妻を仰向け（あおむ）けにベッドに沈め、ラウラを自分の体で閉じ込めるように覆い被さった。

七

生まれて初めてベッドの上から男を仰ぎ見て、ラウラはパニックになった。

「……っ、わ、わたしまだ……っ、別れないとは言ってないわ……！」

「別れたくない」

クラウスは返事になっているようななっていないようなことをキッパリと言い、ラウラの左手を掬って手の平に口付けた。

「君は私の人生の虹彩だ。君のいない家には帰りたくない」

「……愛さないと言ったくせに！」

「ごめん」

ラウラよりよっぽど痛そうな顔をしてクラウスが謝罪する。

「私が愚かだった。先生にも怒られたよ。……他人の債権を取り立てるなと」

「……先生？　トリシャ先生？　債権って？」

こう言われたのだった。

「それはあなたの債権ではありませんね」

今日の昼、ミカとトリシャに呼び出されたクラウスが、結婚生活について洗いざらい吐かされた後で言われた言葉だった。

「債権……？　どういう意味ですか？」

クラウスは落ち着かなげにトリシャに対峙する。

この妻の元教師が、実を言うとクラウスは苦手だった。それは実はトリシャ個人に起因するものではなく、男児全般が女教師に対して感じるいっそ原生的ともいえる苦手意識なのだが、勿論クラウスはこの場でそこまでの自己分析には至らない。

ただ、ラウラが自分よりも彼女を信頼しているのが面白くない一因であるのだと考えていた。

トリシャの横ではミカが無言で、婚約者を愛おしそうに見つめている。この義兄は婚約者と妹の夫を二人きりにしない為だけにこの場にいるようで、挨拶以外は一言も口を挟んでこない。

「ラウラ様が昔、癇癪を起こすと使用人や侍女に暴力を振るったり、暴言を吐いたことは事実ですが、ラウラ様はそれを反省して傷つけた人に可能な限りの謝罪と補償を行っています。もちろん……」

と無意識のように自分の額にそっと手を当てる。

そういえば彼女の額にも傷がのこっているとラウラが言っていたな、とクラウスは思い出す。

「連絡がつかない人や、そもそもラウラ様が思い出せてないこともあるでしょう。それに、〝謝罪されたからって許せるわけではない〟と言う方もいます。それらは全て、ラウラ様が一生負うべき債務です」

キッパリと言うトリシャを意外な気持ちでクラウスは見返した。……どちらかというとラウラに甘い教師だと思っていた。

「でも、それはあなた様が被害者の代わりにラウラ様に取り立てて良いものではありません」

「……取り立てなど。そんなつもりは」

「では何故、一年間の白い結婚などという卑劣なことを?」

「……っ、それは、義父殿に頼まれたからだ！」

クラウス・ガーランは清廉潔白な令息として有名だった。四角四面、融通が利かないと陰口を叩かれることはあっても、卑劣などと言われたことはない。

つい声を荒げると、今まで黙っていたミカがクラウスを強く睨んだ。

それでクラウスも、女性に向かって不調法をしたことをすぐに反省する。

「……失礼。婚姻については、先程申し上げた通り、義父殿に融資と引き換えに頼まれたのです」

「ご当主にはご当主の考えがあったとして、あなた様が何故、そんな、女性の好意を踏み躙るような提案に乗ったのかとお伺いしているのです」

「……っ」

「ラウラ様がガーラン様に一途でいらしたことは知っていたでしょう？　どんな権利があって、その気持ちを踏み躙ったのです」

クラウスの脳裏に、ラウラの花のような笑顔が浮かんだ。

出会った時から彼女は自分に真っ直ぐに好意を伝えてくれる……。

「……だから、その……、……乳兄弟の妹君の話などを聞いて……」

口から出た言い訳に一ミリも正当性がないことに、クラウスはもう気付いていた。

「ですから、それはあなた様の債権ではありません」

我慢強くトリシャも繰り返す。その瞳を見返して、やっとクラウスは気付く。恐るべき意志で抑えてはいるが……彼女は激怒しているのだ。

「他人の債権の取り立てをするなら……そのツケを払うのは誰になるかしら？」

クラウスは何も答えられなかった。

「さっきわかった、そのツケを払うべきなのは私だと……。君が、あの中で泣いていた時に」

ラウラに覆い被さったまま、クラウスがチラリとチェストを見た。

ラウラはやっと泣き止んだのにまた目が潤みそうになる。

「トリシャおねえ様……」

思わず頬を染めて嬉しそうに微笑んだ。

――その途端、ラウラの唇に、クラウスが自分の唇を押し付けてきた。

「……!?」

咄嗟のことで、ラウラは吃驚して反射的にクラウスの胸を突っぱねて離そうとする。

その手首を男は捉えて、強い力でベッドに縫い付けた。

「っん……!」

……キス!?

これって、もしかして、キスじゃないの!?

混乱するラウラの唇をクラウスは離さず、そのまま強引に開かせる。

「……っ」

男の舌が……挿ってきた。

ラウラは反射的にまた身体を反らせる。クラウスはラウラを押さえつけたまま、夢中になって舌を動かした。ラウラの舌を捕まえると絡ませて引き摺り出し、自分の口に入れる。

ラウラはあまりに激しい口付けに、ただ応じるしかない。

クラウスは何度か理性を取り戻しかけて、ラウラから唇を離そうとするのだが、もう一度、もう一度だけ、と唇を重ねるとどうしてもまた舌を入れて没頭してしまう。

クチックチッと濡れた唇を吸い合う音が夫婦の寝室に響いた。

「……っはあ、ラウラ……ラウラ、ラウラ」

やっと唇を離してもらえた時には、ラウラは動悸と酸欠で朦朧として、クラウスの言葉が耳に入らない。

そのラウラの吸われすぎてぽってり赤く熟れた唇、潤んでぼうっとした瞳、上気した肌にクラウスは否応無く昂った。

「何故こんなに甘いんだ。その上こんなに弱くて……私は君をどうすればいい？」

言いながら、おでこ、目の下、唇の横に順に口付けする。

「ああ、ここにもあった」

と首筋をちゅうっと強く吸う。どうやらほくろに口付けているようだが、何故か全身が火照っているラウラには微かな刺激でも身体が跳ねてしまう。

「……は、はあ、んっ……！」

「はあ、ラウラ……ここにもあった。ここも……」

「ああっ、ぅん……はあ」

クラウスに指を一本一本吸われ出して、やっとラウラは微かに抵抗し始めた。

「クラ……ウス様、はあっ、そんなとこに、ほくろは……」

「あるよ」

と言って今度は肘を持ってその内側を吸い始める。

「ん、はあ、そこ、くすぐったい……」

「ああ、甘い……」

そんなわけはないのに、クラウスはラウラを吸っては、甘い、と繰り返す。

クラウスはラウラのゆったりとしたネグリジェの襟ぐりを無理矢理引き下げた。白いつるりとした両肩と、豊満な乳房が半分ほど空気に晒される。

「あっ……」

「ああ、あった」

ラウラが羞恥の声を上げると同時に、クラウスが声に歓喜を滲ませて呟く。

「な、に？」

とラウラの左胸の上の方に二つ行儀良く並んだほくろを舐めるように見る。

「……このほくろ」

ほくろがなに……？

「初夜の時にこのほくろが……私をずっと誘惑していた」

見たこともないようなギラギラした目でクラウスがラウラを見つめた。

「あれ以来、君がどんな服を着ていても……ここにこの可愛いほくろがあるのだと思うと、たまらなくて。……私だけが知ってるのだと思うと……」

そう言って、二つのほくろを指でなぞった。

「……っ」

ラウラがビクンと反応してしまうと同時に、クラウスも指先の柔らかさに興奮して、ラウラの服を更に引き下げ胸を全て溢れさせた。

「……っラウラ、私のラウラ」

ぷりんと飛び出た乳首を凝視しながら、両手で胸を包み、指先にゆっくり力を入れる。

「あっ、んっ、クラウス様……」

「はあ、おかしくなりそうだ。これは……こんな風に揉んでいいのか？」

言いながらゆっくりと揉みしだく。

「んっ、はあっ、はあ」

「柔らかい……ラウラ、痛くないか？　すまない。手が止まらない」

ラウラはクラウスが触れるたびに股の間が濡れるのを自覚していて、下肢が漏らしたようになっているのをバレないよう必死に太腿を擦り合わせる。

「はあ、この、ほくろに、とうとう口付けを……！」

「あんっ……！」

ラウラが喘いだのはクラウスがほくろに舌を這わせると同時に、両手の親指と人差し指で芯を持った乳首をクニクニ捏ね始めたからだ。

「あん、あん、く、クラウスぅ……！」

「可愛いな……」

片方の乳首に顔を近付け、そっと唇で挟んでみる。

「んっ、あ、なんでっ、そこ……！」

「……」

クラウスは左手で乳首をいじりながら、もう片方の乳首を口内でチロチロとくすぐるように舐めた。

「なんでそこ、ほ、ほくろじゃ、なぁ……」

「ふっ」

この期に及んで試練の為だと思っている妻の純粋さに思わずクラウスは微笑むと、乳首を口から出して、うっとりと言う。

「確かに、黒点じゃあないな……ピンクアナベルの花弁のようだ……でも、念の為」

ともう片方の乳首を吸い出す。

ラウラは夫のそんな、欲を丸出しにした声を聞いたことがなく、男に乳房を揉まれ、舐められ、吸われるのをされるがままになるしかない。

クラウスが唇と同じくラウラの乳房を味わい尽くした時には、ラウラの尻の下は漏らしたようにぐっしょり濡れてしまった。

「……邪魔だな、これ。脱ごうか。どうやって脱ぐんだ？」

クラウスがラウラのネグリジェのお腹(なか)のあたりを引っ張ってごちる。ハアハア言ってるラウラの返事を待たずに、

「こうするか」

と言っていきなりスカート部分を捲った。

「あっ……！」

ラウラは慌てて、股の部分を押さえる。

「ダメ……！」

クラウスが思い切りよく捲ったせいで、ラウラが押さえた部分以外……眩しいほどの白くまろやかなラウラの両の太腿まで晒されてしまった。

「ラウラ、手を離しなさい。脱がせてあげるから」

「や……だめ！」

ラウラはとにかく異常なほど濡れている股が気になって仕方ない。頑なにスカートを押さえた。暫くスカートを捲るクラウスとスカートを押さえるラウラの無言の攻防が続いたが、豊満な胸を溢しながら普段隠されている白い脚も付け根まで露わにされている妻の姿に、クラウスが我慢できなくなる。

ラウラの膝裏を持ち上げて、両脚の間に入り込むと、足の爪先から順に可愛がることにした。

「っあ……！」

手の指と同様足の指もしゃぶられて、ラウラは慌てた。

「あ、足はだめ！　足はだめ！」

懇願するが結局全てしゃぶられ、ほくろをたどりながら徐々に唇が上がってくる。

太腿の内側にあるほくろに吸い付かれて、ラウラが思わず手から力を抜くと、その隙を逃さず勢いよくスカートを捲り上げられた。

「っきゃ、やっ、クラウス様っ、見ちゃダメ……！」

ラウラは寝る時の常で下着を身に着けていない。

ぐちゅぐちゅに濡れたラウラの金の陰毛と、その下から見え隠れするよだれを垂らす赤い割れ目を見た瞬間、クラウスは完璧に理性を飛ばした。

八

目の色を変えた夫にネグリジェを引き摺り下ろされ、すっかり脱がされた。

「いやー！」

その後起こったあまりのことに、ラウラは悲鳴を上げる。

「いや！　クラウス様っ！　やめて、やめて！」

家人がいたなら、間違いなくラウラが無理矢理犯されていると思うだろう。

だがこの不思議な部屋の内にも外にも誰もおらず、ラウラはネグリジェをすっかり脱がされ、一糸纏わぬ姿で太腿を開かされ、その間に夫が顔を埋めるという事態に一人で立ち向かわなければならなかった。

「はあっ、はあっ、ラウラ……！　すまない」

ピチャピチャとラウラの割れ目を舐めながら、クラウスが譫言のように謝る。

「そんなとこっ、ほくろなんてっ、アッ、ああっ……！」

「……はあっ、そうだ、ここに……っほくろがあるから、こうやって……はあはあ」

クラウスは花芽を指で剥いて舌を這わせる。ラウラが叫んだ。

「あっ！　あっー！　だっ、ぅっ、うっ、うっ……！」

ラウラは脳が焼けたように熱くなって、下腹部に溜まっていた熱が弾けるように達してしまった。

口から不明瞭な喘ぎ声が漏れる。

「うっ、ああっ……」

「ラウラ……すごい。溢れてくる」

「はあ、ああっ、はあ……」

ラウラは人生で初めて達して、びっくりしすぎて言葉が出てこない。

クラウスはクラウスで、夢中で割れ目を広げ、蜜口を見つけると、チロチロと舌を這わせた。

「ああっ、ああっん……！　なん、なんで……!?　もう、終わって……！」

「駄目だ」

クラウスが無情に言う。

「このナカにもほくろがあるかもしれない」

そう言うと舌を尖らせて、無理矢理膣内に分け入った。

「……っ、……っ」

ラウラは声も出せず、イッたばかりの敏感な部分を舌が蠢くのを感じ、微かに顔を上げて何をされてるか確認したもののすぐに首まで真っ赤にして顔を両腕で覆った。

「はあ、ぁあ、あぁん、も、やだぁ、ああ……！」

ラウラはそのまま再度の絶頂を迎え、クラウスが満足するまで、というよりは自分自身の下肢が張り詰めるのに耐えられなくなるまで舌で犯され続けた。

「はあ、はあ……ラウラ、すごい……濡れてる」

クラウスがやっと顔を上げて口元を拭いながら言うと、ラウラが顔を覆ったまま、

「違うの……違うんです……」

といつもの彼女らしくない蚊の鳴くような声で呟く。

真っ赤になって言い訳を考えるが、思いつかない。

「これは、違うの、こんなふうになったこと、ないの……」

「……こんなふうって？」

クラウスは瞬きさえ惜しんでラウラの裸体を視姦し続けていて、目が血走っている。

「変なの、こっから、いっぱい……、濡れちゃって……、ごめんなさい。嫌わないで」

「はあ」

クラウスが大きく息を吐いて、ラウラがまたビクッとする。それを見てクラウスがやや慌てて、ラウラに覆い被さって唇を重ねた。

「……っん」

「……、君が私に謝る必要はない。男に慣れてるなんて、本気で言ったわけじゃない、悪かった。君と心を合わせられなくて、焦ってたんだ。ここが……」

「っん、あ！」

クラウスが手を伸ばして急にラウラの割れ目にツプリと指を挿れたので、ラウラは身体を震わせる。

「ああ……すごい。……ここが、濡れるのは……妻が夫を受け入れるためだと聞いている」

「はあ、あぁ……う、動かさないでぇ」

「はあ、ラウラ……なんて愛らしい。頼む……ここで、初夜をやり直させてくれ」

くっちゅくっちゅ指を動かしながら言う。

「っああ、はぁん、なに……ッ」

「私を君の夫にしてくれ。頼む」

「あん、指、動かさな……ぃう、ンん！」

ラウラが軽くイッて、指をぎゅうぎゅう締め付けるのを堪能してから、クラウスは指を抜いた。

はーっ、はーっ、とラウラは涙目で空気を取り込む。

そのラウラを再び腕で囲いこんで、クラウスが言った。

「愛してる、ラウラ……。一生償うから、私のものになって」

大好きな翡翠の瞳に懇願されて、ラウラは思わず頷きかけるが、商人の娘らしくつい、言質を取りにいく。

「……ほん、本当に？　本当に一生償ってくれる？」

「誓う」

「ずっと謝ってくれる？」

「毎日謝る」

「私が、もう謝らなくていいって言ったら？」

ラウラがそう言うと、クラウスは少し考えて、真顔できっぱりと言った。

「それでも毎日、謝らせてくれ」

「うん！」

夫が正解を出したのが嬉しくて、ラウラは満面の笑みを浮かべた。

「クラウス様、大好き！　……私をあなたの妻にして！」

ラウラが手を伸ばしてクラウスの首に巻き付けると、噛みつくように夫にキスされる。

「ら、ラウラ……もう我慢できない」

先走りで濡れている下衣を寛げると、クラウスが自身を取り出した。

ラウラはそれを見て、息が止まるほど驚いた。

クラウスのそれは、赤黒く、ビキビキと血管が浮いていて、夫の秀麗な顔に似合わない凶悪さで反り立っている。

……トリシャ先生！

「先生ったら！　やっぱり嘘だったんだわ」

突然妙なことを言い出した妻に首を傾げながら、手で彼女の白い太腿を撫でながら大きく広げる。

「男性のそ、それを、私の……。嘘だと思ったのよ、だって、そんなの、そんなの……」

「ラウラ、頼むから、先生の話は止めてくれ」

息を荒げながら、クラウスが先端をラウラの割れ目に潜らせた。

「く、クラウス様……!?」

「今は私のことだけ考えて」

そう言うと、右手を添えた肉棒をぐっ、とラウラの中に突き入れた。

「……っ！　く、らうす……」

「ラウラ……！　力を抜いてくれ。はあ、こ、こんな……」

「むり……！　無理よ……！　痛いっ」

痛いとは聞いていたけど、こんなに痛いとは。

クラウスの凶悪なペニスはラウラをミチミチと犯しながら進んでいく。

「痛い、痛いよぉ……」

「すまない」

申し訳なさそうな顔でまたグッと奥に押し入る。

圧迫感と痛みで、ラウラは泣き出した。

「クラウス様、ひどい、ひどいことばかりして、ひどい」

「ごめん」

「許さないから……！　ああっ、おまた、裂けちゃうよお……！」

「ごめん、ラウラ……大丈夫、裂けてないよ。はあ、はあ、上手に……咥えられてる」

「あっ、うっ！」

ラウラの膝裏を開いて接合部を見て、クラウスがまた自身をずくんと大きくさせた。

「ああっ、もう、大きくしないで……！」

「はあ、すまない。気持ち良すぎて……」

余裕のない顔で言うクラウスにラウラはちょっと気を良くして思わず口角を上げる。するとその途端、ズンッと身体に杭を打たれた。

「……っああ！　痛ぁい……！」

突然思いっきり奥まで突っ込まれてラウラは悲鳴を上げた。

ところがクラウスも、

「あぁっ……！　ぐっ……！」

と呻いてラウラの奥にぶしゃっと何かを噴射する。

ラウラはそれが何かわからなかったが、クラウスは恍惚とした表情ではーはー息をしながら、譫言のように呟いた。

「……私は大馬鹿だ……！　はあ、初夜に戻りたい。戻ったら君を毎日こうして……」

「あっ、あっ」

一瞬力を失ったかに思えた彼の一物は、ずるっとラウラを擦りながらカリまで抜く摩擦で元のように硬くなり、クラウスはそれを再度奥に押し込んだ。

「ああー！」

ラウラは背中を反らせて悲鳴を上げる。

痛みは消えたが、ずっしりした夫のペニスが自分のナカを挿ってくる圧迫感が苦しい。

「っラウラ、ラウラ！」

クラウスが腰を忙しなく動かし始める。

「っあ、ああん、ん」

「気持ちいい、気持ちいいっ」

クラウスが腰を打ち付けると、接合部から押し出された愛液と精液がぶちゅぶちゅ出てくる。

「はあ、ラウラ」

クラウスが何か思い出したかのように腰を止めて、右手の指で接合部の上のラウラの花芽を摘みクニクニ刺激し始める。

「あっ！　ああっん……！　そこやあ……！」

「はっ……可愛い」

奥をトントン突きながら、左手で乳首を撫で、右手でクリトリスを揉む。

「だめっ！　クラウス様！　だめ……！」

クリトリスと乳首で拾った快感が集まる下腹部を太い男根が往復して、逃げ場がない。

「はあ、きちゃう、また、ああ、変になっちゃう……！」

「はあっ、可愛いっ」

自分の手の中で悶える妻に、クラウスは堪らず激しく腰を打ち付け始める。

「あっ、やっ、だめ！　きちゃっ、ああっ、んーっ！」

「可愛い可愛い可愛いっラウラ、ああっ……私ももう……！」

ラウラが男の肉棒を締め付けながら達すると、クラウスも獣のように腰を振ってラウラの奥に思いっきり射精して、果てた。

九

「お返しします」

クラウスが義兄に面会を求めて、やっと本を突き返せたのは、義兄夫婦の結婚式が終わった三日後。

あの後、初めての性交にボンヤリするラウラの身体の残りのほくろを探して口付けて、いちいち可愛い反応をする妻にまた兆して抱こうとしたものの、「トリシャおねえ様の結婚式に間に合わなくなっちゃう」とラウラに懇願され、必死に我慢した。

その後クラウスのほくろを全裸の妻が探してキスを落とすに至っては……拷問だった。

試練を果たしてドムス家の部屋に戻り、すぐに使用人を呼び日時を確認して、ほとんど時間が経過してないことに安堵してる妻をベッドに放り投げて朝まで貪ったのは言うまでもない。


クラウスが差し出した本を何故かミカは受け取ろうとしない。近くの机を示して、

「そこに置いてください」

と指示する。

「発動条件がよくわからないので。俺とクラウス殿で試練はしたくないでしょう？」

それは絶対に御免被る。クラウスは慌てて本を机に置いた。

「ラウラと仲直り出来たようで、良かったです」

しれっとそんなことを言う義兄をクラウスは軽く睨んだ。

「……荒療治にしても、あんまりです。危険すぎる」

「おや、危険な試練でした？」

「……」

顔を赤くして黙るクラウスをミカは興味深そうに眺めて、こう尋ねた。

「試練の内容は聞きませんが……塔は何階でしたか？」

「塔？」

クラウスが眉を顰める。

「塔って、なんです？　確かに塔のように高い場所にある部屋でしたが……」

今度はミカの方が顔を顰める。

「部屋？　……もしかして、試練は一個で終わったんですか？」

「はい……」

一個で十分だ。

「おかしいな……」

とブツブツ言う義兄を不思議に思いながら、クラウスは本に目を遣る。

「不思議な本ですね。まるで、私の欲望を読まれたかのような試練でした」

初夜に見たラウラのほくろに劣情を募らせていたことを見透かされたかのような……。

ミカはそれを聞いて腹落ちしたような表情を浮かべる。

「欲望を……。確かに、全部俺の欲望を叶える試練だった」

……全部？

「あの……義兄上も試練を受けたのですよね。一体いくつ試練があったのですか？」

「……」

ミカは答えなかったが、クラウスはなんとなく察した。トリシャ先生は大変だ……。

「それにしても、……一年の契約結婚だったことは義兄上も知っていたでしょう。私がラウラに惚れていたから良かったものの、そうでなければあの本のせいで余計にこじれましたよ」

「おや」

ミカが眉を上げてクラウスを眺めた。

「……義弟殿は、まだわかってないようだ」

「……なんです？」

クラウスは落ち着かなげに背筋を伸ばした。

「父はこう言ったんでしょう。一年間ラウラと夫婦として生活するなら、その後の離婚を認めると」

「……その通りです」

「トゥオモ・ドムスは勝てない勝負はしません。期間は一年間、掛け金は融資金……トゥオモ・ドムスが賭け（ベット）したなら、その勝負は最初から決まっていたのですよ」

「――――」

クラウスは絶句した。

ミカは平然と「もっとも――」と続ける。

「我々兄弟からすると、父は歳を取って少し大事を取りすぎるきらいがある。私だったら半年に賭けましたよ」

「……なぜ？」

「なぜ？」

ミカが意外だという風に聞き返した。

「俺達のラウラと半年も一緒に暮らして、好きにならずにいられますか？」

「……」

ただのシスコンだ。

だが、クラウスは破顔して、

「……確かに！」

負けを認めた。

十

ラウラとクラウスが揃って領地に帰って来たのは、ミカの結婚式から一週間後だった。

帰る前にはまた一悶着あった。

「クラウス様、先に帰っててくださらない?」

「えっ……」

結婚式で着たドレスを飾るトルソーを眺め、うっとりと結婚式の追想をしながらラウラが言った。

トリシャの結婚式は最高だった。

結婚式というのはひたすら飲んで歌って踊って騒ぐものだとラウラは思っていたが、トリシャの故郷の伝統を取り入れたという結婚式は清廉で厳かな雰囲気で始まるものだった。

警邏隊の白い正装で髪も上げたミカと、見たこともない真っ白なドレスに白いマリアベールを被ったトリシャがドムス家の庭の泉の前で向かい合った。ミカが跪いてトリシャに愛を乞い、トリシャが手袋を取って自分の手の甲に口付け、その手を男に与えることで成婚となる。

その後、新郎新婦は、互いの手の甲に口付け、その手で聖水を大地に注いだ。これでこの結婚は大地と聖霊との契約になるのだという。

偶然ではあるが、トリシャがミカと手を重ね合わせて水を注ぎ終わった瞬間、風が庭の花を散らし、舞い上がらせ、見つめ合う二人を一幅の絵のように彩った。

参列していた王都中の婦女子がその光景に心を奪われただろう。

今後、王都で同じスタイルの結婚式が流行るのは間違いない。初めて見て興奮するラウラと違い、ドムス家の当主も長男も三男も余裕の笑みで見守っていたのは、既に白のシルクも真珠も買い占めてあるからだろう。

父兄達のその抜け目の無さをラウラは心の底から信頼していた。


「……先に帰ってててって、まさか領地に先に帰れと言うことではないだろうね」

クラウスの警戒した声で、ラウラの追憶が弾ける。

「そうよ。他にどこに帰るの？」

近場に遊びに来てる気軽さでラウラがキョトンと言うのでクラウスは青褪めた。

「こっちのお友達とまだまだお喋りしたいし、トリシャお義姉様ともう少し一緒にいたいの」

「嫌だ」

クラウスは即答する。

「どうして？」

「……君が帰って来ない気がする」

暗い声で夫が言う。

あらあらまあまあ。

ラウラは一気に気を良くして、クラウスに向き直った。

「私が帰って来ないと、困る？」

などと聞いてみる。

「君がいないでどうやって生きてきたのかわからないんだ」

クラウスが大真面目にそう言うので、ラウラは弾けるように笑ってクラウスに飛びついた。

あの不思議な部屋から戻って来てから、クラウスは毎日ラウラを熱心に口説（くど）くようになった。

生来朴訥（ぼくとつ）な性格で、気取ったことが言えるタチではないのだが、「思ったまま言っている」だけで充分歯が浮くようなセリフになってしまっているのに本人は気付いていない。

どうやらあの部屋でラウラを泣かせたこと、愛を自覚した途端に「もう好きでいたくなくなった」と言われたことが彼の心に大きな傷を残したらしい。

「君があのチェストの中で泣いてた時、私の名前を呼んでくれなかったのがとてもつらかった」

クラウスはラウラを抱き止めて、髪を撫でながら告白する。

「君が私を愛するのを止めると言った時、地面の底が抜けていくようだった。この指の間から何かが零（こぼ）れ落ちていくのを感じたよ。それは、屋敷に帰った時に胸に飛び込んでくる君の柔らかな温もりであり、朝起きた時に背中から縋（すが）り付く君の健気（けなげ）な指であり、一度でも目を向けると視線を逸らすことが出来なくなる君のくるくる変わる表情であり、つまり私の人生の唯一の虹彩であり、芳香であり、愛なんだ」

「…………」

マテウスが聞いたら「いくらなんでもそれはひどい」と言いそうな口説き文句を列挙して、どうにか妻と一緒に帰ろうとする。どう考えても修飾過剰（オーバーキル）だ。

「……今回は一緒に帰ろう。獅子身中の虫も潰さなければいけないだろう？」

その言葉は非常に魅力的だった。

エミーリエ・リーネルと夫が次に会う時は、絶対に同席していたい。

「でも、暴力は良くない。平手打ちしたことは謝りなさい」

「あら、クラウス様」

ラウラはクラウスから身体を離して、膨れた。

「彼女は私の心を剣で切りつけたのに、私は彼女をぶってはいけないの？」

心を傷付けられても痛みは感じるのに、やり返したらいけないのか。

クラウスは真顔で諭した。

「彼女は私に懸想(けそう)してるんだろう。私が断ったら彼女の心を傷付けるのだから、殴った分は謝りなさい」

「……え～……」

それは果たして損益無し(トントン)と言えるのだろうか。

「彼女の兄は、殴っておくから」

それはいいの？

クラウスの善悪の天秤(てんびん)はよくわからないが、兎(と)に角(かく)予定通り夫婦で帰ることになった。

領地に戻るとすぐ二人でリーネル家を訪れた。

事前にクラウスが言っておいたので、乳兄弟だというカミル・リーネルもいて、三人に出迎えられる。

三人ともエスコートされて馬車を降りるラウラを見て眉を顰めた。来ないと思っていたのだろう。

「クラウス様、おかえりなさいませ」

ここが彼の家かのように言うエミーリエと母親。

無視されたラウラはイラッとしたが、表面上はマナー教師に叩き込まれた笑顔でやり過ごす。

「今日はゆっくりされるのでしょう？」

期待するように言う元乳母に、クラウスは首を振った。

「いや、すぐ帰る。話があって来ただけだ」

すげなく言うと、クラウスが乳兄弟を睨んだ。


「本日もラウラ様に来ていただけるとは思いませんでしたわ」

天気が良いのでと用意されたガゼボの席に着くなり意味ありげにそう言うエミーリエ。

「私一人でここに来る理由はありませんよ」

クラウスが言うと、エミーリエが信じられないと言うように目を丸くする。

「今日はお詫びに来たのよ。この前は、叩いてしまって、本当にごめんなさい」

ラウラが頭を下げると、リーネル家の三人が蔑むようにラウラに視線を向けた。

ラウラに未だ名乗ってもいないカミルが、これみよがしに大きく溜息（ためいき）を吐くと、つらつらと説教を始める。

「商人の時代は気に入らなければ目の前の人間を殴れば良かったんでしょうが、仮にもクラウスの妻になったからには……」

「黙れ、カミル」

クラウスが冷たい声で言って、空気が凍った。

カミルはカチンと固まってクラウスに目を向ける。その隣でエミーリエがオロオロと、兄とクラウスを交互に見て、甘えたようにクラウスの名を呼んだ。

「クラウス様……？」

その声を無視して、クラウスは三人を順に見据えた。

「妻がエミーリエ嬢を打ったのは、彼女が妻を侮辱して虚言を吐いたからだ。一年間の契約結婚でその後は私がエミーリエ嬢を娶るつもりだと言ったそうだ」

カミルがサッと顔色を変えた。

「カミル、私は君に契約結婚の話を触れ回って欲しいと頼んだか」

「いや……でも……、妹とは恋仲だったのだろう？」

「どこからそんな与太を」

クラウスが吐き出すとカミルが動揺のあまりテーブルに置いていた手を震わせ、小さなミルクポットを倒した。

真っ青な顔でサッと母と妹の顔を交互に見る。

「エミーリエ嬢には殆ど会ったこともないし、私は彼女に好意を抱いたことは無い。誰がそんな嘘を君に吹き込んだのだ」

カミルの隣で、エミーリエが固まった。

「だって……母上、どういうことです。話が違うではありませんか」

どうやら元凶は彼らの母のようで、エミーリエも母を見る。

元乳母は一瞬顔を強張らせたが、すぐに口元に微笑みを浮かべた。

「まあ、この子ったら。少し先走りましたね」

などとしれっと言う。

「いずれそうなるのがお互い良いのではないかと……若い二人のことですから、これから育んでいけば良いと乳母やは思いますよ」

笑顔がいっそ恐ろしい。

エミーリエは安心したようにはにかんだが、カミルは見ていて気の毒なほど震え出した。

「リーネル夫人。なにかひどい勘違いをされているようだ」

クラウスが氷上を滑るような冷たい声で言った。

「まあ坊っちゃまったら、他人行儀な呼び方を」

カミルが小さく「もうやめて」と呟いたが、その声は小さすぎて彼自身にしか聞こえなかった。

「夫人は私の乳母だったが、それだけだ。私の母ではない。私は君達の主家の人間だ。そうだね？」

「……坊っちゃま！」

夫人が目を見開いた。

「主君の秘密をバラし、主家の奥を侮辱し、あまつさえ愛人だと虚言を吐くとは。君達の顔はもう見たくもない。我が屋敷の門に入るのを禁ずる」

「クラウス！　……様」

カミルがまるで自分だけは違うと言われるのを待つような顔で立ち上がる。

その二席向こうで、リーネル夫人が白目を剥いて気絶した。挟まれたエミーリエは何を言われたか理解していない顔でクラウスを見ている。

「用は済んだ。帰ろう、ラウラ」

クラウスが立ち上がって、ずっと黙って聞いていた妻に手を差し出した。

二人連れ立って邸内を通り正面の馬車留めに向かったところで、後ろからカミルが追い付いてきた。

「待ってくれ……ください。どうか……」

地面に身を投げ出すように跪いた。

「お許しください……！　全て私の咎です。挽回する機会をどうか……」

「……どうする？　ラウラ」

クラウスが冷めた顔で傍らの妻に尋ねた。

「何故私に訊くの？」

「君が侮辱されたんだ。それに、私が許すとしたら君の許しが前提だからね」

「なんだか面倒を押し付けられた気分……」

ラウラは唇を尖らせたが、頭の片隅にあった「エミーリア・リーネル愛人説」を先程夫が完膚なきまでに粉々にしてくれたのですこぶる気分が良い。

「謝ってくれたら良いわ。……私だって、何も間違えずに生きてきた人間ではないし」

控えめに表現して、

「嘘を吐いたこと、商人の娘だからと私を馬鹿にしたこと、三人全員が心から謝罪してくれるなら、許すわよ」

と言った。

「君は心が広い」

「それは初めて言われたわ」

言われたカミルは惚けたようにラウラを凝視して、無意識のように手を伸ばす。

「ラウラ様――」

その瞬間、カミルが後ろに吹っ飛んだ。

「……!? !」

ラウラは空色の瞳を目一杯開いて、クラウスと両脚を天に向けてひっくり返るカミルを交互に見る。

「？ ？ ？」

一体何が起きたかというと、クラウスが妻に向かって伸ばされたカミルの両腕を引っ掛けるように勢いよく蹴り上げたのだが、見ていたはずのラウラもひっくり返されたカミルも何が起こったのかさっぱりわからなかった。

クラウスはラウラを背に庇うように立ち、冷たく言い放つ。

「私の妻に触るな」

え……ええ……。

ラウラがフリーズしてる間にカミルが上体だけ起こし、地面に膝を突いたまま目玉だけで二人を交互に見る。

「そういうこと……？」

「そういうことだ。次、彼女に触れようとしたら斬る」

「え、そう……なっちゃっ……たのですか」

「そうなっちゃったとはなんだ。彼女に懸想でもしたか」

クラウスは曲解したが、「そうなっちゃった」は恐らくクラウスの性格のことだろう。

「あの、じゃあ、契約結婚は……？」

「契約結婚？　何の話だ」

無かったことにしようとしている。

カミルはすぐ「あっ……。なるほど」と呑み込んだが、ラウラが横から爆弾を放り投げた。

「あら、忘れてしまったの？　ガーラン様」

クラウスがぎょっとラウラを振り返った。そのクラウスに、ラウラはにこにこと追い打ちをかける。

「そこのカミル卿に私がどうしようもない性悪暴力女だと聞いて、そんな女は伴侶に出来ない、一年後に出て行けとおっしゃった件よ」

「ら、ラウラ……」

クラウスは先程のリーネル一族に劣らない顔色になる。

名指しされたカミルも真っ青になっている。

「婚約中は我慢していたんですって。カミル卿も聞いていたのではなくて？　父のお金目当てに嫌々一年だけ形だけの夫婦を装うのよね？」

ラウラが手を白い頬に当てて首を傾げた途端、クラウスが嵐のように荒々しくラウラを引き寄せ、掻き抱いた。

「ごめん、ラウラ……ごめん」

顔に押し付けられたクラウスの上着(ジャケット)の上を涙が滑る。

ラウラはポロポロ泣いていた。

「……ごめんなさい、私ったら。なんだか急に……思い出して」

ふざけて、茶化(ちゃか)して、ちょっと焦らせようと思っただけだったのに……本当に。

「君が謝る必要はない。私が全部悪いんだ」

使用人も大勢いるのに、みっともない。恥ずかしいが、クラウスが抱き締めてくるお陰で、誰の顔も見えないのは助かった。

「……無かったことにしようとしないで」

と涙声で言うと、クラウスがびくりと身体を震わせた。

「悪かった……」

「一生許さない」

「ありがとう」

何が。

「一生償わせてくれるんだろう？」

「変なところで前向きなんだから……」

ラウラがクスッと笑うと、クラウスがホッと息を吐いて囁く。

「帰ろう……早く二人になりたい」

ラウラをほとんど抱き締めるようにエスコートして馬車に乗ろうとする。と、

「……っ待って、待ってください……！」

ハッと我に返ったかのようにカミルが追い縋った。

「ラウラ様。……先程の無礼をお詫びいたします。それから、クラウスに悪口を吹き込んだことも……。あなたのように美しい女性を泣かせてしまったことは私の人生で一番の汚点です」

「妻は私のせいで泣いたんだ。君が泣かせたわけではないっ」

変なところで張り合う夫の腕をやんわり解いて、ラウラはカミルに向き合った。

「いいわ。許します。よく考えたら、クラウス様には悪友の一人ぐらいいた方がいいのかもしれないし」

「悪友……」

複雑そうにカミルが呟く。

「でも……二度と夫を裏切らないでね」

ラウラが睨むと、カミルは「剣に誓って」と婦女子にはいまいち真実味の湧かない決まり文句で約束した。


「……君は魅力がありすぎる」

帰りの馬車で、ラウラを横に座らせ、腰を抱きながらクラウスが呟いた。

「カミルのやつが君を見ていた目……危険だ」

「はいはい」

ラウラはクラウスの胸に頬を付けて甘えながら適当に返事をする。

なにしろ、「覚醒」してからのクラウスは嫉妬に忙しい。

実家の使用人に馬丁、帰路の宿屋の従業員……性別が男なら全員敵対視するのはいかがなものか。

そう言ったら大真面目な顔で「一番警戒してるのはトリシャ先生だ」と言うので、ラウラは呆れるしかない。

「帰ったら、少し時間をとってくれるか？」

「ええ、いいけど……何か、話？」

クラウスは何か考えてる様子だったが、ややあってそう言った。

「いや。君の胎内に私の子種を注いでおきたい」

ラウラは「ぶっ」と思わず咽せた。

同じ馬車にいるミリーとクラウスの秘書官も同時に咳き込む。

「……クラウス様！」

「旅行中は注げなかったからな。君のナカに私の子種があると思うだけで気持ちが落ち着くんだ。何故だろうね」

「知らないっ、知らないっ」

生粋の貴族で従者の存在を気にしないクラウスは赤裸々だが、ラウラは真っ赤になって抵抗した。

ミリーと秘書官は二人とも窓の方を向いて耳を塞ぐ。

「あと……良ければ、今度結婚式をやらないか？」

「知らないっ……！　……えっ？」

ラウラは涙目のままキョトンとする。

結婚式は半年前に盛大に挙げたはず……。

「そこからやり直したいんだ。私の両親と君の家族を招待して……あんなに豪華な式には出来ないけど。義兄上の式のように、厳かな式でもいい」

ラウラの胸にじわっと温かいものが広がった。

先程とは違う涙が込み上げる。

「……そんなことをしてしまっては、……もう別れにくいわよ」

「そうだ」

クラウスが生真面目に頷く。

「もう君が別れたくても別れられないようにしたい。それに、勿体無いことをしたと思って……」

「勿体無い？」

「折角の君との結婚式を、生半可な気持ちで過ごしてしまったことを考えると、悔しくて死にたくなる」

「大袈裟ね」

「コホン、……初夜もやり直そう。……あの時のネグリジェ、まだ持ってる？」

「刻んで捨てたわ」

事実を言うとクラウスが今にも死んでしまいたいという顔になった。

ラウラは素早くミリーと秘書官がまだ耳を塞いでいるのを確認する。

「別のやつがあるわ。……あのほくろが透けて見えるの……」

とクラウスの服を引っ張り、耳元で囁いた。

「……」

クラウスは真顔になった。

そのまま真剣に何事か考えているうちに屋敷に着く。

「考えたのだが……」

やっと夫が言葉を発したのは、ラウラが外向きのドレスをデイドレスに着替えて、メイドが持って来た紅茶で夫婦の居室で一息ついた時。

「初夜のネグリジェは別に作って、さっき言ってた……それは、早めに使うのはどうだろうか」

ラウラは黙って紅茶を飲む。

「コホン、というのは、やはり……初夜は特別なものだし、私が前回犯した罪を踏まえると、私が君に誂（あつら）えたものを着てもらうのが一番相応（ふさわ）しい……気がする」

「それで？」

ラウラが先を促した。

「それで、……その、さっき言ってた例のネグリジェは……初夜の練習に使うのはどうだろうか」

「〝初夜の練習〟ですって？　初めて聞いたわ」

「そうなんだ。私がさっき考えた言葉なんだが、我々のように特殊な状況で初夜を二度迎える夫婦だからこそ出来る練習だ」

「特別感があって素敵ね！　練習はやはり初夜の前日あたりに？」

ラウラが微笑む。それを見てクラウスが頬を赤らめた。

「いや、早い方がいい。うまくいかないことを考えると、当然もっと練習が必要だろうし……」

「初夜の練習をたくさんするの？」

「練習は多いに越したことはない。今夜からしよう」

「今夜から」

「やっぱり今から」

……ところでこの会話は、隣室でラウラの荷物の片付けをしていたミリーと、クラウスに仕事の決裁をしてもらいたくて待っていた秘書官には殆ど聞こえていた。

非常に優秀なハウスメイドと秘書官は、音も立てずに同時に退室して、扉の前で深い溜息を吐く。

「……前からああいう方ではなかったとまだ言い張る気ですか？」

ミリーがドスの効いた声と顔で言うと、秘書官が涙ぐんだ。

「そのはずです……あれ、僕は夢を見ていたんだろうか」

「変節するにも程がありますよ」

「僕が言いたいです」

「ラウラ様に完璧に転がされてるじゃないですか」

「僕が言いたいです……！」

なんて言い合いをしていたら、室内からラウラの全然嫌がっていない悲鳴が聞こえてきたので、二人は顔を見合わせて、他の使用人に主寝室に近付かないよう指示を出しながらとっとと退散したのだった。

あとがき

本作は「小説家になろう」のR版「ムーンライトノベルズ」にて投稿させていただいていた、「シないと出られない部屋……じゃない、塔！」の書籍版です（書籍化に伴い、タイトルちょっとだけ変えてます）。

定番の「シないと出られない部屋」系は、読んでて面白いけどいつもちょっと物足りなく感じていました。「シないと出られない」、裏を返すと「シたら出られちゃう」からですね。そこでシても出られない部屋のお話にしました。

また、いくら両片思いでもいきなり性行為は……。ということで、段階を踏ませることにしました。これでほぼ健全なお付き合いの話になったと思います。

書籍化の話を頂いた際に一番驚いたのが、「ムーンさんに掲載したものは約三、五万字で短いので、十二万字まで加筆等お願いします」と言われたことです。

私、当時、そこそこの長編を書いてやったぜと思っていたのですが、そこそこの短編だったんですね……。

編集者さんに「構成を練って下さい」と言われて、念は練っても構成練ったことはなく、非常に戸惑いました。でも、とても勉強になりました。楽しかった。

トリシャの過去、ミカの両親や兄妹、ラウラの未来に出会うことが出来たのはこの構成練りのお陰です。

絵は、イラストレーターの北沢きょうさんが描いてくださいました。

本当に、絵がうまい方は凄いを通り越して凄まじいですね。私が十二万字を費やした世界をたった一枚で表現してしまいました。

担当のS谷さん、一迅社さん、イラストレーターさん、校正さんに感謝致します。

また、「小説家になろう」「ムーンライトノベルズ」で感想やレビュー、メッセージ、活動報告へのコメントを寄せて下さった方、いいね、ブクマ、誤脱教えて下さった方、評価してくださった皆様、読んで下さった方、ありがとうございます。

皆様にいつもいつも勇気を戴いています。心からの感謝を。

郡司十和

シないと出られない魔法の部屋…じゃない、塔！

郡司十和

2024年11月5日　初版発行

著者　郡司十和

発行者　野内雅宏

発行所　株式会社一迅社
〒160-0022　東京都新宿区新宿3-1-13　京王新宿追分ビル5F
電話　03-5312-7432（編集）
電話　03-5312-6150（販売）
発売元：株式会社講談社（講談社・一迅社）

印刷・製本　大日本印刷株式会社

DTP　株式会社KPSプロダクツ

装丁　AFTERGLOW

ISBN978-4-7580-9684-3

●本書は「ムーンライトノベルズ」（https://mnlt.syosetu.com/）に掲載されていたものを改稿の上書籍化したものです。
●この作品はフィクションです。実際の人物・団体・事件などには関係ありません。